D1749836

TENEBRÄE 1

L'APPEL DES OMBRES

ANNA BRIAC

Copyright © 2023 Anna Briac
Dépôt légal novembre 2023
Tous droits réservés.
ISBN : 978-2-9589822-4-9

Couverture : Merry Book Round

Marque éditoriale : Anna Briac

L'APPEL DES OMBRES

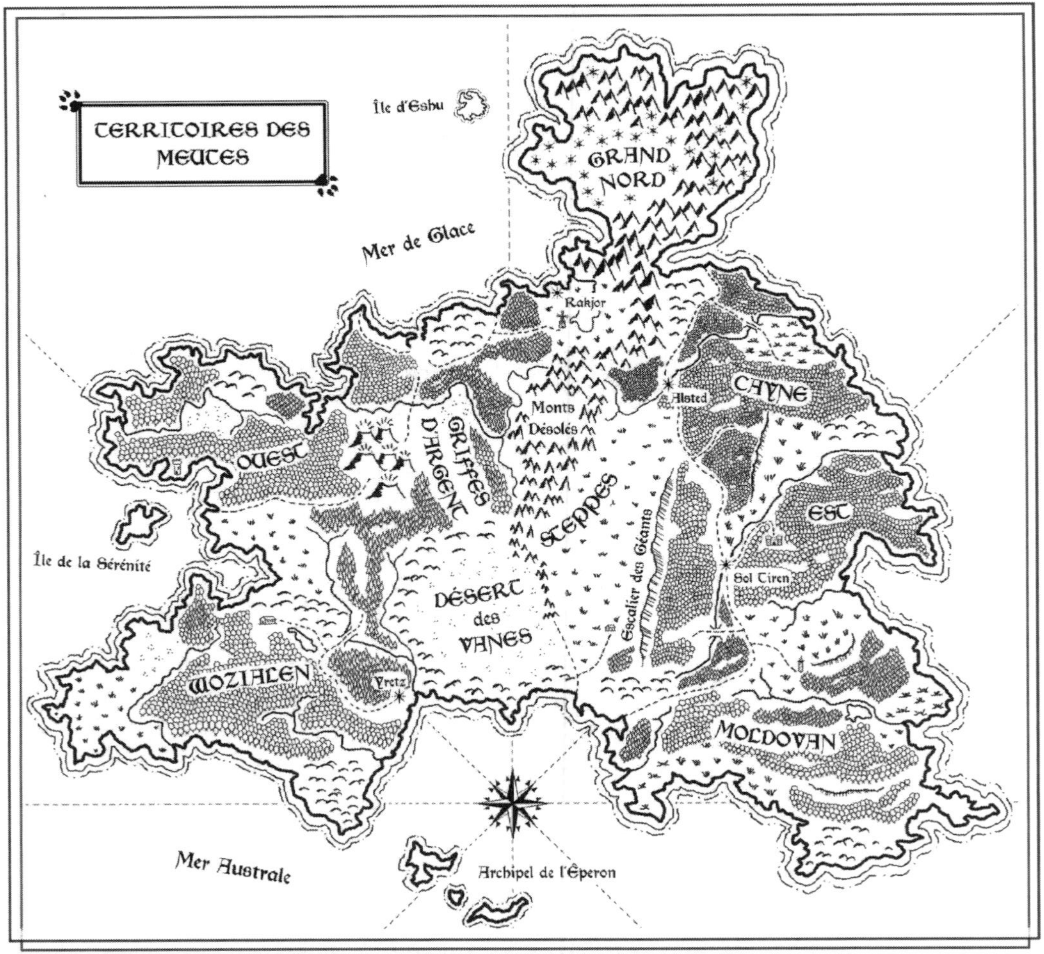

TERRITOIRES DES MEUTES
Île d'Eshu
Mer de Glace
GRAND NORD
Rakjor
Alsted
CAYNE
Monts Désolés
GRIFFES D'ARGENT
OUEST
STEPPES
Escalier des Géants
EST
Sol Tiren
Île de la Sérénité
DÉSERT des VANES
WOZIALEN
Vretz
MOLDOVAN
Mer Australe
Archipel de l'Éperon

Ancien chant völva

Guide-nous dans l'ombre, Ô Bouclier d'obscurité,
Par-delà les mondes, les temps, les mémoires sombres,
Nous veillons sur toi pour l'éternité.

De ta faim insatiable scelle notre sort,
Nous accueillons la glace de tes baisers
Pour arpenter ensemble les chemins de la mort.

Tu chevauches les étoiles, Protectrice des Tenebräe,
Tu tisses les secrets de l'univers dans ta toile mystérieuse,
Écoute notre chant, Ô Dévoreuse,

Et repais-toi de leur âme.

1.
Neven

Le public massé dans les gradins grogne et vocifère, rendu fou par l'appel du sang et du carnage à venir. La foule s'agite, impatiente. Des hurlements s'élèvent et se répondent, comme une vague de pierre qui roulerait à travers l'arène avant de s'écraser sur l'assistance.

Je peux sentir les relents aigres de leur excitation, mêlés à l'odeur métallique de la peur. C'est si fort que ça m'asphyxie. Ma tête tourne, mon cœur s'emballe. Je me force à respirer plus calmement pour apaiser les battements frénétiques dans ma poitrine.

L'arène est une construction massive qui tient plus de la prison que du lieu de spectacle, avec ses hauts murs épais et son sol de sable dur. Elle forme un cercle de plus de cinquante mètres de diamètre, entourée de bancs de pierre qui grimpent sur une dizaine d'étages. L'alpha Premier de la meute l'a fait bâtir juste après la Grande Guerre, sur le modèle des constructions humaines du passé, afin de laisser libre cours à son penchant dément pour la violence et la mort. Je le soupçonne aussi d'avoir cherché à occuper ses guerriers, histoire qu'il ne leur vienne pas l'envie de le défier.

Aujourd'hui, tous les bancs sont occupés par des loups au pelage cendré, avides de massacres. Ceux qui ont choisi d'assister aux combats sous leur forme humaine n'en sortiront pas indemnes, vu l'agitation qui règne sur les bancs.

Un balcon s'avance vers le centre comme une proue de navire, dominant l'enceinte. C'est là où je me tiens, agenouillée, un délicat voile blanc sur le visage, suffisamment translucide pour me permettre d'observer sans difficulté mais qui me dissimule efficacement aux yeux de la foule distante. Les spectateurs ne voient de moi que la robe immaculée aux larges manches brodées que portent les futures compagnes, bien trop légère pour le froid qu'il fait et le vent qui me glace jusqu'aux os. Je m'efforce de rester immobile, dans la posture à la fois digne et humble qui sied à mon rang, comme si j'étais indifférente au chaos.

Une mise en scène. Une putain de supercherie.

Les gardes en uniforme noir derrière moi n'assurent pas ma protection, ils me surveillent. La corde qui entrave mes poignets et mes chevilles me cisaille la peau. Et le voile virginal qui recouvre mon visage n'est là que pour masquer le nouvel hématome monstrueux sur ma joue et la plaie le long de mon cou.

Ce n'est pas une fête, mais un sacrifice dont je suis l'offrande non consentante.

Je suis folle de rage.

Je suis morte de peur.

Mon souffle se coince dans mes poumons, j'ai l'impression d'être en train de me noyer. Je force l'air à entrer tout au fond de ma poitrine, mais ça ne fait pas refluer la panique. J'enfonce mes ongles courts dans mes paumes, forçant la piqûre de la douleur à la place de la peur.

Les combats doivent désigner mon futur compagnon, le loup qui aura la chance de s'accoupler à la princesse Neven, le veinard... Une mascarade sordide orchestrée par l'alpha Terdzik, le Premier de la meute de l'Est.

Mon père.

Ce dernier est assis sur un fauteuil de bois au dossier haut, à côté de moi. Il se penche dans ma direction, contrarié, et gronde entre ses dents alors que ma respiration siffle :

— Silence, ou je t'offre directement à Cassius.

— Tu sais à quel point je n'attends que ça, susurre le bras droit de mon père à mon oreille.

Un frisson glacé remonte le long de mon dos. Je déglutis. Les autres loups ne m'effraient pas. J'ai fini par me blinder face aux coups et aux insultes, apprenant à gainer mon corps et à protéger mon cœur pour avoir moins mal.

Mais Cassius... Cassius me terrifie.

Son uniforme noir de chef de la garde rapprochée de mon père hante mes cauchemars depuis toute petite. C'est un homme massif aux traits durs, les lèvres toujours relevées en un rictus cruel. Chaque fois que ses petits yeux noirs et froids se posent sur moi, j'ai l'impression qu'il aspire ma vie comme les Corrompus boivent le sang de leurs victimes.

Sous le regard indifférent de mon géniteur, Cassius me relève en me saisissant par le bras, comme s'il me soutenait de sa présence protectrice, le temps que je salue la foule d'une digne inclinaison du menton. Le public siffle et vocifère, sous l'emprise d'une folie digne d'une pleine lune d'apocalypse. Puis Cassius se colle contre mon dos, frottant discrètement ses hanches contre moi dans un simulacre d'acte sexuel.

Il décale le voile et me lèche le cou. J'ai envie de vomir et de l'égorger en même temps. Je me retourne pour le fusiller du regard. Cassius est suffisamment proche pour me distinguer sans mal, à travers le tissu fin. Il me fixe avec une expression malsaine. Je m'efforce de ne pas tressaillir. Il serait trop heureux de me voir effrayée et je refuse de lui accorder ce plaisir.

— Dégage, Cassius, dis-je sèchement.

— Oh, Neven, je t'apprendrai à me parler avec respect, murmure la brute à mon oreille. Je vais adorer te dresser.

Je me raidis, accentuant la morsure de la corde sur ma peau, sous les manches de ma robe. Le sang dessine de minuscules taches rouges sur le tissu, comme ces fleurs délicates que ma petite sœur aime tant. Des rondes-de-feu, je crois.

J'essaie de me concentrer sur les traces écarlates, pour éviter à la panique de répandre son venin en moi. Il suffirait d'un souffle

de travers de ma part pour que mon père mette sa menace à exécution.
— Elle n'est pas encore à toi, cingle Terdzik.
— Bien sûr, Premier. Je ne l'oublie pas, déclare la brute d'un ton mielleux.

J'aimerais qu'il subsiste un peu d'espoir, mais l'issue des combats est truquée, comme tout le reste. Les loups qui vont s'étriper dans l'arène durant ces trois jours l'ignorent, mais ils n'ont aucune chance. Cassius sera désigné vainqueur, et je deviendrai sa compagne. C'est le plan, depuis le début.

Je ferme les yeux pour échapper à cette vision infernale, laissant les hurlements de la foule m'envahir pour étouffer les battements frénétiques de mon cœur.

Le bras droit de mon père est connu pour sa violence sans limite et les femelles de son harem ont souvent besoin d'être « remplacées ». Mon statut de princesse ne me sauvera pas. Si quelqu'un ne bénéficie pas de privilège, au sein de cette meute, c'est bien moi. Je suis la fille aînée de Terdzik, l'un des alphas les plus redoutables du continent.

Mais je suis aussi la ratée, le secret honteux qu'il voudrait éradiquer.

La Sans Louve. La déception ultime de mon père.

Dans notre meute, les femelles ne sont utiles que pour la reproduction. Or sans louve, pas de chaleurs, aucune chance d'avoir des petits. Je ne sers à rien, aux yeux de mon géniteur.

Je sens mon animal gronder au fond de moi, pourtant, et gratter pour sortir de ma peau. Ma louve hurle sous mon crâne, furieuse d'être emprisonnée. Mais elle ne parvient pas à s'extirper de moi. Alors que tous les petits enfants apprenaient à cohabiter avec leurs louveteaux, moi j'enchaînais les humiliations et les coups de mon père pour mettre mon animal en colère et le convaincre de sortir pour attaquer.

Rien n'y a fait, ni mes supplices, ni les poings de l'alpha, ni les traitements ordonnés par les guérisseurs, ni même les sortilèges des sorciers. Des rituels atroces et douloureux qui me font encore cauchemarder, des années plus tard... Ma louve n'est jamais apparue, comme si elle était trop fragile pour briser mon esprit humain et s'en affranchir. Et pourtant, elle est puissante. Je la sens, de plus en plus imposante et sombre en moi, ma compagne d'ombre, prisonnière de mes os et de ma chair. Me laissant handicapée et vulnérable, à la merci de tous.

Mon père se lève, sa haute stature imposant le respect. Le silence se fait presque instantanément. Aujourd'hui est un jour de fête, mais les nôtres n'oublient pas à quel point il est dangereux de ne pas obéir au Premier alpha de la meute. Mon père n'a pas hérité de cette place : il s'en est emparé, à coup de défis sanglants. Je n'étais pas née, mais les histoires qui racontent ses hauts faits le présentent comme un héros invincible aux épais cheveux blonds et à la beauté angélique. Une créature impitoyable aux traits élégants, qui mène sa meute d'une main de fer.

C'est presque la vérité. Elle occulte seulement le fait que mon père est avant tout un manipulateur, et que s'il y a eu quelques combats loyaux, le meurtre et la trahison sont ses armes préférées. Aucune dignité dans son ascension fulgurante, seulement une soif de pouvoir inextinguible et une volonté d'acier.

Les loups s'assoient, bouillant d'impatience. D'une voix forte qui roule dans l'arène, mon père annonce :

— À l'issue de ces trois jours, la princesse sera accouplée avec le gagnant, scellant un accord avec une nouvelle meute, qui obtiendra ainsi notre protection. Un nouvel allié, une nouvelle union, une nouvelle occasion de montrer au monde la puissance de la meute de l'Est !

Les hurlements reprennent, en guise d'approbation. Terdzik les fait taire d'une main levée.

— Écoutons la princesse prononcer la bénédiction.

Mon père ne prononce jamais mon nom. Je ne suis que « la princesse », quand il s'adresse à son peuple, et rien du tout en privé, car il ne me parle que lorsqu'il y est obligé. « Toi là-bas » est le mieux qu'il puisse faire, en termes d'amabilité. Quand j'étais petite et que je cherchais encore à gagner son affection, j'aurais tout donné pour l'entendre dire mon nom à voix haute, pour qu'il reconnaisse mon existence.

La foule retient son souffle. Je promène mes regards sur les loups qui occupent les gradins, reconnaissant chacun d'eux ou presque. Je les hais. Je suis tentée de leur balancer le plan tordu de mon père, à la place de cette prière débile, mais ils ne me croiraient pas. La dévotion qu'ils portent à leur Premier confine à l'hystérie. À moins qu'elle ne soit seulement l'expression de leur prudence, car mieux vaut plaire à l'alpha, si on souhaite faire de vieux os, dans la meute de l'Est.

— Dépêche-toi, gronde mon père entre ses dents, d'une voix plus froide que la glace.

Je m'approche de la rambarde, ma robe trop fine voletant dans le vent du printemps comme une immense voile de bateau. Après une dernière hésitation, je renonce à mon acte de rébellion. J'ai appris à choisir mes combats, préservant mon énergie pour ceux qui ne sont pas perdus d'avance. Je déclame d'une voix plate la prière qui précède les combats :

— Déesse des loups, Mère de toute existence, dans les ténèbres guide notre férocité. Bénis nos crocs avides, nos griffes acérées. Accorde-nous ta force, ô Reine des combats, que ta magie coule dans nos veines, fière et sauvage, sanglante et invincible. Devant toi, nous nous inclinons.

La foule baisse la tête sur mes derniers mots, en une attitude révérencieuse. J'ignore si la Déesse existe, mais je suis presque sûre que si elle est notre mère, ça ne doit pas vraiment l'amuser de nous voir nous étriper en son nom.

Tandis que tous demeurent prosternés, ma prière à moi monte vers le ciel, silencieuse et vibrante : *Déesse, aide-moi à échapper à Cassius !*

2.
Neven

— Quelle vibrante dévotion, persifle Cassius. Je saurai te rendre plus enthousiaste, quand je te prendrai. Tu crieras, Neven.
— Tu peux toujours rêver, connard.
— Silence, gronde mon père.
Je me replace en position agenouillée, sous les cris de la foule. Leur hypocrisie me colle la nausée.
Me malmener a été le passe-temps favori de tous les gosses, pendant mon enfance. La structure de la meute est claire : mon père, le Premier, est tout en haut. Ensuite, viennent les autres alphas qui forment sa garde rapprochée, Cassius à leur tête, et les guerriers qui protègent le clan. Le reste est composé de bêtas, des loups qui ne possèdent pas la dominance des alphas, puis de quelques rares omégas, le dernier cran de l'échelle selon mon père. Il n'y a aucune entente entre ces catégories, sauf en ce qui me concerne : pour tous les louveteaux, j'étais une proie facile.
J'ai passé mon enfance à me planquer dans les tunnels sous la ville avec Joran, mon seul ami. Mon corps porte les cicatrices de cette enfance violente, car jamais je n'ai pu bénéficier du pouvoir de guérison des métamorphes. Ma peau porte mon histoire. J'ai eu honte pendant longtemps de ces traces qui zébraient mes membres, puis j'ai décidé qu'elles étaient ma fierté. Malgré tout ce qu'ils m'ont fait endurer, j'ai survécu.

Je suis devenue plus forte. Face aux griffes et aux crocs, j'ai appris à me défendre. Je me suis entraînée sans relâche au lancer avec mes deux dagues à la lame d'acier gravée d'arabesques, un cadeau de Joran. Avec le temps et ma plus grande habileté au couteau, les attaques se sont espacées. Ils se sont contentés de me mépriser, ce qui me convenait parfaitement.

Je n'ai échappé au viol que parce que je devais rester vierge, afin d'honorer les projets politiques de mon père. L'idée que je perde davantage de valeur lui était intolérable.

Pourtant, ses plans ont échoué. Aucune alliance n'a pu être nouée avec les alphas des six autres meutes les plus puissantes du continent : Steppes, Griffes d'argent, Moldovan, Ouest, Cayne et Wozialnen. Mon père en rejette la faute sur ma faiblesse inacceptable. Dans notre monde où seul le plus fort subsiste, je ne suis qu'un fardeau. En réalité, je ne suis même pas sûre que ma défaillance ait été évoquée. Mon père en a trop honte, il craint trop pour sa réputation. Même au sein de ma propre meute, peu de loups sont au courant. Ils pensent que ma louve est lâche, pas qu'elle n'a jamais émergé.

Je suis convaincue que si les négociations n'ont pas abouti, c'est avant tout parce que chaque clan est bien trop jaloux de son pouvoir, méfiant envers ses voisins et occupé à défendre ses propres frontières contre les attaques des Corrompus ou d'autres ennemis. Le monde n'est qu'un vaste champ de bataille dont chacun cherche à s'approprier les décombres.

Pourtant, pendant la Grande Guerre, certaines races ont fait alliance : les meutes de loups et les sorcières écarlates se sont liguées contre les Corrompus et les Völvas. Les autres métamorphes et les créatures appartenant à des clans mineurs se sont cachés. Ces accords ont éclaté dès que les Corrompus ont été repoussés loin à l'ouest, dans les Monts désolés, et les Völvas massacrés. Désormais, chaque meute défend chèrement son territoire, et les sorcières éliminent sans état d'âme tous ceux qui leur font obstacle, même leurs anciens alliés.

Mon père a donc changé ses plans : il me donnera à Cassius pour renforcer leurs liens. La brute aura le droit de fonder sa propre meute, affiliée à celle de mon père, évidemment. En clair, la meute de Cassius devra assistance à Terdzik à chaque fois qu'il les sifflera.

Ça pourrait presque ressembler à une promotion. C'est juste de la stratégie. Cassius est devenu trop puissant et mon père s'attend à ce que son bras droit le défie pour le détrôner. Il ne fait que prendre les devants : en le laissant fonder sa propre meute, il lui donne un os à ronger. Ça va l'occuper un moment, car les débuts d'une meute sont toujours compliqués, entre combats pour la domination, régulation de la place de chacun, conquête d'un territoire qu'il devra arracher à un autre ennemi potentiel de mon père… Cassius n'aura pas le temps d'assassiner son Premier.

Cet imbécile croit qu'il a gagné le gros lot. Il n'a pas encore compris qu'il avait une laisse autour du cou… Et moi, je suis le cadeau empoisonné, celui que Cassius balancera au fond d'un placard, dès qu'il réalisera que je ne peux lui donner d'héritier royal. Au placard, ou plus vraisemblablement, au fond d'un ravin.

Mon père s'avance à son tour vers l'extrémité de l'estrade et il lève les bras vers le public.

— Soyez braves, soyez rusés et sans pitié : la Déesse vous récompensera, ici ou dans son royaume ! jette-t-il d'une voix qui ricoche contre les murs. Et le cœur de la princesse vous appartiendra.

Des rugissements de plaisir parcourent la foule.

— Ton cœur…, ricane Cassius. Ton corps en revanche ne sera qu'à moi.

Je n'ai pas encore décidé de ce que je ferai, à l'issue du jeu de massacre. Je pourrais en finir par moi-même, avant que Cassius ne pose la main sur moi, mais l'idée de renoncer avant même d'avoir essayé, alors que j'ai tant lutté pour survivre… Inconcevable.

Petite, j'ai pleuré toutes les larmes de mon corps en me maudissant d'être si faible, je me suis efforcée chaque jour de résister un peu plus longtemps avant de verser des larmes, avant de crier de douleur, avant de supplier pour qu'ils me laissent tranquille. Alors renoncer à la vie, après m'y être tant accrochée… J'en suis incapable. Je ne mourrai pas sans me battre.

Cassius et mon père sont obligés de s'en tenir à la loi de la meute, édictée il y a une centaine d'années par Terdzik lorsqu'il est arrivé au pouvoir : tout le monde a le droit de tenter sa chance. Une illusion de justice pour les crédules. Des loups de meutes moins prestigieuses se sont pressés vers notre cité, à l'annonce des jeux. Pour eux, c'est sans doute un ultime acte de survie, pour résister face aux sept clans dominants. Pour mon père, c'est une façon à peine déguisée d'affaiblir les rangs de potentiels futurs ennemis.

Cassius et Terdzik n'ont évidemment pas la moindre intention de respecter leur parole. D'une manière ou d'une autre, à l'issue de ces trois jours, c'est Cassius qui gagnera.

C'est pourquoi me voilà sur ce balcon, à dix-neuf ans, crevant de peur, de désespoir et de rage mêlés. Les rugissements de la foule impatiente montent jusqu'à moi. Une assemblée de loups aussi tordus que leur alpha, violents et impatients d'assister aux bains de sang s'est massée dans les gradins.

— Ne bouge pas, ordonne à nouveau sèchement mon père alors que je change de position, les genoux ankylosés à force de demeurer dans cette posture ridicule.

Je serre les poings sous mes manches et j'obéis.

— Que les combats commencent ! crie mon père, bras écartés.

3.
Neven

Les premiers combats débutent, dans un brouhaha indistinct de grognements, hurlements et insupportables bruits humides de chair déchirée. Certains ont choisi de combattre sous leur forme humaine : ils ne tiennent pas longtemps, malgré leurs armes. Les haches et les épées sont tranchantes, mais la vitesse des loups est incomparable. Les animaux esquivent facilement les coups, avant de refermer leurs crocs puissants sur leurs adversaires. Ils arrachent des gorges, éventrent et déchirent des flancs, labourent des torses musclés, sous les acclamations du public.

C'est une déferlante de cruauté. On dit que les Corrompus sont des créatures sanguinaires qui se réjouissent de la souffrance de leurs proies. Je ne vois pas vraiment en quoi nous sommes meilleurs. L'odeur métallique du sang sature l'air, rendant ma louve complètement folle. Je me concentre sur l'inconfort des petits cailloux qui me rentrent dans les genoux, à travers le tissu de la robe. Je voudrais ne pas regarder, mais mon père n'acceptera pas que je détourne le regard.

Je pourrais faire appel aux ténèbres pour obscurcir mes yeux, mais j'évite de me servir de cette étrange faculté en public. Ce n'est pas normal d'être capable de modeler les ombres, les loups ne possèdent d'autre magie que celle de leur animal. La sensation de paix glacée qui enveloppe mon âme quand j'y ai recours me plait un peu trop et m'effraie à la fois.

Les rumeurs disent que ma mère était une sorcière, et que c'est d'elle dont je tiendrais mes yeux en amande et mon teint pâle. Mon père a toujours refusé de parler d'elle, mais si c'est vrai, alors j'imagine que ma familiarité avec les ombres vient d'elle, aussi. C'est une raison supplémentaire pour taire cette affinité étrange avec les ténèbres, vu la rage qui consume Terdzick les rares fois où le prénom de ma mère est prononcé.

Cassius s'est assis derrière moi, sur un tabouret de bois plus bas que le fauteuil de mon père. Il se penche en avant, les coudes appuyés sur ses cuisses. Son souffle est lourd sur mon cou. Les liens m'empêchent de frotter ma peau pour dégager la sensation écœurante. Je repousse la nausée et la peur tout au fond de moi.

— Crève ! éructe la brute en riant à chaque combat.

Le soleil du printemps jette sa lumière crue sur le sable sale de l'arène, obligeant les guerriers à se tourner autour pour éviter d'être aveuglés. Les lames renvoient des éclats brillants, vite ternis par le sang des victimes. Je serre les poings, sur mes genoux. J'espère qu'Alma, ma petite sœur, ne risque rien. J'ai supplié pour que sa mère et elle restent à l'abri. Lorsque les loups ont soif de sang, nul n'est en sécurité dans les rues de notre vaste cité fortifiée.

Notre père a cédé. Il conçoit encore une certaine forme d'affection pour elles. Ma petite sœur n'aura pas le choix, elle non plus. Elle sera une monnaie d'échange politique, mais j'espère lui éviter au moins le pire : Cassius. Alma est un trésor d'innocence et de douceur, et je ferai tout pour la protéger. Même si ça implique d'être sacrifiée, pour qu'elle n'ait pas à le subir. Elle a seize ans, elle est encore une enfant qui aime chanter et porter de jolies robes. Il la briserait.

À côté de moi, mon père affiche un masque impassible, comme d'habitude. Pourtant, je décèle sa tension à une infime crispation de ses mains sur les accoudoirs de son fauteuil, lorsqu'un loup se révèle un adversaire plus féroce que les autres.

Les combats s'enchaînent, se répétant à l'infini : les loups saluent leur Premier, jettent sur moi un œil intrigué, se demandant si la princesse vaut le coup qu'on crève pour elle. Puis ils se souviennent que mon rôle est purement décoratif : c'est la puissance de la meute de mon père qui importe. Ils se précipitent alors l'un sur l'autre, jusqu'au trépas ou la soumission d'un des deux. Le vainqueur gagne le droit de participer aux assauts du lendemain.

L'haleine des combattants forme de petits nuages de vapeur dans le froid de cette journée de printemps. Je suis gelée sous ma robe légère, fouettée par la bise glacée. Je serre les dents pour les empêcher de claquer, et je me projette en imagination dans des pays lointains, où brille un soleil chaud qui fait chatoyer les couleurs des vêtements et provoque la gaieté des gens, comme je l'ai vu dans des livres qui rapportaient d'anciennes histoires humaines. Je n'ai jamais quitté le territoire de la meute, et je rêve de m'enfuir d'ici.

Un frémissement parcourt les gradins de pierre, et les hurlements s'interrompent un court instant, avant de reprendre de plus belle. Deux guerriers étrangers vont affronter cinq membres de notre clan en même temps. Ce n'est absolument pas équitable, mais mon père n'a jamais dit que les combats seraient justes.

Les deux inconnus possèdent la carrure solide des alphas, leurs muscles puissants roulent sous leurs chemises noires aux manches roulées. Ils ont choisi de combattre sous leur forme humaine, sans même une arme. C'est d'une bravoure à la limite de l'inconscience... Ils ont l'air sûrs d'eux, et ne manifestent aucun signe de nervosité ou d'impatience. S'ils gagnent aujourd'hui, sans faire appel à leur bête, alors ils prendront un avantage psychologique indéniable sur leurs futurs adversaires. Je crains hélas que leur excès de confiance ne leur soit fatal.

Ils s'avancent vers le balcon. De près, ils sont encore plus impressionnants. L'un possède des cheveux d'un blond presque blanc, rasés sur les côtés et rassemblés en tresses sur le dessus de sa tête. Ses yeux d'un bleu incroyable, de la même couleur que le ciel d'été, observent toute l'arène avec précision. Ils s'attardent sur les portes de sortie, semblant noter calmement tous les détails alentour. Il est beau, d'une beauté virile, dure et froide.

L'autre est encore plus grand et large d'épaules que le premier. Il a des cheveux bruns très courts, des pommettes hautes et des yeux gris clair qui viennent adoucir les traits fermés de son visage. Il se tient droit, indifférent au brouhaha. Il a presque l'air de s'ennuyer.

Les deux étrangers se présentent devant l'estrade pour saluer mon père. Ils ne prononcent pas un mot, hochant à peine la tête devant les encouragements factices du Premier. Yeux gris arbore même un rictus sarcastique qui me le rend immédiatement sympathique.

Alors qu'ils pivotent pour rejoindre le centre de l'arène où les attendent leurs adversaires, le regard de Yeux bleus se plante dans le mien, interrogateur. Une sensation étrange me secoue. Il ne peut pas me distinguer, à travers le voile. Pourtant j'ai l'impression qu'il me *voit* vraiment. Pas la Princesse-trophée, mais Neven, bien cachée derrière toutes ces couches de mensonges. C'est une pensée incongrue, et pourtant un frisson me traverse, sous l'intensité vibrante de son attention. Puis il se détourne et rejoint son compagnon.

Dans l'arène, les loups se jettent sur les inconnus sans même attendre l'ordre de mon père. Cassius ricane derrière moi. Je le hais si fort que mes mains tremblent, sous les larges manches de ma robe.

Mais les hommes déjouent chacune des attaques, tout en assurance tranquille et feinte silencieuse. Leur façon de se mouvoir dans l'arène est captivante, c'est comme si tout était simple, chaque mouvement évident.

Je suis fascinée, prise par le spectacle morbide. Je n'ai pas envie de regarder, pas envie de me sentir happée par cette violence, mais je n'arrive pas à m'arracher de ce qui se déroule dans l'arène. Le cœur au bord des lèvres.

Je n'ai pas envie qu'ils meurent.

Je sais bien que c'est ce qui va leur arriver, pourtant. Même s'ils sortent vainqueurs des combats de ce jour, ils mourront demain, ou mon père les fera assassiner dans la nuit. C'est stupide d'éprouver la moindre émotion. Sans compter qu'ils sont sans doute tout aussi barbares que les loups de ma propre meute. On ne survit pas dans ce monde sans se montrer cruel et violent. Alors, quelle importance ?

Ma louve gronde, en désaccord avec moi.

Désolée, ma grande. Tu auras le droit à la parole quand tu sortiras…

Une douleur me traverse la poitrine quand un coup de patte m'érafle de l'intérieur. Je serre les dents et repousse mon animal au fond de moi.

Ma louve et moi sommes prisonnières, toutes les deux. Elle de mon corps, moi de mon père. Mais elle n'a pas le droit de se manifester uniquement quand ça l'arrange.

Longtemps, j'ai espéré qu'elle émergerait et qu'elle m'aiderait à survivre. Je pleurais, la nuit, quand j'entendais les autres loups hurler leur joie de courir sous la lune, dans la forêt. Je les enviais tellement !

Les mauvais traitements de mon père me faisaient souffrir, mais ce n'était rien comparé à la frustration de ne pouvoir laisser libre cours à la part sauvage de moi qui ne rêvait que d'espace et de liberté… Quand je voyais Joran ou ma sœur revenir d'une chasse, leur regard plus brillant, les mouvements plus vifs et un sourire rêveur sur le visage, ça me brisait le cœur.

Dans l'arène résonne un claquement sec suivi d'un hurlement de douleur.

Alors que les deux inconnus se contentaient d'esquiver jusque-là, pour jauger leurs ennemis, ils passent maintenant à l'attaque. Leurs mains sont devenues des griffes redoutables qui tranchent dans l'air si vite que j'ai du mal à tout percevoir. J'écarquille les yeux et me penche en avant pour être sûre de bien voir, comme une partie de la foule. Rares sont les métamorphes à pouvoir maintenir ainsi une forme mi-animale mi-humaine, et déjà rien que ça, c'est spectaculaire.

Puis le combat bascule. Ils étaient rapides, ils deviennent d'une vivacité foudroyante. Leurs gestes sont d'une précision létale, leurs déplacements d'une fluidité ahurissante. Ils affichent enfin ce qu'ils sont réellement : des prédateurs redoutables, des loups libres et sauvages. Quelque chose frémit en moi. Soudain, je suis eux, je vis ce combat à leurs côtés. Moi aussi je tue avec une grâce innée, je lutte pour rompre mes chaînes, pour gagner le droit de vivre. Je veux qu'ils gagnent, parce que ce serait une victoire pour moi aussi.

Quand le combat s'achève, j'ai le souffle court, et mon front est couvert de sueur. Je secoue la tête pour chasser l'étrange transe qui m'a saisie. Les cinq loups de notre meute gisent sur le sol, morts. Les inconnus ne paraissent même pas essoufflés. Leur visage est éclaboussé de sang, leurs bras maculés de traces écarlates. Ils ressemblent à des dieux anciens, sanguinaires et barbares.

La foule applaudit à tout rompre. Ils pivotent pour faire face à la tribune. Leur regard fier ne se baisse pas devant celui de mon père.

— Ceux-là te donneront du fil à retordre, Cassius, ricane mon géniteur.

— Foutaises, grommelle le loup, irrité.

Sous le voile, je ne prends pas la peine de masquer mon sourire quand les deux inconnus quittent l'arène d'un pas déterminé.

Oh si ! Contre eux, tu vas en baver, Cassius.

À la fin, ce sera tout de même lui le vainqueur, mais si ces deux guerriers pouvaient l'abimer, lui arracher les entrailles, le faire souffrir ! J'ai envie de les embrasser rien que pour m'avoir mis ces images réjouissantes en tête. Un ricanement bref m'échappe.

— Ça te fait rire ? gronde Cassius en écrasant sa main sur ma nuque.

Il me fait mal, mais le rictus contrarié qu'il affiche compense largement mon inconfort.

— Je n'oserais pas, persiflé-je.

Il crispe les poings et ses yeux se teintent de l'ambre presque rouge de ceux de son animal. Je me tends dans l'attente du coup. Il se retient pourtant et cingle sèchement :

— Ne t'inquiète pas, tu ne souriras pas longtemps.

Sa frustration est un baume qui estompe ma peur. Je la savoure avec un plaisir rare.

Hélas, ma joie est de courte durée.

4.
Neven

Alors que les mises à mort s'enchaînent et que l'odeur du sang sature l'air, je me pétrifie soudain en voyant les nouveaux loups qui s'approchent de notre estrade de pierre. Une silhouette solide que je reconnaîtrais entre mille, des cheveux d'un brun qui tire sur le roux dans lesquels j'aime glisser mes doigts, et ces yeux noisette parsemés d'éclats dorés, si tendres lorsqu'ils se posent sur moi... Une nausée atroce remonte le long de mon œsophage et mon cœur dégringole tout au fond de ma poitrine.

— Non, soufflé-je en enfonçant les ongles dans les paumes de mes mains.

Pitié. Pas Joran !

— Un problème, future compagne ? raille Cassius.

— Silence, gronde mon père en nous jetant un regard noir.

Je me recroqueville sous ma robe ample, submergée par la consternation. Mon meilleur ami s'avance jusqu'au balcon, les épaules larges et le visage résolu. Je voudrais me lever, lui crier de fuir. Je ne peux pas. Ça ne ferait qu'empirer les choses. Un goût acide se déverse dans ma bouche.

Pas Joran. Pas Joran. Pitié Déesse, ne me prends pas Joran !

Il se poste face à moi, sans accorder la moindre attention à mon père. Rien que ça, c'est déjà prendre trop de risques. Je tremble.

— Je gagnerai pour toi ! lâche-t-il d'un ton ferme en me fixant.

— La Déesse jugera ton mérite, comme tous les autres, lui répond mon père avec une nonchalance feinte.

Son regard étincelle pourtant de fureur. Cassius, lui, affiche un sourire cruel. Il savait. C'est lui qui a dû autoriser ce combat, puisque Joran fait partie de ses troupes d'élite. Son petit sourire narquois me donne envie de hurler. Je m'avance de quelques centimètres pour me rapprocher du bord de l'estrade et de Joran, le souffle court. Mon père grogne en guise d'avertissement. Je me fige, sans oser aller plus loin. Désespérée, je fixe Joran, le suppliant en silence.

Abandonne ! Quel intérêt que nous mourions tous les deux ?!

Joran incline la tête dans ma direction, comme s'il avait entendu mes pensées. Mon âme se brise. Évidemment qu'il ne renoncera pas ! Depuis toujours, il veille sur moi et me protège. Même quand nous avions six ans, il se dressait entre mes agresseurs et moi. Ses muscles secs d'enfant ne faisaient pas le poids face aux plus grands, mais jamais il ne m'a laissé tomber. Il a toujours été le seul à oser s'afficher avec moi.

Certains ont tenté de prendre mon parti, ou du moins ils sont restés neutres au début, mais la peur que mon père ne finisse par les considérer aussi faibles que moi les a dissuadés de me venir en aide. Au fil du temps, plus aucun loup n'a pris le risque d'être battu pour moi. Les plus lâches détournent le regard, les plus ambitieux participent aux brimades. J'ai interdit à ma petite sœur de me témoigner son affection en public, trop inquiète à l'idée que mon père ne la prenne en grippe à son tour.

Seul Joran a délibérément choisi le mauvais camp.

Et il va mourir. Pourquoi ne m'a-t-il rien dit ?

Pour ne pas t'inquiéter. Pour que tu ne l'empêches pas de se jeter dans l'arène.

Nos yeux s'accrochent, à travers mon voile, lourds de promesses qui ne se réaliseront jamais.

Puis le combat débute et je ne respire plus. Chaque coup porté par son adversaire me plie en deux, fait remonter la bile dans ma gorge, m'arrache l'âme. Joran est vigoureux et brave, plus fort que la plupart des loups présents aujourd'hui, mais il est plus jeune et surtout, trop honnête. Il lui manque les attaques vicieuses nées de l'expérience, les coups tordus que son adversaire n'hésite pas à employer contre lui.

Je suis morte de peur. Si je pensais que ça avait la moindre chance de marcher, je dirais à mon père de faire cesser le combat sur le champ et je me livrerais directement à Cassius.

Je ne peux qu'assister au duel, le cœur à l'agonie.

Quand une entaille profonde vient lacérer ses pectoraux, un halètement angoissé m'échappe. Pourquoi n'a-t-il pas choisi de combattre sous sa forme animale ? L'autre est plus fort, plus rapide sur ses quatre pattes. Joran n'a qu'une dague, notre arme préférée à tous les deux. Il est habile, mais la courte portée de la lame l'oblige à se tenir beaucoup trop proche de son adversaire.

— Lui, je le tuerai lentement, chantonne Cassius derrière moi. Pour que tu réalises qu'il ne te reste plus rien. Puis je te baiserai sous ses yeux agonisants, afin que *lui* comprenne. Oh, ce sera tellement bon !

Il tire sur l'arrière de ma robe ample pour la relever et enfonce ses griffes dans mon dos, dessinant un chemin de douleur de mes reins à mon cou. Je me mords la langue pour ne pas lui accorder le plaisir de m'entendre crier, mais j'échoue lamentablement. Je gémis, me mordant les lèvres pour étouffer le son. Des langues de feu déferlent le long de ma peau, pareilles à des braises dévalant le long de ma colonne vertébrale.

— Tu n'as plus envie de rire, maintenant ? chuchote durement Cassius, en léchant ses doigts couverts de mon sang. Tu es à moi, Héritière. Ne l'oublie plus jamais.

Pourtant, en cet instant, je me fiche de Cassius, de mon dos brûlant et de mon destin funeste. Chaque esquive de Joran me fait hoqueter, chaque attaque me prive de souffle. J'adresse à nouveau une supplique désespérée à la Déesse. Si elle existe, qu'elle protège Joran. Il ne mérite pas de mourir pour moi.

Prends-moi à la place, Mère des loups, s'il te faut une vie supplémentaire, mais laisse Joran vivre !

Un frémissement parcourt le public, avant que les hurlements ne s'élèvent, célébrant la victoire d'un des nôtres. Joran se redresse et se campe sur ses deux pieds face à l'estrade, le visage dur. Son adversaire baigne dans une mare de sang, la dague enfoncée jusqu'à la garde dans son orbite.

Joran a gagné ce combat. Mes épaules s'affaissent tandis que le soulagement déferle en moi comme un tsunami, faisant monter mes larmes.

Merci. Merci !

Après Joran, je cesse de regarder. Je ne supporte plus ces massacres inutiles. Je fixe un point dans le sable gorgé de sang et je fais abstraction du reste : les cris, l'odeur de la mort, les corps qui tombent. Plus rien n'a d'importance, puisque Joran vit.

Quand l'après-midi touche à sa fin, mon père se lève et interrompt les combats. Les valeureux survivants auront la chance de revenir demain... Je voudrais crier aux loups étrangers que ça n'en vaut pas la peine, que *je* n'en vaux pas la peine, mais je me tais.

Cassius a gagné facilement contre un adversaire deux fois moins imposant que lui. La moitié des combattants a été exterminée. Les loups peuvent abandonner, il leur suffit d'annoncer qu'ils se soumettent. Mais ils sont bien trop fiers et entêtés : aucun d'entre eux n'a choisi cette porte de sortie.

5.
Neven

Les gardes m'ont reconduite jusqu'à ma chambre, où j'ai ôté cette satanée robe blanche collée à mes plaies, nettoyé le sang en grimaçant et bandé mes blessures. J'ai enfilé mes vêtements préférés : pantalon et tunique longue noire. Puis j'ai dirigé mes pas vers la bibliothèque, mon sanctuaire. Elle se situe sous les toits et les fenêtres sont barrées de lourdes grilles d'acier. La pièce est de taille modeste, voûtée et traversée de poutres épaisses peintes en rouge, mais elle est surtout déserte et lumineuse. Tous les murs sont couverts de livres. Mon père a son propre bureau, dont les murs sont tapissés de cartes des territoires et où sont stockés les ouvrages de stratégie militaire. Il a relégué ici tout ce qui lui paraît inutile et qui fait mon bonheur.

La plupart des loups ne savent pas lire, et je n'ai appris que parce que mon géniteur pensait que je serais digne de ses espoirs. Il a rapidement fait cesser les leçons, et j'ai dû intégrer les patrouilles de surveillance. Mais je possédais déjà l'essentiel : je savais lire. Les livres ont été mes amis fidèles et bienveillants, ils m'ont permis de voyager et de m'évader, quand j'avais l'âme en miettes, le corps brisé et des larmes plein le cœur.

Dès que je le peux, je me retire ici et je me plonge dans mes livres préférés : ceux qui parlent de géographie, qui dessinent les cartes de mondes que je ne verrai jamais, et qui me font rêver. Je suis du doigt les contours d'océans lointains peuplés de créatures mystérieuses, lis les descriptions de voyageurs avec avidité. J'imagine que je vis dans ces endroits aux couleurs chaudes, baignés de soleil ou aux confins du monde, dans un royaume de glace peuplé par des animaux étranges. N'importe, du moment que c'est loin d'ici.

Je prends au hasard un livre dont la couverture de tissu d'un violet passé m'attire, je m'installe par terre, sur les lames de plancher de pin clair, sous une fenêtre, et j'oublie les combats, le sang et la poussière, Cassius et mon avenir merdique, pour me plonger dans un antique livre qui parle de territoires humains anéantis depuis si longtemps que seuls les livres en ont conservé la mémoire.

Deux heures plus tard, la réalité me rattrape. Je dois assister au repas royal. J'ai dû revêtir une robe bleue brodée d'or, qui entrave mes jambes d'un tourbillon épais, comprime ma taille et fait ressortir mes seins. Je déteste cette tenue, qui m'empêche de bouger et me désigne comme une proie. J'ai hésité à cacher le bleu énorme sur mon visage sous une couche de fard, mais j'ai finalement décidé d'assumer. C'est à eux d'avoir honte, pas à moi.

De l'autre côté de la table, Cassius me fixe en se léchant les lèvres, avec une expression avide. J'ai du mal à décider lequel des deux je hais le plus, entre mon père et lui...

La colère me submerge tandis que les yeux de la brute s'attardent sur moi, poisseux, lourds de promesses douloureuses.

Je ne me laisserai pas faire. C'est ma promesse à moi.

Je le fixe avec une indifférence feinte. Je glisse ma main dans la poche découpée de ma robe, et j'enroule mes doigts autour du manche doux de mon couteau, surmonté d'une tête de loup sculptée, attaché autour de ma cuisse. Son poids lourd me galvanise, tout comme le tranchant de la lame. Je visualise mon fantasme préféré, celui où je fixe Cassius dans les yeux en appuyant ma lame sur sa gorge, riant de l'entendre me supplier. Puis je tranche sa peau sans pitié. C'est un rêve puissant qui a désormais une chance de se réaliser.

Ce sera sans doute mon dernier geste, mais je n'hésiterai pas, lorsque l'heure sera venue.

J'observe le reste de la tablée. Il est extrêmement rare que j'aie le droit de manger avec les alphas. D'habitude, je reste avec Joran dans les cuisines, et ça me convient. Il faut que ce soit une occasion spéciale. Un sale pressentiment me comprime la gorge.

Mon père rit à gorge déployée avec un inconnu. Son manteau bien coupé, sa large ceinture de cuir gravée de motifs et son pantalon en daim suggèrent qu'il est un loup au statut élevé. Je ne l'ai pas vu dans l'arène, aujourd'hui. Est-ce un des combattants de demain ? Ça ne colle pas. Pourquoi le Premier l'a-t-il invité à sa table, et se comporte-t-il avec lui avec tellement d'égards, si c'est un futur cadavre ? Terdzik se penche vers lui pour l'écouter, on dirait presque que la conversation l'intéresse.

Une armée de serviteurs dépose devant nous des plats raffinés, servis dans de fragiles assiettes blanches. Du gibier avec une sauce aux baies de Tijian qui proviennent du sud lointain et sont hors de prix, des légumes brillants et taillés de façon originale, des pommes, des oranges et des poires fraîches, piquées de noix, alors que mon père abhorre tout ce qui pousse dans la terre, sous prétexte qu'il n'est pas une chèvre. Une multitude de chandeliers d'argent ouvragé éclairent la pièce de leur flamme douce et vacillante, au lieu de l'habituel globe magique qui diffuse une lumière crue, des carafes de cristal sont remplies de vin au parfum délicat. Il est inhabituel que Terdzik fasse autant d'efforts. La boule froide dans mon ventre se déploie en une tempête glacée.

Les convives autour de moi ont fixé l'hématome sur ma joue et le bandage qui remonte jusque dans mon cou, avant de détourner le regard, mal à l'aise. Ils n'ont toujours pas compris que chaque blessure infligée par l'un d'eux représentait une peinture de guerre, une force supplémentaire qui irrigue mes veines.

— Vous devez être tellement fière de voir tous ces loups qui se battent pour vous, princesse, persifle ma voisine, une vieille louve aux bijoux clinquants, en se penchant vers moi. Votre louve doit se réjouir à l'idée de s'accoupler avec un mâle si puissant, elle qui est si fragile…

— C'est évident, réponds-je avec un sourire. Me lier avec une brute qui déposera à mes pieds des colliers de viscères en cadeau a toujours été mon rêve secret...

— C'est une chance inespérée qui vous est offerte, cingle-t-elle, vous ne la méritez pas.

Ses lourds bijoux en or cliquètent alors qu'elle secoue la tête avec désapprobation.

— Je vous laisse volontiers la place, Elzvieta. Si vous ne vous sentez pas suffisamment en sécurité avec votre compagnon, n'hésitez pas à en changer. La loi de la meute l'autorise, je crois ? Ah non, suis-je bête : les compagnes n'ont aucun droit. Seuls les mâles font ce qu'ils veulent. Navrée, vous devrez supporter Maïv encore quelques dizaines d'années...

Ma voisine pince si fort les lèvres qu'elles en deviennent blanches. Je ne saurais dire si c'est de la colère ou la perspective angoissée de son avenir avec son compagnon agressif.

— Vous êtes la honte de la meute, lâche-t-elle d'une voix saccadée.

— Et c'est ma plus grande fierté, réponds-je en jouant avec ma fourchette.

J'ai surtout envie de la lui planter dans la main, mais je doute que Terdzik apprécie que j'abime sa nappe ou son couvert. Elzvieta, il s'en fout. En face de nous, un fidèle de mon père découvre les dents et gronde en me fixant. Je lui souris avec effronterie.

— Votre père aurait dû vous laisser crever à la naissance avec votre mère, déclare-t-il avec dégoût.

J'incline la tête dans sa direction, plaquant une expression indulgente sur mon visage.

— Ektor, vous réalisez que cette insulte ne fait plus vraiment effet, après dix-neuf ans d'utilisation, n'est-ce pas ? Si seulement vous aviez une once d'imagination...

— On devrait vous livrer aux Corrompus ! souffle Elzvieta, scandalisée.

— C'est une excellente idée ! Je crois que je préfère être vidée de mon sang par ces monstres plutôt que d'endurer votre conversation.

Elle me fixe, les yeux arrondis par la stupeur, tandis que je repousse sur le bord de mon assiette les rognons flambés à l'arkost. Le loup en face de moi agrippe le rebord de la table, les traits tordus par la fureur. Il n'a pas le temps d'ouvrir la bouche : à l'autre bout de la salle, mon père se lève et le silence se fait.

Ma petite sœur, assise trop loin de moi, est vêtue d'une de ses plus jolies robes. Elle est plus pâle que la nappe immaculée qui recouvre la table. Je la questionne du regard, inquiète, mais elle hausse les épaules avec impuissance. Girina, sa mère, lui serre doucement la main, avant de m'adresser un sourire tremblant. Ma petite sœur et Joran sont les deux seules personnes que je respecte et que j'aime, de tout mon cœur. Les deux seules pour qui je donnerais ma vie et qui me permettent de ne pas sombrer. Mes ancres, ma famille.

L'inconnu en pleine discussion avec mon père darde sur Alma son regard d'un vert de la même couleur que la mousse de printemps. Un malaise insidieux étend ses tentacules dans mon estomac tandis que des alarmes résonnent dans ma tête.

6.
Neven

— Nous célébrons ce soir deux excellentes nouvelles, commence mon père après un dernier hochement de tête à destination du loup étranger. Non seulement les combats sont un succès, mais bientôt la meute de l'Est et la meute Endish seront unies, grâce à l'union de nos enfants. Je viens d'accepter la demande d'accouplement de Tian Endish avec Alma. La cérémonie aura lieu dans un an, sur leurs terres.

Acclamations autour de la table. J'enfonce mes ongles dans mes cuisses et serre mes dents à les faire éclater. Alma n'a pas l'air de comprendre qu'on vient de l'offrir à un prédateur. Elle ne réagit pas, habituée à obéir. Je me lève à moitié pour protester. Mais un regard d'avertissement de mon père me fait refermer la bouche. La menace glaciale que je lis dans ses yeux me coupe la respiration. Si j'ai le malheur de prononcer le moindre mot et de mettre en péril leur accord, l'enfer se déchaînera sur moi. Et quand je serai morte, il offrira tout de même Alma à ce loup. Je me force à me rasseoir, les jambes tremblantes.

Respire et réfléchis.

L'inconnu est le fils de l'alpha Endish. Il s'agit d'une meute modeste, qui compte à peine sur l'échiquier des forces politiques du continent. Le choix de mon père est étonnant, mais il doit y avoir un bénéfice substantiel à cet accord. Un pacte commercial ? Une entraide militaire ? Tian s'est penché vers ma sœur pour échanger quelques mots avec elle. Elle rougit, troublée, mais ne semble pas effrayée. Plutôt flattée de recevoir l'attention de ce beau mâle. Je retiens mon soupir inquiet. Oh, Alma... Trop douce et naïve...

Je me force à prendre d'amples respirations pour me calmer. Au moins, ce ne sera pas Cassius.

Il paraît qu'avant, c'était différent. Que les humains dominaient le monde au lieu de nous servir de gibier. Que les femelles de toutes les espèces avaient le droit de disposer de leur destin, qu'elles étaient libres de leurs déplacements, d'offrir ou non leur cœur ou d'enfanter. Ce monde est révolu, et j'espère presque que ces rumeurs que les femmes se chuchotent entre elles, à l'abri des oreilles des mâles, ne sont que des mensonges. C'est trop cruel à imaginer, sinon.

Le repas s'achève. Je n'ai rien pu avaler. Je n'ai cessé de scruter Alma pour capter quelques mots de sa conversation avec le loup, mais je n'ai rien entendu. Il faut que je lui parle. Je me lève, mais au même instant, mon père, Tian et d'autres loups appartenant à leur cercle proche repoussent leurs fauteuils et se dirigent vers les larges doubles portes sculptées de la sortie. Alma les suit. Son futur compagnon a posé une main possessive dans le bas de son dos. Je fais un pas dans leur direction, mais mes deux geôliers me barrent le passage en grognant.

— Juste une seconde, sifflé-je à travers mes dents serrées.

— Aucun contact. Ordre de l'alpha, gronde l'un, tandis que l'autre entoure ma gorge de ses griffes pour m'immobiliser.

Alma disparaît par la porte. Merde !

Alors que les gardes me poussent du côté de l'autre sortie, ma belle-mère s'approche de moi. Elle quête l'accord des gardes d'un regard timide. Ils hochent sèchement la tête.

— Ne t'inquiète pas pour Alma, me chuchote-t-elle. Sa nouvelle meute est puissante et son compagnon est respecté.

J'entends ce que Girina ne dit pas. Il est respecté, pas craint. Il ne règne pas par la terreur. Si elle ne se trompe pas, c'est plutôt bon signe. Mais comment en être sûre ?

— Et je l'accompagne, elle ne sera pas seule, reprend la louve. Nous partons ce soir.
— Vous partez ? demandé-je, soudain alarmée.
Elle hoche la tête un peu trop vite. Déesse, non ! Pas ce soir ! Pas déjà ! Je me précipite à la suite de ma sœur, mais les gardes me saisissent par les bras et me tirent en arrière avec violence. Girina se recule vivement, effrayée.
— S'il te plaît, ne fais rien de stupide. Je te promets que je vais veiller sur elle. Par tous les moyens, ajoute-t-elle avec une expression farouche sur le visage. Mais ne déclenche pas *sa* colère. Cette union est une bonne chose pour ta sœur, tu comprends ? Ils ont même accepté d'attendre un an avant le véritable accouplement, et je serai auprès d'elle pour garantir qu'ils tiennent parole.

Elle me supplie en silence de ne rien faire, de ne pas gâcher cette opportunité de fuir notre meute. Mon cœur se recroqueville à l'intérieur de moi. Girina croit ce qu'elle dit, et elle a toujours agi dans le but de protéger sa fille. Mais si elle se trompait ? Si le destin d'Alma était pire encore, là-bas ? Ça me tue, d'imaginer ma petite sœur si douce entre les griffes d'un alpha violent. Ma gorge se contracte tandis que je fixe les portes par lesquelles Alma a disparu.

Comment pourrais-tu la protéger, alors que tu n'es même pas capable de te sauver toi-même ?
— Je veux lui dire au revoir, soufflé-je d'une voix trop aiguë.
— C'est trop tard, le fils de l'alpha l'a déjà emmenée, déclare Girina. Il souhaitait l'éloigner de l'agitation qui règne dans la meute, en raison des combats. Je rassemble nos affaires, et je les rejoins. Je suis désolée, petite... Si j'avais pu, pour toi aussi...
— Je sais.

Ma voix n'est qu'un murmure. Girina ne s'est jamais interposée entre mon père et moi, elle avait trop peur. Sa louve s'est soumise à lui dès les premiers instants. Toutefois, elle n'a jamais approuvé la cruauté de Terdzik. Elle ne se risquait pas à panser mes plaies quand j'avais été rouée de coups, mais elle me souriait, et parfois, cela faisait une vraie différence pour mon cœur brisé. Elle hoche la tête avec douceur.

— Ça suffit, coupe le garde qui enfonce ses doigts dans mon bras, affichant une expression meurtrière. On doit la ramener dans ses quartiers.

Girina tente d'afficher un mince sourire, avant que la peur ne danse à nouveau au fond de ses iris noirs. Après un dernier regard plein de compassion, elle tourne les talons. Je ne reverrai plus jamais ma sœur. Le désespoir me coupe les jambes, m'oppresse à m'en étouffer. C'est une douleur bien pire que les coups.

Je suis les gardes jusque dans ma chambre, mécaniquement. Je n'arrive pas à penser. Mes pas résonnent de façon lugubre dans les longs couloirs pavés de larges dalles noires et blanches. Quand on débouche dans la partie du château où je loge, à l'écart des appartements de mon père et de Girina et Alma, le sol est remplacé par un carrelage brun et usé, et les portes de bois sculpté par de simples battants aussi épais que mon bras. La porte de ma chambre claque dans mon dos.

Alors que la serrure est verrouillée, comme chaque nuit, je reste debout, abattue. Je n'ai pas envie de pleurer, je suis juste frappée de stupeur. Je finis par me laisser tomber sur le lit, assise. Je n'entendrai plus le rire pur et enchanteur de ma petite sœur. Elle ne tressera plus jamais mes cheveux en chantonnant, ne me racontera plus les menues anecdotes de sa journée, ne posera plus sur moi ce regard inquiet quand mon père hurle sa rage.

Alma est partie et Joran va mourir… Je ravale la grosse boule de chagrin qui monte dans ma gorge. Tout ce qui est bon dans ma vie va disparaitre. Je crispe mes poings sur les couvertures, bouche ouverte pour essayer de trouver de l'air. Je suffoque, mes cheveux pendant devant mon visage. Je serai seule, désormais. Cette pensée m'enfonce un pieu dans le cœur, emporte tout le reste.

Je me recroqueville sur le lit, terrassée par la peine. Pourtant, je n'arrive pas à laisser mes larmes couler. Ça signifierait que mon père et Cassius ont gagné, qu'ils m'ont brisée, et cette idée se hérisse farouchement dans mon esprit.

Ma louve me donne un coup de tête à l'intérieur.

Embrasse la colère plutôt que le désespoir ! semble-t-elle me dire.

Je m'oblige à respirer calmement pour reprendre mes esprits et analyser la situation froidement.

Alma est partie, ça me fait mal, mais ça implique aussi que mon père ne menacera plus de s'en prendre à elle si je désobéis. Elle ne paiera pas à ma place, et ça, c'est une putain de bonne nouvelle ! La laisse qui étranglait ma volonté vient de s'envoler.

Quant à Joran... Il est vivant, pour le moment et je ferai tout pour qu'il le reste. En un battement de cœur, je prends ma décision.

Ma chambre est de dimensions modestes, et à part mon lit, un coffre pour ranger mes vêtements et les quelques livres que j'ai volés, elle ne contient rien. Mais cette pièce, qui devait être une réserve accolée aux anciennes cuisines, à l'extrémité d'une des ailes de la bâtisse fortifiée, possède deux atouts dont je ne saurais me passer : l'un est la fenêtre qui s'ouvre sur la forêt, le ciel infini et tous mes rêves de liberté.

Le second est encore plus intéressant : il s'agit d'une trappe, dissimulée sous mon lit. J'ai mis des mois à la desceller en creusant avec une simple fourchette, mais ce que j'ai découvert en dessous est un vrai miracle : un tunnel, qui rejoint le labyrinthe de ceux qui serpentent sous la ville. Il devait permettre l'acheminement des réserves de nourriture. Quand j'ai découvert le passage, il était occupé par des centaines de rongeurs et d'araignées, et n'avait pas servi depuis des siècles. Mon père en ignore l'existence, sinon jamais il ne m'aurait octroyé cette pièce.

Une froide détermination m'envahit. Les règles du jeu viennent de changer.

Je me relève, les pensées à nouveau claires. J'enfile ma tenue habituelle, pantalon sombre, tunique noire, bottes souples et solides avec lesquelles je peux courir des heures et j'ajoute une cape épaisse. J'hésite à emporter mon livre préféré, celui qui contient toutes les cartes des continents qui m'ont tant fait rêver, mais je l'abandonne sur ma couverture. Il est lourd, et je le connais par cœur.

J'ai de l'argent. Pendant des années, j'ai dérobé des petites sommes à mon père, pièces que Girina a échangées pour moi au fil du temps contre des perles d'or, d'argent, d'ébène, d'os ou d'ambre. Je les ai assemblées en trois bracelets, cachés sous mon matelas. Je les glisse à mon poignet. Masquées par une couche de peinture terne, les perles ressemblent à de modestes bijoux de terre cuite. Je rabats la manche de la tunique dessus.

Je glisse mon second couteau dans son étui à ma ceinture, vérifie une dernière fois le contenu du sac sous mon lit, et coiffe mes cheveux en trois longues tresses que j'assemble en une seule natte épaisse.

Et sans même un dernier regard à ma chambre, je soulève la trappe et me glisse dans les ténèbres.

7.
Asher

Je fixe la nuit étoilée qui s'étend par-dessus les montagnes, à l'extérieur de la tour où nous sommes accueillis par l'alpha Terdzik. Accueillis est toutefois un bien grand mot. Notre chambre tient davantage de la cellule que de la suite pour les invités, avec sa porte verrouillée de l'extérieur et ses fenêtres munies de barreaux. Ça n'a aucune importance. Calek et moi ne sommes pas là pour l'hospitalité ni pour les combats.

Mon Second est étendu sur une des paillasses, les bras sous la tête. Il a l'air détendu, mais je sais qu'il est à l'affût.

— Tu les perçois ? interroge-t-il.

Je hoche la tête. La pulsation dans ma poitrine est forte et régulière, le lien qui rattache un Premier à sa meute est une vibration que la distance n'amoindrit pas. Je ressens tous les miens, comme un tissage mouvant de centaines de fils qui battent tous ensemble, l'énergie de chacun d'entre eux se mêlant à celle des autres pour en faire une toile de lumière. Ils sont lointains, mais en sécurité. Pour le moment.

Ma mère, la guerrière Première qui a dirigé notre meute après la mort de mon père lors de la Grande Guerre, m'avait préparé à cette sensation. Pourtant, aucun mot ne saurait transcrire le choc émerveillé qui m'a traversé quand j'ai senti le tissage se déployer en moi, à l'instant où elle l'a relâché en me cédant le pouvoir. Cette émotion riche et puissante de se sentir responsable de

centaines de vies, d'entendre leurs cœurs frémir dans mon torse et de savoir qu'ils comptent sur moi pour les protéger et les guider. J'étais préparé, mais j'ignorais tout, en réalité. Le devoir sacré d'un Premier n'est pas une charge, c'est un honneur dont j'essaie de rester digne, car rien n'est plus important que cela.
— Et l'enceinte ? demande Calek.
— Elle tient, mais elle s'affaiblit. On n'a plus beaucoup de temps.

Après une série d'attaques qui a coûté la vie de mon père et celle de nombreux autres membres de notre clan, ma mère a choisi une solution radicale : nous isoler. Elle a fait élever une barrière magique qui rend notre ville invisible, pour ceux qui ne savent pas où regarder, et rend le passage impossible à ceux qui n'appartiennent pas à la meute.

Mais depuis des semaines, les pierres qui garantissent la barrière magique s'affaiblissent et la brume qui entoure notre territoire se lève de plus en plus souvent. Il nous faut impérativement faire renouveler les enchantements protecteurs. La meute du Grand Nord doit rester un mythe, une légende que nous entretenons soigneusement, afin de vivre en paix. Car les alphas des meutes « pures » du genre de Terdzik nous vouent une haine mortelle.

Après la guerre, notre clan était exsangue. Et quand des réfugiés métamorphes nous ont demandé l'asile, ma mère y a vu une opportunité de nous reconstruire. Il y avait des familles, des anciens qui avaient toute une sagesse à partager, du sang neuf, des guerriers expérimentés. Une richesse incommensurable de diversité.

Ça n'a pas été simple de faire cohabiter des prédateurs avec d'autres êtres, mais au fil du temps, chacun a vu ce qu'il y gagnait. Les aériens nous aident à surveiller nos frontières, les félins n'ont aucun adversaire aussi rapide qu'eux en forêt, et les espèces aquatiques nous garantissent une sécurité optimale le long de nos côtes. Les autres espèces nous ont permis d'intégrer des bardes, des artisans ou des guérisseurs avec un savoir différent du nôtre.

Désormais, l'équilibre de notre meute tient justement à ce mélange des races, car de nombreux petits hybrides sont nés, à l'abri derrière les murs de notre territoire.

Et je ferai tout pour qu'ils grandissent en paix, car chacun d'entre eux est un membre de notre famille.

— Si ce crétin de Leith ne s'était pas fait prendre…, marmonne Calek. Cet endroit pue la mort et le désespoir.

— Qu'attendre d'autre d'une meute qui offre une femelle en pâture ?

Calek secoue la tête avec mépris.

— Elle a l'air totalement soumise, gronde-t-il. Quel intérêt de briser ainsi les louves ?

— L'obéissance est la principale qualité pour la meute de Terdzik…

La princesse ne m'intéresse pas. D'ailleurs j'ignore tout d'elle. Pourtant, elle me fait pitié. Une simple pièce d'échiquier dans la partie de son père. J'espère qu'elle sait ce qui l'attend.

Juste avant le combat, mon loup a eu l'impression de la reconnaître, et ensuite j'ai senti son regard peser sur moi. Ça m'a intrigué. Impossible de distinguer ses traits sous son voile blanc, j'imagine qu'il s'agit de dissimuler aux prétendants à quel point la louve manque d'attraits. Puis la sensation a fini par s'évanouir, et je me suis concentré sur notre mission.

Je tends le visage vers l'air froid du dehors et la forêt sombre qui couvre les flancs de la montagne. La lune est basse dans le ciel, d'une couleur laiteuse trop tendre pour cet endroit. La vaste tour rectangulaire où nous logeons est reléguée à l'extrémité de la ville. On a une vue plongeante sur la cité fortifiée et les murailles de pierre pâle qui l'entourent. La plupart des combattants ont choisi de dormir à l'extérieur, dans les profondeurs de la forêt, n'accordant aucune confiance à l'alpha. Ils ont raison, et dans d'autres circonstances, c'est exactement ce que nous aurions fait, nous aussi. Mais il fallait que nous soyons déjà dans l'enceinte pour atteindre Leith.

— Deux loups devant le bâtiment, quatre patrouilles sur les remparts et au moins trois autres groupes à travers la cité, annoncé-je en comptant les sentinelles par la fenêtre. On dégage dès qu'ils ont terminé leur ronde.

Calek se lève d'un bond léger, ce que ne laisserait pas soupçonner sa corpulence impressionnante d'ours.

— Il faudra tuer les deux loups devant la tour, dit-il.

— On essaie d'éviter, ordonné-je.

Je ne suis pas particulièrement charitable, mais plus il y aura de morts, plus l'insulte sera violente. Et l'objectif n'est pas de déclencher une guerre qui mettrait mon clan en danger. Nous sommes là pour libérer Leith, vu que cette tête brûlée a réussi à se faire prendre. Participer aux massacres était la seule façon d'entrer dans la cité étroitement surveillée.

En contrebas, les loups en faction devant le bâtiment s'éloignent enfin, pour s'enfoncer dans les rues pavées. C'est le moment. Mon sang crépite dans mes veines, mon loup est impatient de sortir et de courir à l'air libre.

Bientôt. Dès que nous aurons quitté cette ville.

Il grogne son assentiment. Alors que je m'attelle à crocheter la serrure de notre cellule, un bruit feutré s'élève dans le couloir. Je me fige. Les gardes n'ont pas fichu une patte à l'intérieur du bâtiment depuis le début de la nuit, et il faut qu'ils se décident maintenant ?

Calek pivote vivement, alerté en même temps que moi par l'odeur étrange qui flotte jusqu'à nous. Il penche la tête sur le côté, tandis que son ours, plus sauvage que mon loup, affleure à la surface de sa peau. Ses yeux gris se teintent de doré, sa silhouette massive semble grandir encore. Je lève le nez et hume à pleins poumons.

Le parfum léger signale une présence féminine. La curiosité de mon loup me pousse à ouvrir la porte. Le couloir est désert. Je plisse les yeux, concentré. Il n'y a rien et pourtant, nous ne sommes pas seuls. Une sensation froide et électrique court sur ma peau, tandis que l'odeur envoûtante s'enroule autour de ma gorge.

Dans mon dos, Calek se crispe.

— Magie, grogne-t-il.

Des sorcières. Des créatures fourbes et insaisissables, telle l'eau ou la fumée. Je ne les crains pas, mais je ne les apprécie pas pour autant. Je m'avance au milieu du couloir, Calek à mes côtés. Des torches tremblent contre les murs, peinant à percer les ténèbres qui envahissent soudain l'espace. Qu'est-ce que c'est que ce bordel... Les flambeaux s'éteignent brusquement. Mon loup se prépare, prêt à affronter la menace. J'ouvre tous mes sens et les dirige vers la noirceur surnaturelle.

L'obscurité frémit.

Tiens tiens.

Un cœur cogne à toute vitesse, au milieu de la brume opaque qui hésite, juste devant nous. Mu par l'instinct, je tends brusquement mon bras et agrippe quelque chose. C'est un cou fragile et tendre, que je pourrais briser en un instant. La peau est douce sous mes doigts, et le pouls de la créature bat follement. Le petit animal pousse un glapissement pathétique, avant que les ombres qui l'entourent ne s'estompent à peine, révélant une femelle aux grands yeux effrayés.

Très vite, pourtant, la petite louve domine sa peur et se débat, essayant de me frapper. Il reste donc des femelles qui ne sont pas totalement brisées, dans cette meute. Je la tiens avec fermeté, hors d'atteinte de ses coups. Ses gesticulations désordonnées me font pitié. Elle ressemble à un chaton qui essaie d'attraper un bout de ficelle. Si c'est un piège envoyé par Terdzik, il n'est pas bien redoutable.

Comme elle enfonce ses ongles dans mon bras, paniquée, je desserre à peine ma prise sur sa gorge. Elle inspire profondément à plusieurs reprises. Je m'attends à ce qu'elle me supplie de la libérer, mais je me trompe.

— Vous me faites mal, déclare-t-elle d'une voix ferme, un peu éraillée.

Ses iris d'un bleu foncé presque noir me harponnent et me défient. Ça pourrait me faire rire, cette combativité inutile, mais je ne peux que respecter son attitude. Ma main se déplace et quitte sa gorge pour s'enrouler fermement autour de sa nuque. Je rapproche mon visage du sien pour la humer.

— Qui es-tu ?

Silence. Ce n'est pas la terreur qui la rend muette : elle me fusille de ses iris de la couleur de l'orage. Je me penche un peu plus et glisse mon nez dans son cou vulnérable, avant de refermer mes mâchoires sur sa jugulaire. Je pourrais l'égorger avant même qu'elle ait le temps de crier. Elle se fige, semblant enfin comprendre qu'elle est en danger.

Bien. Brave chaton.

Satisfait de sa réaction, je me contente de pincer sa peau entre mes dents. Mais quand mes lèvres entrent en contact avec sa chair si douce, mon souffle se coupe. Une sensation déroutante me percute. Assommé par une vague lourde que je ne comprends pas, je secoue la tête pour reprendre mes esprits. En vain. Un vertige étrange m'envahit, comme si je chutais depuis le ciel, et je perds pied.

8.
Asher

Le parfum de la petite louve s'insinue en moi, en un mélange irrésistible de miel et de fumée, de douceur et de ténèbres. Je suis submergé par une émotion inconnue, soyeuse comme un ruban de satin, légère et parfumée comme une brise de printemps et pourtant, aussi inflexible qu'un mur de pierre. Je ne peux pas lutter. Je ne *veux* pas lutter. Mon loup se roule en boule, captivé par cette sensation addictive. Il se met à gémir, exigeant de sortir. Je me redresse, et les yeux de la jeune femme se plantent à nouveau dans les miens, comme si elle voulait plonger jusqu'à mon animal. Pourtant, je ne ressens aucune menace.

Une partie de moi essaie de m'alerter, mais je ne parviens pas à saisir ce qu'elle dit. J'ai juste envie de m'ouvrir davantage pour laisser la petite louve s'enfouir en moi comme mon animal le réclame.

Elle a l'air perdue. Ça déclenche un désir obsédant, une pulsation irrépressible, l'envie urgente de la protéger. Mon statut de Premier me pousse à veiller sur les créatures vulnérables, mais cette fois, ce besoin est si pressant qu'il me brûle les entrailles.

Il faut que je… Je ne sais pas exactement, mais quelque chose hurle en moi. C'est à la fois déstabilisant et profondément satisfaisant. Mes sens s'enflamment, électrisés par son corps plaqué contre le mien. J'ai vaguement la sensation d'un danger qui résonne, en arrière-plan de mon esprit, mon instinct qui me chuchote qu'il se passe quelque chose d'anormal, mais je ne parviens pas à l'écouter. Au contraire, je rapproche encore la petite louve de moi, la serrant contre ma poitrine pour qu'elle s'y blottisse. Elle hoquète de stupeur. La pulsation de la meute résonne plus fort et l'enveloppe. C'est un sentiment merveilleux qui s'enroule autour de mon âme, une émotion si forte que ma gorge se contracte.

On me tire soudain en arrière, m'arrachant à cette connexion délicieuse. Calek s'interpose entre nous, saisissant la femelle par les bras pour la secouer avec force.

— Qu'est-ce que tu lui fais, sorcière ?

Je cligne des paupières, reprenant mes esprits. La caresse sensuelle qui embrumait mes sens s'estompe, sans disparaître totalement. Putain, que s'est-il passé ?

— Elle t'a jeté un sort, lance sèchement Calek.

— C'est ridicule ! s'exclame la femelle.

Elle est minuscule entre les grosses pattes de l'ours. Minuscule, mais pas sans pouvoir. Mon loup hurle, mais je n'arrive pas à déterminer si c'est parce que la petite louve nous a été arrachée, ou s'il est furieux de ce qu'elle nous a fait.

Une colère froide déferle dans mes veines. Évidemment que c'était de la magie, cette sensation euphorique ! Un mensonge. La femelle a les traits défaits, sans doute dépitée que son sortilège n'ait pas abouti. Cette sorcière est allée si loin à l'intérieur de moi qu'elle a carrément touché le lien sacré qui me relie à ma meute.

— C'est ton alpha qui t'envoie ? demandé-je d'un ton glacial.

Silence obstiné. Agacé, je la plaque brutalement contre le mur et laisse ma puissance d'alpha déferler sur sa peau en un raz de marée écrasant. Réaliser qu'elle a plongé si profondément en moi qu'elle a senti la connexion avec ma meute... C'est insupportable. Elle courbe l'échine, incapable de supporter le pouvoir de mon loup.

Elle devrait me supplier et pleurer, mais elle demeure silencieuse, malgré la peur qui crispe ses traits.

— Qui es-tu ? Que veux-tu ?

Les sorcières sont des êtres puissants, mais on peut les tuer en leur arrachant le cœur, comme toutes les créatures. Celle-ci se reprend et carre les épaules. Déterminée à ne rien céder. Je ne peux m'empêcher d'être impressionné. Je n'ai pas libéré toute ma puissance, loin de là, mais elle ne devrait pas pouvoir me fixer ainsi, avec cette lueur rageuse dans le regard. Mon loup se met à tourner sous ma peau, son inquiétude remplacée par une forme de fascination.

— Je ne suis personne, finit-elle par lâcher dans un souffle. Juste une domestique. Lâchez-moi, ou j'appelle les gardes.

— Je te briserai la nuque avant qu'un son ne franchisse tes jolies lèvres. Tu m'as jeté un sort. Dans quel but ?

— Je ne t'ai rien fait du tout, ment-elle avec aplomb. Si j'avais des pouvoirs magiques, je ne serais pas coincée ici avec deux alphas cinglés.

— Elle n'a pas l'air bien redoutable, mais elle porte l'odeur de Terdzik sur elle, annonce Calek qui s'est rapproché.

Je ne sais pas pourquoi, ça me déçoit. Mon loup découvre les crocs, furieux lui aussi.

— Tu es un des jouets de l'alpha, sa maîtresse peut-être...

Elle affiche une grimace dégoûtée. Je reprends :

— Terdzik croit-il pouvoir nous tuer en envoyant une petite femelle fragile ? Est-il arrogant et stupide à ce point ?

J'oscille entre contrariété et perplexité. Mais la louve ne se démonte pas, elle secoue la tête et cingle :

— Je me contrefiche de vous tous, et je ne suis le jouet de personne ! Égorgez-vous donc pour Terdzik, vous faites ses affaires, en vous massacrant les uns les autres.

Elle lâche un ricanement désabusé et poursuit :

— Les plus valeureux guerriers du continent éliminés, sans qu'il ait à engager le moindre effort... C'est pathétique. Lâchez-moi, maintenant.

— Pourquoi portes-tu son odeur, si ce n'est pas lui qui t'envoie ?

— Ça ne te regarde pas.

Elle m'affronte le menton haut. Elle croit s'en tirer comme ça ? Je serre à nouveau sa gorge. Une lueur angoissée traverse son visage. Elle déglutit avec difficulté, et s'agrippe à nouveau à mes poignets.

— Je… ne suis… qu'une servante, halète-t-elle, tandis que ses doigts griffent mes bras. Et je jure… sur la Déesse… que je n'obéis… pas aux ordres… de Terdzik.

Je laisse mon loup affleurer à la surface de ma peau, pour lui montrer ma moitié la plus sauvage. Elle tremble et ferme les paupières. Je sens le moment exact où elle renonce à lutter. Elle ne se soumet pas exactement, elle… se retire. Comme si la situation lui était désormais indifférente. Les dernières ombres qui s'accrochaient à elle se dérobent, et les torches retrouvent leur flamme brûlante.

Pas de magie, hein ? Elle se moque bien de nous.

Alors que je relâche légèrement ma prise, la sorcière apparaît enfin en pleine lumière. Elle est belle, avec ses grands yeux en amande bleu foncé, sa peau pâle, ses lèvres pulpeuses, ses pommettes ciselées et ses cheveux d'un noir soyeux attachés en une natte aux brins compliqués, aussi sombres que les ténèbres dont elle s'entoure, mais ce n'est pas ce qui attire mon attention. Un bleu énorme meurtrit sa pommette et d'autres décorent ses bras nus. Sur son cou, des empreintes de doigts épais, violettes, presque noires. Ce ne sont pas les miennes, pourtant j'ai dû lui faire mal en appuyant au même endroit.

— Qu'est-ce qui t'est arrivé ? demande Calek.

— Je suis maladroite.

Mon ami dissimule son amusement derrière un grondement. Je saisis le visage de la louve, lui fais tourner la tête. Elle résiste, puis elle réalise qu'elle ne fait pas le poids et elle abandonne. Des lacérations décorent son cou et sur sa tempe, une plaie n'a pas été soignée. Les loups guérissent vite, or cette blessure semble dater de plusieurs jours. Une vilaine cicatrice, quatre stries profondes faites par des griffes, marque son épaule avant de disparaître sous l'encolure de sa tunique. Cette blessure-là est si fraîche que je sens l'odeur de son sang.

Je m'étonne. Pourquoi n'y a-t-il personne pour prendre mieux soin d'elle ? Un compagnon ou une compagne, une famille ? Et pourquoi n'a-t-elle pas guéri ? Il y a quelque chose que je ne m'explique pas, dans cette jeune louve, et je n'aime pas ce que je ne contrôle pas.

— Qui t'a fait ça ?

Chaque meute a le droit de vivre comme elle l'entend, chaque clan est souverain. Ça ne me plaît pas pour autant que des alphas abusent de leur domination au lieu de prendre soin des plus vulnérables. Elle arque un sourcil narquois, son regard bleu marine me défie.

— Qui ? insisté-je.

— Quelle importance ?

— Réponds, ordonne Calek.

Elle nous fixe durement, l'un après l'autre.

— Pour quoi faire ? Vous allez tous les tuer ? ironise-t-elle. Il faudrait commencer par le Premier, puis son bras droit, sans oublier à peu près tous les enfoirés de loups de sa garde personnelle, et un paquet d'autres. Vous êtes forts, mais pas à ce point, je le crains.

Les yeux gris de l'ours ont pris la teinte de l'acier dur.

— Si on te traite aussi mal, pourquoi tu ne t'enfuis pas ? s'étonne-t-il.

Il y a quelque chose qui sonne faux, dans son attitude. Mon loup me pousse à la renifler à nouveau, à me gorger de son parfum étrange, à lécher sa peau fragile pour la goûter et comprendre. Je résiste.

— Vous êtes vraiment aussi abrutis que tous les autres... Les choses sont toujours faciles, pour les loups. Vous voulez, vous prenez. Les femelles n'ont pas le loisir de décider de leur propre destin...

— Pas partout, dis-je avec réticence. Certains clans se comportent différemment.

— Ah oui ? Vous en faites partie ? rétorque-t-elle, le visage dur. Parce que je ne me sens pas particulièrement en sécurité, avec votre main autour de mon cou.

— La petite sorcière a des griffes, grogne Calek, amusé.
Elle me défie du regard.
— Par quelle magie parviens-tu à contrôler les ombres ? interrogé-je.
Elle lève les yeux au ciel.
— Relâchez-moi, jette-t-elle d'un ton sec. Je ne dirai rien de votre petite sortie nocturne, c'est sur moi que ça retomberait. Je ne suis pas là pour vous et je n'ai rien d'une menace, vous le voyez bien. Mais je suis pressée, et...
— Les ombres, la coupé-je.
Calek s'approche d'elle jusqu'à la frôler, laissant déferler sa puissance brute. Je suis plus dominant que lui et Leith, mais l'aura de l'ours est la plus lourde, la plus sauvage et écrasante de nous trois. La louve serre les mâchoires. Ses ongles courts déchirent ma peau, mon sang coule le long de mon poignet.
— Vous me faites mal, glapit-elle, furieuse.
— Réponds, insiste Calek. Ta magie des ombres.
Ses muscles épais roulent sous sa peau, on pourrait croire sa bête très proche de la surface. Pourtant, ses yeux gris sont deux lacs calmes. Il se maîtrise sans difficulté, ce que la petite louve ne peut savoir. Elle s'obstine pourtant à nous braver en se murant dans le silence. J'ajoute mon pouvoir à celui de Calek. Elle halète, peinant à respirer.
— Pas... une... sor...cière... pu...tain !
Calek me jette un regard désapprobateur. Il n'aime pas ce que nous faisons. Ça hérisse tous ses instincts protecteurs de malmener cette femelle.
Mon loup proteste lui aussi :
Tu t'en prends à elle parce qu'elle a frôlé notre lien de meute, mais c'était à nous de mieux nous protéger. Tu es juste vexé.
Brusquement, j'en ai assez de cette confrontation inutile. La femelle n'est pas une menace. Elle est plus butée qu'un vieux loup, cette discussion va s'éterniser, et on n'a pas le temps. Je ne la crois pas vraiment, mais ça n'a aucune importance. Je me fiche de cette jolie louve mystérieuse, de ses pouvoirs, de son alpha taré.

Pendant qu'on joue avec elle, Leith est peut-être torturé, et ma meute est en danger.

Calek se tourne vers moi, arquant les sourcils dans une question muette. La fille nous scrute alternativement, les lèvres pincées.

— On dégage, dis-je.

Calek hoche la tête et s'avance déjà dans le couloir, non sans avoir jeté un dernier regard à l'inconnue intrigante. Juste avant de le suivre, je demande :

— Réponds juste à cette question : que fais-tu dans la tour ?

— Je viens retrouver un ami.

Je secoue la tête, étrangement dépité. Elle n'est qu'une sorcière amoureuse... J'ai vu les guerriers rescapés de la journée. Aucun ne fera le poids face à Cassius. Son compagnon, quel qu'il soit, sera mort demain soir. Mes doigts s'écartent, traînant une seconde de plus sur la peau douce de sa gorge. Mes yeux effleurent son corps, s'attardent sur ses lèvres. Elle est vraiment belle, attirante d'une façon que je ne comprends pas. Et la laisser s'échapper suscite un écho bizarre, en moi, comme un regret.

9.
Asher

Leith nous attend.

L'étage où nous nous trouvons est fermé par une porte, verrouillée elle aussi, mais elle n'offre pas plus de résistance que celle de notre cellule. On descend les escaliers étroits qui mènent au rez-de-chaussée, sans le moindre obstacle. Les gardes qui patrouillent au pied du bâtiment manquent de rigueur. Ce ne sont que des gosses, excités par le jeu de massacre d'aujourd'hui. On n'a même pas besoin de les éliminer, ils ne surveillent rien. On se faufile dans l'ombre.

On s'enfonce dans les rues en rasant les murs. La cité est construite en forme d'étoile dont les cinq branches sont constituées d'étroites ruelles pavées, bordées de maisons de pierres. J'ai du mal à comprendre comment des loups peuvent choisir de s'entasser dans ces constructions au plafond bas, et dotées de si peu d'ouvertures que c'est à peine si les rayons du soleil doivent les réchauffer. Même les moitiés humaines des habitants de la cité doivent étouffer, dans ces baraquements…

Toutes les rues mènent au centre, où se dressent les bâtiments principaux : le palais du Premier, sorte de château sombre flanqué de deux ailes plus basses, et de l'autre côté de l'immense place, l'arène. Les prisons sont juste en dessous.

La nuit est calme, et on parvient à l'arène sans rencontrer la moindre difficulté. Pénétrer dans les prisons s'avère à peine plus compliqué. Il y a deux accès, avons-nous appris de la bouche d'un des combattants ce matin. Le loup était si fier de nous raconter combien leur meute était organisée, contrairement à celles qui vivent en pleine nature, dans des cabanes ou des tanières... S'il voyait nos chalets de rondins parfaitement invisibles dans le paysage, lumineux, spacieux et dotés d'un confort dont il n'a sûrement jamais entendu parler. Il était convaincu aussi qu'il nous tuerait facilement dans l'arène... Pauvre idiot.

Le premier itinéraire qui mène aux prisons, le seul vraiment utilisé apparemment, passe par la salle des gardes. L'autre est un boyau de secours par lequel on amène parfois les prisonniers qui doivent combattre pour le plaisir du Premier. Il sera moins surveillé, d'autant plus qu'on s'attendrait à ce que les loups cherchent à quitter la prison, pas à y entrer.

On traverse l'arène en longeant les murs des gradins. L'arche ouverte du fond donne sur un couloir qui s'enfonce sous le sol. On avance avec prudence, jusqu'à une lourde porte, surveillée par trois loups qui jouent aux dés. Totalement happés par leur partie, ils ne prêtent aucune attention au danger. Je fronce le nez quand des relents de bière parviennent jusqu'à moi. On échange un regard avec Calek. D'un geste du menton, il me désigne la droite.

Je lève les yeux au ciel. Évidemment, il choisit le côté où il y a deux mâles et ne m'en laisse qu'un.

Nous fondons sur eux. Ils n'ont pas le temps de comprendre ce qui leur arrive. Ils s'écroulent mollement sur le sol de terre battue, la nuque brisée. Nous les traînons sur le côté, récupérons les clés de laiton dans la poche de l'un d'eux, puis nous poussons les portes qui donnent sur les prisons.

Un peu plus loin, le passage est barré par une grille aux barreaux épais. Je grimace. Trois serrures sont disposées les unes au-dessus des autres. Je teste deux clés avant de trouver la bonne. La grille s'ouvre dans un chuintement doux.

On suit le couloir qui s'enfonce plus profondément sous terre. Je déteste cette sensation d'humidité qui me colle à la peau, alors que mon loup ne rêve que de forêts et de neige, de grands espaces pour chasser le gibier. Nous nous enfonçons dans les profondeurs puantes et obscures du souterrain.

Nous descendons un grand moment, prenant garde de ne pas faire rouler les pierres sous nos pieds, avant de parvenir dans un nouveau couloir, plus large et éclairé par des globes magiques luminescents. Un escalier gravé dans la roche monte vers les étages, sans doute l'accès direct depuis la salle des gardes, tandis que plus loin le couloir forme un coude d'où suinte l'odeur du sang et du désespoir, mélange d'urine, d'excréments et de chair brûlée.

J'avance avec prudence, Calek dans mon sillage. Enfin, la prison s'offre à nous. Deux mâles sous leur forme animale se tiennent devant les grilles qui ferment l'accès aux cellules. Ceux-ci sont nettement plus attentifs que les premiers. Ils nous ont entendus arriver et se tiennent prêts à l'attaque. Je fais un signe à Calek pour lui indiquer que je passe en premier. Il hausse une épaule indifférente. Je bondis sur les gardes.

Les deux loups se précipitent sur moi avec un grondement caverneux. Je sors mes griffes et les plante dans le flanc du premier, puis roule à toute vitesse sur le côté tandis que les crocs du second ratent ma gorge de peu. Ils se jettent à nouveau sur moi, je les laisse me plaquer au sol pour attirer leur attention.

C'est alors que Calek plonge et entourant le cou du loup qui essaie de m'égorger, il l'étouffe en le bloquant au creux de son coude. Je frappe le second en plein poitrail, cherchant le cœur. Il se débat, cherche à hurler.

J'enfonce mon autre main au fond de sa gorge. Ses crocs transpercent ma paume, éraflent mon visage. Je plonge à nouveau mes griffes dans sa chair, transperçant un organe chaud. Le sang dégouline le long de mon bras. Il s'écroule.

Je fais rouler le corps à côté de moi et me redresse. Calek est déjà en train d'ouvrir la grille. Il jette un regard moqueur à la blessure sanglante de ma joue.

— Tu as perdu tes réflexes, Premier ? Tu veux qu'on se prévoie une séance d'entraînement, un de ces quatre ? Je serais honoré de servir d'instructeur au chef de notre meute. Si j'arrive à enseigner l'art du combat à nos petits, je devrais réussir à faire quelque chose de toi...

Il ricane. Je lui réponds d'un majeur levé et récupère un couteau long et une hache accrochés sur le mur. Je lui lance la seconde, il la rattrape d'un geste nonchalant. On longe une série de cellules vides, scrutant l'ombre pour trouver Leith.

On a été séparés de Leith alors qu'on était en mission, très loin de notre territoire. Quand notre frère ne s'est pas pointé au lieu de rendez-vous, on l'a pisté jusqu'à cette putain de meute de l'Est.

— Il est par là, me souffle soudain Calek, le nez en l'air.

On se déplace plus vite jusqu'à la cage où Leith est retenu. Il est debout, les bras en l'air suspendus à des chaînes. Il a été roué de coups, et marqué au fer rouge à divers endroits.

Normalement, nous cicatrisons vite, mais il existe des moyens d'empêcher le processus de guérison. C'est sans doute ce qu'ils ont fait à la petite louve aussi, pour empêcher son animal de la soigner. À moins qu'ils ne se contentent de répéter leurs tortures jour après jour, sur elle comme sur lui.

Un grondement monte du fond de ma gorge. Quel dommage qu'on ne puisse plus tuer les gardes...

Je fais cliqueter les clés dans la serrure.

— J'ai failli attendre, marmonne Leith d'une voix éraillée.

— On pensait que tu serais capable de te débrouiller tout seul, mais apparemment, on a surestimé ton intelligence, persifle Calek en détachant les lourdes chaînes et en les reposant au sol.

Leith titube. Il s'appuie contre le mur humide. Je lui tends un petit sac rempli de lanières de viande séchée. Il en cale tout de suite trois entre ses mâchoires.

— Depuis quand tu n'as pas mangé ? interrogé-je.

— Suffisamment pour trouver cette merde délicieuse.

Quand Leith est arrivé dans la meute, il était un louveteau affamé. Nos sentinelles l'avaient trouvé seul, à demi mort. Il a mis des semaines avant d'accepter de reprendre une forme humaine. Il se nourrissait exclusivement de lanières de viande, car il était trop faible pour accepter une autre nourriture.

Depuis, il les déteste.

Alors s'il en est à dire que c'est bon, il doit être réellement affamé.

Je ne peux lui accorder qu'une minute pour se remettre. On doit partir immédiatement, avant que l'alerte ne soit donnée.

10.
Neven

Jamais on ne m'avait repérée, sous les ombres. Ma capacité s'est-elle émoussée, ou ces guerriers sont-ils particulièrement perspicaces ? Le loup aux yeux d'un bleu clair saisissant et aux cheveux pâles est le chef, j'en mettrais ma main au feu. Son compagnon est plus grand encore, plus large et doté d'une musculature impressionnante, qui semble faite en pierres de Rinh, ces roches incrustées d'éclats brillants plus dures que le diamant qu'on ne trouve qu'au pied des volcans de l'ouest. Il irradie d'une force tranquille. Et tous deux possèdent la beauté virile et létale des alphas.

Ce seront des ennemis redoutables pour les combats de demain. Quoiqu'en y réfléchissant, je ne suis pas sûre qu'ils soient là pour ça. Sinon, pourquoi chercheraient-ils à quitter leur chambre en pleine nuit, au lieu de se reposer ?

Je devrais avoir peur d'eux, mais Cassius est celui qui concentre toutes mes angoisses. Il ne reste plus rien pour les autres. Et puis, je me sens encore sous l'emprise des ombres. Elles laissent leur empreinte glacée sur mon âme à chaque fois que je les appelle, une impression de vide infini qui s'étend à l'intérieur de moi, comme une nuit d'hiver sans étoiles, un monstre qui dévore tout espoir. Je déteste cette froideur qui m'envahit, mais ce soir, elle me permet de me concentrer sur Joran.

Il est le seul qui importe.

Je franchis encore quelques salles, avant de trouver celle où il est enfermé. Comme pour les autres chambres, une fenêtre fermée de barreaux s'ouvre dans le couloir, permettant aux gardes de surveiller l'intérieur. Il est seul dans cette cellule, les autres loups assignés à cette pièce sont sans doute morts aujourd'hui. Je l'appelle doucement. Il se redresse et se jette sur les barreaux, piétinant les tapis qu'on a jetés sur la pierre pour rendre les lieux moins austères.

— Neven ! souffle-t-il alors que j'agrippe mes doigts aux siens.

— Pourquoi as-tu choisi de participer à cette comédie macabre ! Tu vas mourir ! glapis-je.

J'essuie les larmes qui me sont montées aux paupières d'un geste rageur. Il effleure doucement ma joue.

— Je ne pouvais pas au moins essayer de te sauver, alors que Cassius...

Il n'achève pas. On sait tous les deux ce qui arrivera.

Un jour, Joran et moi avons assisté à un accouplement entre Cassius et une femelle, bien malgré nous. Nous nous étions cachés dans les cuisines, pour échapper à mes poursuivants, quand il est entré en portant une louve sur son épaule, accompagné de deux autres mâles. Elle criait et se débattait, mais il l'a fait taire en lui donnant un coup violent à la tempe. Elle s'est amollie sur son épaule. Il l'a jetée sur une table, à plat ventre, a déchiré sa robe et s'est violemment enfoncé en elle. Elle gémissait faiblement, il lui déchirait les flancs et le dos de ses griffes, semblant se réjouir davantage de la douleur de la jeune femme que de son propre plaisir.

— Ne regarde pas, m'a soufflé Joran.

Mais je ne pouvais pas détacher mes yeux de l'horreur. Il la martelait avec tellement de force que la table elle-même a fini par se fendre. Il a passé son bras autour de la gorge de la jeune femme et l'a redressée contre lui. Et pendant qu'il se déversait en elle en rugissant, il l'a étranglée, les traits crispés en un plaisir abject. Jamais je n'oublierai la terreur folle qui crispait les traits de la servante. Quand il l'a relâchée et qu'elle s'est écroulée sans vie sur le sol, il a planté ses iris dans les miens. Il m'a souri cruellement. Il savait depuis le début que j'étais là. Je me suis mordu la langue pour m'empêcher de crier. Ils sont repartis, en laissant le cadavre derrière eux. Joran et moi, on est restés blottis l'un contre l'autre en tremblant. On avait à peine neuf ans.

Il m'adresse un sourire triste, j'appuie ma joue contre sa paume.

— C'était stupide, le sermonné-je. Tu aurais pu vivre.
— Sans toi ? Sous le règne de ton père ?
— On va s'enfuir, lui annoncé-je avec fermeté.
— Neven...

Son expression compatissante me laboure la poitrine. Une colère désespérée me reprend.

— Je sais, je suis trop faible et la chance de leur échapper est quasi nulle, mais au moins, on aura essayé ! Là, on se laisse conduire à l'abattoir tous les deux ! Alma est partie ce soir, offerte au fils de l'alpha Endish. Cassius ne s'en prendra pas à elle. On doit s'enfuir. Je refuse de te regarder mourir dans l'arène.

Mon cœur se serre et les larmes gonflent ma gorge. Joran me scrute. Abandonner un combat est compliqué, quand on est un loup alpha. Je lui demande de se comporter avec lâcheté, de se soumettre, la queue entre les pattes, alors que tout en lui hurle sa soif de me protéger. Mais il ne peut pas gagner, pas contre Cassius. Je ne le lui répète pas, pour ne pas érafler davantage son ego, même s'il est parfaitement conscient que le bras droit de mon père est quasiment invincible.

— Je t'en prie, Joran !
— D'accord, finit-il par murmurer en relâchant les épaules. OK, on va le faire.

Mon plan d'évasion est prêt depuis longtemps. Certains des tunnels qui s'enfoncent sous la ville sont oubliés. Je les suis depuis des années, déposant des affaires dans un recoin, et jamais je n'ai vu la moindre trace de pas, jamais les petits cailloux que j'y dispose n'ont été déplacés. Certains passages sont compliqués, il faut ramper et j'ai à peine la place de m'y faufiler. Joran va en baver, mais il vivra.

Le seul véritable problème, c'est après : on débouche au milieu d'une falaise abrupte. Plus haut, ce sont les remparts qui entourent la ville. En dessous, le sol se situe à une vingtaine de mètres. Joran se remettra de la chute. Moi, en revanche...

Je n'ai jamais tenté ma chance jusque-là, parce que je refusais de laisser Alma toute seule. Mais désormais plus rien ne me retient... Assister à l'exécution de Joran est au-dessus de mes forces. Je préfère tenter cette sortie, plutôt que d'attendre la fin en victime consentante.

— On part tout de suite ! grondé-je doucement.

— Et comment tu comptes me faire sortir ? Tu vas briser les barreaux de la fenêtre avec tes petites mains ?

— Je ne suis pas stupide, rétorqué-je sèchement.

Je tends un trousseau de clés entre mes doigts, dérobé aux gardes dans leur salle de repos, il y a des mois. Un des petits services que me rendent les ombres... J'espérais récupérer la clé qui ouvre ma chambre, mais elle n'y était pas. En revanche, j'ai en ma possession tout le nécessaire pour déverrouiller les portes de la tour, ainsi que celles des celliers de nourriture. Je n'imaginais pas qu'elles me serviraient un jour...

— Tu es incroyable, murmure Joran, les yeux brillants.

— Il était temps que tu t'en aperçoives, dis-je dans un sourire.

Joran appuie son front contre le mien, à travers la grille, avant de poser lentement ses lèvres sur les miennes. Il m'embrasse avec une ferveur qui me bouleverse. C'est un baiser complice et tendre, il a la saveur des rires et des douleurs partagés. Mon cœur accélère quand sa langue caresse la mienne en une étreinte délicieuse. Joran sent le soleil et les fougères, les tourtes aux pommes et la vanille. Il a le parfum de tout ce qui est bon dans la vie. Je sens son trouble, et j'en veux plus, moi aussi. Mais des pas résonnent dans le couloir. Il s'écarte brusquement.

— Sauve-toi, Nev !

Je lui tends les clés et me recule, avant de me noyer à nouveau dans l'ombre, contre le mur du couloir. Deux gardes surgissent des escaliers, ils avancent et surveillent l'intérieur de chaque chambre par la fenêtre intérieure. Merde. Il ne faut pas qu'ils s'aperçoivent que deux de leurs combattants manquent à l'appel. Maudits inconnus ! Ils vont me faire perdre tout espoir de fuite, si les gardes sonnent l'alarme. Je me déplace jusqu'à leur cellule et rassemble les ombres en une brume opaque. Je modèle rapidement deux formes allongées sur les paillasses. Elles ne feront illusion que si les gardes ne se montrent pas trop attentifs.

Tout en discutant des combats du jour, les loups passent devant la chambre de Joran, y jettent un œil indifférent et poursuivent leur vérification. Je me recule jusqu'à l'angle du couloir, retenant mon souffle. Quand ils se penchent pour scruter l'intérieur de la cellule des deux mâles, mon cœur bat si fort que je crains qu'ils ne l'entendent. Mais ils se redressent et poursuivent leur ronde, tout en pariant avec force ricanements sur les concurrents de demain. Quand ils s'engouffrent à nouveau dans les escaliers pour rejoindre les étages inférieurs, j'expire longuement.

Un cliquetis résonne, des bras forts entourent ma taille et Joran est là, sa bouche dévorant la mienne dans un baiser passionné. Le goût de sa peau hâlée gorgée de soleil submerge mes sens et m'emporte. Je glisse mes mains dans ses cheveux roux pour le rapprocher de moi et profiter davantage de cette sensation de sécurité. Entre ses bras, je suis chez moi. Il est mon alter ego, mon meilleur ami, mon avenir. On se sépare pourtant rapidement, à regret, rattrapés par l'urgence de la situation.

— Prêt ? demandé-je, tout contre sa bouche.
— Avec toi, toujours, déclare-t-il avec ferveur.

On se dirige vers les escaliers et on descend sans bruit, pendant que les gardes patrouillent dans les étages. Arrivés au rez-de-chaussée, je prends la main de Joran et l'entraîne avec moi de l'autre côté du hall, vers la porte qui mène aux caves. Ça fait des années que je circule par les voies oubliées de la cité, il est temps que ça serve à quelque chose.

11.
Asher

— Merde, gronde Leith. Vous avez un plan B, évidemment ?

On devait quitter la ville en passant par une des portes de l'enceinte, celle qui donne sur la forêt, à l'opposé de l'ouverture principale. Quand nous sommes arrivés pour repérer les lieux, il y a quatre jours, on a fait le tour de toutes les options, soupesant nos chances de réussites. Cette porte était la moins surveillée de toutes, quatre gardes seulement. Mais cette nuit, ils sont bien le double.

— Voilà pourquoi ils sont moins nombreux en ville.

— Craignent-ils qu'un des loups qui campent à l'extérieur ne tente de s'introduire dans la cité ? s'étonne Calek. Qui serait assez cinglé pour chercher à tuer l'alpha sur son propre territoire ?

— À peu près tous les guerriers de ce côté du continent, lâche Leith, amer.

La meute de l'Est est riche et puissante, et ils possèdent suffisamment de femelles pour assurer leur pérennité. Vivre entre ces murs me fait frissonner d'horreur, mais de nombreuses meutes ne demandent sans doute que ça. Un lieu où prospérer en toute sécurité.

— On essaie la porte nord, ordonné-je.

— C'est ça, ton plan ? ironise Leith. On les teste toutes une par une ? T'es un vrai stratège, Asher !

Je le fusille du regard, il se marre en haussant les épaules. Les murs de l'enceinte sont bardés de protections et beaucoup trop hauts pour qu'on les escalade. Et sur la pierre d'un gris pâle, éclairée par les flambeaux, on serait des cibles trop faciles. Courbés en deux, au pas de course, on longe la muraille, en se tenant à l'abri des torches vives qui illuminent l'enceinte à intervalle régulier. Des éclats de voix retentissent, sur le rempart, juste au-dessus de nous. On se plaque contre un renfoncement, évitant de peu la patrouille. On repart. Soudain, Calek se fige.

— Derrière, gronde-t-il. Trois loups.

Les lèvres de Leith s'étirent en un sourire ravi.

— Enfin ! J'ai presque cru que vous n'aviez pas prévu de défouloir, ça m'a tellement manqué !

— Tu ne t'es pas fait d'amis, en cellule ? rétorqué-je nonchalamment, tout en bandant mes muscles en préparation de l'attaque.

Il hausse les épaules.

— Rien d'intéressant. Et ils étaient trop occupés à préparer leur foutu massacre pour ramener d'autres prisonniers. Je me suis emmerdé comme rarement...

Son ton sarcastique ne me trompe pas. Ses vêtements déchirés sont couverts de son sang, et une plaie fraîche barre son torse.

— Alors amuse-toi, soufflé-je. Maintenant !

D'un seul mouvement, on pivote, cueillant nos poursuivants par surprise. Ce sont des jeunes, sous leur forme animale. Ça leur donne l'avantage, tant pis, on n'a pas le temps de se transformer. Je frappe un coup violent sur la truffe du premier, l'étourdissant à moitié. Pendant qu'il secoue la tête pour reprendre ses esprits, je coupe d'un geste sec les tendons de ses pattes. Il s'écroule, mais réussit à se redresser suffisamment pour déchirer mon biceps de ses crocs, je plante le couteau dans son cou. Puis je tire d'un coup sec.

Je me relève, essuie mes mains sur mon pantalon. Calek a exécuté un des combattants et Leith, qui a récupéré la hache, l'enfonce d'un geste sûr dans le crâne du dernier. Un craquement humide résonne et la bête s'écroule sur le sol de terre. Calek n'a pas une égratignure, mais Leith boite. Et je ne peux me battre qu'avec un seul bras. On doit se transformer.

— Allez-y, gronde Calek. Je surveille.

Je tombe à quatre pattes. Mon cœur se soulève, mon rythme cardiaque s'accélère, et dans une douleur aussi abominable que délicieuse, mes os craquent et se réalignent, mon corps se couvre d'une fourrure blanche, mon esprit accueille celui de l'animal.

En trois secondes, je suis loup. Mes vêtements gisent sur le sol, déchirés, et tout me semble plus simple et plus beau. La ville se teinte de nuances de gris tellement plus subtiles que les couleurs criardes que je distingue sous ma forme humaine.

L'odeur claire et coupante de la nuit envahit mes narines, la douceur de la terre embrasse mes pattes. Mes muscles roulent sous mon échine, robustes et impitoyables.

La métamorphose oblige mon corps à guérir, mes chairs à cicatriser. Je serre les mâchoires, le temps que la vague de souffrance déferle, puis je me tourne vers mes compagnons. D'un mouvement du museau, je leur fais signe de me suivre.

On court jusqu'à la porte nord, évitant tous les gardes, mais c'est à nouveau un échec : elle est surveillée par une milice entière. Un grondement sourd fait vibrer mon poitrail.

— Diversion ? demande Calek en pointant les torches du doigt.

Je hoche la tête. Les maisons sont assez éloignées du mur pour attirer les gardes si un incendie s'y déclare. Soudain, des cris résonnent dans la ville, se répercutant de rue en rue. Sur la muraille, les gardes pivotent pour scruter l'intérieur de la ville.

On se plaque contre la façade d'une maison. Le bruit d'une cavalcade enfle dans notre direction. On court, zigzaguant à l'intérieur des rues. La petite louve me revient en tête : ses ombres nous seraient bien utiles, en cet instant.

— Par ici ! piaille une voix aiguë. Je les vois !

Depuis une fenêtre, une femme nous montre du doigt, rameutant les gardes dans notre direction. On bifurque dans une rue.

Cul-de-sac, on fait demi-tour, on s'engouffre par une porte qui donne sur un jardinet, on saute par-dessus le mur qui le clôt, pour atterrir dans une autre rue. Nos poursuivants se rapprochent. L'odeur de leur colère me remplit les poumons.

J'avise une ouverture fermée par une plaque métallique, sur le soubassement d'une maison. L'idée de se planquer me hérisse le poil, mais je ravale ma fierté et laisse ma raison prendre le dessus. Je reprends forme humaine et arrache la lourde plaque.

— Là-dedans, sifflé-je doucement.

Leith se transforme à son tour, nos loups sont trop massifs pour passer par l'ouverture. Mes compagnons se jettent dans le trou, je les imite et referme le panneau juste avant que les soldats ne passent.

— Ils vont vite comprendre que notre odeur a disparu, chuchote Calek. Ils feront demi-tour.

— Je sais. On dégage d'ici cinq secondes, lancé-je.

— Hé, venez voir ça, s'exclame soudain Leith.

Sa voix est étouffée. Je traverse la cave et le rejoins : il y a un tunnel qui s'ouvre sous une trappe en bois ménagée dans le sol. Il saute dans le boyau souterrain, renifle, le nez en l'air.

— Il y a une sortie, quelque part par-là, lâche-t-il. Je sens l'air frais.

On échange un regard rapide, tous les trois. L'avantage, c'est que nos assaillants, s'ils nous suivent, seront obligés de nous faire face un par un.

— OK, dis-je. On tente notre chance par là.

On court, pliés en deux dans le boyau étroit, à toute vitesse. Nos poursuivants n'ont pas tardé à nous suivre : ils crient et s'interpellent, loin derrière. La chaleur de la terre est suffocante et il fait totalement nuit. Je détestais déjà le tunnel pour rejoindre la prison, ici c'est bien pire.

Je fais appel à la vision du loup pour distinguer au moins des contours grisâtres. Je serais plus à l'aise sous ma forme animale, mais le tunnel est trop étroit. Calek, le plus grand de nous trois, a du mal à avancer, son dos racle le plafond, ses épaules frottent sur les parois. L'inconvénient d'être un métamorphe ours...

Devant, Leith file à toute vitesse, se fiant à ses sens, ses pieds nus frappant le sol avec légèreté.

Alors qu'on parvient à une bifurcation, il se jette dans ce qui doit être une flaque d'eau boueuse et se roule dedans. On l'imite, masquant notre odeur sous celle de la terre.

— Gauche ou droite ? demande Leith.

— Celui qui descend, répond Calek. Tu peux être sûr que l'autre remonte à la surface et qu'ils nous y attendent.

On s'enfonce de plus en plus loin sous la surface. Je ne suis pas à l'aise. Mon loup aime les grands espaces, le ciel au-dessus de sa tête et le vent dans ses poils quand il court librement. Là, dans cet espace confiné, j'ai l'impression de ne plus pouvoir respirer. On arrive à un nouvel embranchement, l'une des voies remonte, l'autre poursuit tout droit. Ça fait longtemps qu'on n'entend plus les loups derrière nous. Je tends l'oreille, sans rien percevoir d'autre que le bruit de nos respirations et nos battements de cœur.

— On n'est pas des taupes, jette Leith d'une voix tendue. On n'est pas faits pour s'enterrer. Je vote pour regagner la cité et nous battre comme des loups.

Je suis d'accord avec lui, mais Calek demeure silencieux. Il s'est tourné vers l'autre boyau et il hume à pleins poumons. Il se tourne vers nous et déclare :

— On doit aller par là.

— Hors de question, mon frère, jette Leith d'un ton acide.

— Flaire, gronde l'ours à mon intention.

Je me penche, intrigué. J'inspire à fond, sans rien percevoir. Mais alors que je m'apprête à annoncer à Calek qu'il a perdu la tête, le parfum de la fumée mêlé à celui du miel me parvient. Léger, à peine une trace fantôme.

— La petite louve ! m'exclamé-je avec un sourire.

— Et ça ne date pas de longtemps, ajoute Calek.

Je me redresse, soudain excité. Mon loup se réjouit de passer en mode chasseur plutôt que proie. Avec ses ombres, elle pourrait nous aider à quitter cette ville.

— De quoi vous parlez, putain ? gronde Leith.

— Notre ticket de sortie est par ici, réponds-je en m'engouffrant dans le tunnel, suivi par Calek.
— Vous faites chier ! crie notre compagnon, avant de nous imiter.

12.
Neven

Je cours le plus silencieusement possible devant Joran. Nous nous sommes glissés dans le tunnel par lequel je suis venue, mais au lieu de remonter vers ma chambre, je l'ai entraîné dans l'autre sens.

— Nev, chuchote Joran dans mon cou, tu es sûre de toi ? C'est une zone surveillée, regarde, c'est entretenu.

— Il n'y a jamais de patrouilles ici. Fais-moi confiance, murmuré-je.

S'il le faut, j'appellerai à nouveau les ombres pour nous dissimuler. On emprunte une volée d'escaliers brinquebalants. Arrivés en bas, je fais signe à Joran de ramper en dessous. On accède à une galerie poussiéreuse bouchée par un éboulis. Il me suffit de faire rouler quelques pierres pour que mon corps mince se coule de l'autre côté, dans un ancien couloir désaffecté. Joran est obligé de dégager d'autres roches pour pouvoir s'y faufiler, et dès qu'il se tient à côté de moi, on les remet en place, dissimulant toute trace de notre passage.

Ici, c'est le noir absolu. C'est mon univers, je m'y sens bien et ma louve aussi. C'est comme si je me tenais dans un cocon géant, un nid tiède et rassurant, dans lequel il ne peut rien m'arriver.

Ceux qui ont bâti cette cité fortifiée, il y a des siècles, étaient des humains ingénieux. Ils avaient prévu quantité de passages pour acheminer le ravitaillement en évitant les rues peuplées, ou pour fuir en cas d'attaque, je ne sais pas trop. C'était des créatures rusées, qui palliaient leurs faiblesses en inventant des quantités de machines et d'outils dont les loups ont perdu l'usage.

J'ai vu dans des livres qu'il existait un système d'éclairage qui s'activait en poussant un bouton. Les globes magiques sont plus pratiques et ne s'usent jamais, bien sûr, mais la détermination à survivre des humains était admirable. Pourtant, ça ne leur a pas suffi pour échapper aux loups. Et désormais, la poignée d'humains qui reste sur la planète se terre le plus loin possible des prédateurs. Mais ce labyrinthe sous la ville est une création merveilleuse, pour laquelle je leur rends grâce.

— Tu ne m'as jamais parlé de cet endroit, note Joran, contrarié, alors que nous progressons en suivant de nos mains les murs humides. Je croyais qu'on partageait tout...

Je lui adresse un sourire d'excuse, même s'il ne me voit pas, dans ces ténèbres épaisses.

— Tout ce qui est important, réponds-je. Ces tunnels ne l'étaient pas, puisque je ne serais jamais partie en abandonnant ma sœur.

— On aurait pu fuir bien avant, avec Alma.

Non, on n'aurait pas pu... Mais Joran le comprendra assez tôt.

On passe sous la montagne pour rejoindre la partie des souterrains qui mène à la falaise. On continue à avancer en silence. Bientôt, l'obscurité se fait moins épaisse et devient simple pénombre. Une grille d'acier solide bloque le passage, mais juste en dessous, une fissure dans la pierre libère un accès suffisant pour moi. Joran va devoir agrandir le trou pour s'y faufiler.

— Au-delà, dans une centaine de mètres, il y a une petite grotte où j'ai déposé des sacs avec de la nourriture, et plus loin, on débouche sur l'extérieur, expliqué-je.

Quand j'avais douze ans, je me suis enfuie. Je suis restée cachée dans ces couloirs pendant quatre jours. Personne ne m'a retrouvée, et je m'y sentais en sécurité. Mais la crainte que mon père ne s'en prenne à Alma ou Joran m'a fait renoncer à l'idée de vivre ici pour toujours. Quand je suis remontée à la surface, j'ai dû encaisser une raclée monumentale, sous les yeux remplis de larmes de ma petite sœur. J'étais résolue à ne pas crier, pour qu'elle ne s'inquiète pas. J'ai échoué. Alma m'en parle encore en tremblant, parfois, me suppliant de ne plus m'enfuir. Je n'ai jamais révélé l'existence des souterrains. Mon père a fait punir toutes les sentinelles qui étaient de surveillance ce jour-là. Ça n'a pas aidé à augmenter ma cote de popularité.

Joran hoche la tête. Il se déshabille à toute vitesse et se transforme en loup. Sa fourrure couleur d'automne, un ton plus foncé que ses cheveux, et le sourire canin qu'il m'adresse, langue pendant sur le côté de la gueule, lui donne un air espiègle craquant. Je ris doucement et caresse sa tête si douce. Il me donne un coup de tête, lèche ma main, et nous nous mettons au travail. Il creuse, et je l'aide à évacuer les gravats sur le côté, le plus rapidement possible.

Absorbés par notre travail, on n'entend pas le danger surgir derrière nous.

— Tiens donc, la petite louve, déclare une voix grave.

Dans un pur réflexe, je saisis une de mes dagues et la lance sur le nouvel arrivant. Il se décale, rattrapant mon arme entre ses paumes à une vitesse stupéfiante.

— Tu vises bien, commente sèchement Yeux bleus, ma lame stoppée à quelques centimètres de son visage.

Dans ce souterrain, il semble encore plus grand et plus imposant que dans la tour. Comment est-il arrivé là ? Joran se jette sur lui en grondant. L'alpha le cueille d'un coup de poing sur la tempe. Des os craquent. Mon ami s'écrase au sol. L'étranger fait un pas vers lui, sourcils froncés.

— Non ! m'écrié-je en m'interposant. Ne le tuez pas !

Yeux bleus s'immobilise, sans se départir de son air menaçant. Je me jette à genoux auprès de Joran et pose une main sur son flanc, soupirant de soulagement lorsque je sens sa respiration soulever son poitrail.

Merci Déesse !

Le choc était si violent... Maudits alphas ! Ils règlent toujours tout par la violence. Et s'il avait tué Joran ? La colère me picote jusqu'au bout des doigts. Yeux bleus scrute la pénombre derrière nous, avise la grille et le tas de cailloux sur le côté. Un éclair de compréhension traverse son visage. Est-il ici pour nous arrêter ? Nous tuer ? Pour l'instant, je m'en fiche. Seul compte Joran, recroquevillé au sol et ma colère qui enfle. Je me redresse, furieuse et m'approche de Yeux bleus jusqu'à poser mes deux mains à plat sur son torse nu. Je le repousse, le plus fort possible. Il ne bouge pas d'un centimètre, aussi solide que la montagne elle-même.

— Vous auriez pu le tuer ! grondé-je en le frappant si fort que mes paumes s'échauffent.

Ses doigts s'enroulent autour de mes poignets, maintenant mes mains prisonnières sur sa peau chaude. J'essaie de me libérer, mais il me retient plaquée contre lui.

— Bien sûr que non, déclare-t-il avec arrogance. Je contrôle ma force.

— Vous n'êtes plus dans l'arène, vous n'avez pas besoin d'éliminer tous ceux qui s'approchent de vous !

— Ton compagnon est juste assommé, petite louve, jette-t-il d'un ton sec en relâchant sa prise sur mes poignets.

Je m'empare de ma dague, les doigts enroulés autour du manche. J'arme mon bras et dirige la lame vers le bas pour bénéficier de la gravité et de mon poids pour porter le coup. Ma taille est un avantage dans ce cas précis : je suis pile à la hauteur pour déchirer là où ce sera potentiellement mortel : cœur et ventre.

Pourtant, je ne respecte pas le conseil que m'a donné Joran à de nombreuses reprises : ne pas hésiter, porter le coup et réfléchir après.

Je n'y arrive pas. Pourtant, je fais face, refusant de lui montrer ma peur. C'est le seul pouvoir que j'ai. Le loup incline la tête sur le côté, surpris. Il ne recule pas, évidemment.

C'est alors que deux autres mâles apparaissent dans le couloir. Je reconnais Yeux gris à sa haute silhouette musclée, mais celui qui se tient à ses côtés m'est inconnu. Qui est-il ? Un combattant ? Bien qu'il soit grand et solidement bâti, il semble plus mince que ses deux compagnons.

Les deux nouveaux venus se placent de chaque côté de Yeux bleus.
Comme s'il avait besoin de soutien face à moi...
Je redresse le menton, consciente de ne pas faire le poids. Yeux gris s'approche à son tour. Il jette un regard curieux à mon couteau, avance jusqu'à ce que la lame s'enfonce légèrement dans sa chair.
— C'est le moment, si tu veux essayer de me tuer, petite sorcière, murmure-t-il.
Je me force à ne pas bouger. Indifférent à la piqûre de l'acier, le guerrier avance sa main jusqu'à saisir ma longue natte, l'enroule autour de sa main avec une douceur surprenante, avant de la laisser retomber sur mon épaule.
— Tu t'enfuis ? demande-t-il.
— Vous allez m'en empêcher ?
Il secoue la tête.
— Je ne crois pas.
— Alors laissez-nous tranquilles, ordonné-je.
Yeux gris me fixe sans hostilité, presque avec sollicitude. Derrière lui, Yeux bleus m'observe avec intérêt. Face à une telle marque de rébellion, mon père m'aurait fracassé la mâchoire d'un simple revers de la main.
À mes pieds, Joran frémit et reprend ses esprits, engageant sa métamorphose dans un fourmillement de magie. En un battement de cil, Yeux gris repasse en mode hostile. Il se précipite sur mon ami et l'immobilise d'une clé autour du cou, son autre bras tordant celui de Joran dans son dos. Ce dernier jure, mais il ne peut plus bouger. Avant que j'aie le temps de réagir, un coup sec s'abat sur mon poignet, je lâche mon arme. Le troisième loup s'en empare, et aussitôt, ma lame froide appuie sur mon cou. Je me fige alors que le couteau mord ma peau. Merde.
— Lâchez-la ! crie Joran en essayant de se libérer.
Je le supplie du regard, l'implorant de rester tranquille.
— Si tu tiens à elle, tais-toi, menace le loup inconnu.
Son souffle chaud caresse mon oreille, tandis qu'il poursuit d'une voix froide :

— Je n'hésiterai pas à lui trancher la gorge.

Comme pour donner plus de poids à ses mots, il appuie son couteau un peu plus fort. Je grimace en sentant ma peau se déchirer et un filet de sang chaud rouler dans mon cou. Joran grogne, mais s'immobilise. Mon cœur cogne comme un malade dans ma poitrine. Ils l'entendent forcément. Le chef du trio s'avance vers moi.

— Tu connais un moyen de sortir d'ici ? demande-t-il.

Je pourrais mentir, mais je n'en vois plus l'intérêt.

— Oui.

— Alors je te propose un marché. Tu nous guides jusqu'à l'extérieur, et nous vous laissons la vie sauve.

Je fronce les sourcils. La sortie est à quelques centaines de mètres d'ici, ne le sentent-ils pas ? Craignent-ils de se perdre et d'errer sans fin dans ce labyrinthe ? Je fixe le loup, indécise. Ses yeux caressent mon visage avant de s'égarer sur mes lèvres. Lorsqu'il croise à nouveau mon regard, son animal affleure au fond de ses iris, sauvage et envoûtant. Je déglutis.

— Décide-toi, petite louve, me presse-t-il d'une voix rauque.

La tonalité est si râpeuse qu'on dirait qu'il a avalé des cailloux. Le plus grand des étrangers m'observe lui aussi avec intensité.

— Nous aurons bientôt de la compagnie, reprend calmement Yeux bleus. Et j'ai l'impression que tu n'y tiens pas plus que nous...

Ma peur remonte d'un cran, lorsque je comprends la raison pour laquelle ils n'ont pas le temps de tester tous les souterrains pour trouver la sortie.

— Vous êtes poursuivis, dis-je d'une voix blanche.

Ce qui signifie qu'ils vont nous reprendre.

13.
Neven

Une brique lourde tombe au fond de mon estomac. Oh putain... Ma bouche s'assèche. C'est irrationnel, mais Cassius et mon père me font bien plus peur que le loup qui tient sa lame contre ma gorge et entaille ma peau. L'urgence me pousse à choisir entre les deux menaces, et rien n'est pire que Cassius. Évidemment, il suffirait aux trois mâles de nous suivre pour déboucher à l'extérieur, mais ils ne le savent pas. Je déglutis et lance :

— Si vous acceptez d'assurer notre protection, je vous guiderai.

Ma louve approuve : si on doit affronter l'ennemi, autant avoir ces trois combattants à nos côtés. Yeux gris pivote pour fixer l'obscurité du tunnel.

— Ils arrivent, déclare-t-il comme s'il s'agissait d'un simple désagrément.

Non non non !

Un frisson remonte le long de mon dos. On échange un regard désespéré avec Joran. Il se raidit, prêt à combattre nos ennemis.

— Décidez-vous et lâchez-la, gronde-t-il.

Yeux bleus penche la tête sur le côté. Après avoir observé Joran quelques secondes supplémentaires, il opine du chef. Mon assaillant me libère en soupirant. Il a l'air frustré de ne pas avoir pu m'égorger. Connard.

— Mon couteau, ordonné-je.
— Mais bien sûr, ricane-t-il.

Je soupire lourdement. Yeux gris relâche à son tour sa prise sur Joran, qui me rejoint et me pousse derrière lui d'un geste vif. Sans se retourner, il s'exclame :

— Je retiens Cassius. Fuis. Maintenant !

Et sans prêter la moindre attention aux trois étrangers, il se place face aux profondeurs de la montagne, les muscles bandés. Je veux le rejoindre, mais Yeux gris me barre la route de son bras tendu. Un bras qui doit être aussi épais que ma cuisse.

— Asher, lâche-t-il en direction de leur chef. Décide-toi.
— C'est d'accord, déclare finalement le dénommé Asher. Vous aurez notre protection jusqu'à la sortie.
— Non, insisté-je, prise d'une subite inspiration : jusqu'à la forêt. Pas juste la sortie.

Même si je n'ai pas la moindre idée de la façon dont ils pourront s'y prendre... Ils me contemplent tous les trois avec étonnement, mais le chef hoche la tête. Alors je leur désigne la grille et le trou que nous étions en train de creuser. Yeux gris lâche une exclamation amusée.

— Il y a plus rapide, comme méthode...

Il enroule ses mains autour des barreaux, et d'une traction forte, il écarte les barres. Le métal grince et plie, et bientôt, il a ménagé une ouverture assez grande pour passer. Ces grilles ont été conçues pour résister à des invasions, et lui, il les tord comme si c'était du roseau ? Il lui faudrait quoi pour me briser la nuque ? Deux doigts ? Je le dévisage, stupéfaite.

— Referme la bouche, ricane le troisième loup.

Je pince les lèvres d'un coup, et m'engouffre de l'autre côté, imitée par Joran qui m'a rejointe. Les autres nous suivent, et Yeux gris referme l'ouverture derrière nous. Je passe en tête du groupe dans le couloir qui s'évase un peu, leur permettant d'avancer en redressant la tête. Tout en courant, je rassemble les ombres autour de moi. Elles sont si nombreuses ici, comme des présences amies. J'en fais une masse épaisse, presque solide, que je dresse derrière nous pour noyer le tunnel.

Immédiatement, une vague froide m'envahit, me coupant la respiration, et le vide se déploie entre mes poumons pour geler mon cœur. J'essaie de repousser la peur qui me saisit, me concentrant sur la sortie toute proche. Mais la glace remonte jusque dans mes poumons, dessinant des fleurs de givre à l'intérieur de moi. Je ralentis, malgré moi. Ma louve gronde, alarmée.

Encore une centaine de mètres. Ça va aller.

Une énorme main vient entourer la mienne. Je me tourne à demi, mais je sais à qui elle appartient. Yeux gris me scrute avec calme. Et bizarrement, sa présence m'apaise. Le froid dans ma poitrine reflue un peu et mon souffle reprend un rythme plus ample. Je le remercie d'un hochement de tête et il reprend sa place, derrière moi. Pourtant je sens son regard peser sur moi, intrigué.

Je ne comprends pas pourquoi les ombres me sont à la fois si familières et si inquiétantes. J'aime les savoir autour de moi, mais dès que je les utilise, j'ai la sensation qu'elles m'arrachent une partie de mon âme.

La vague gelée semble sous contrôle, tout au fond de mon estomac. Je reprends le rythme de ma course. Ils me suivent tous les quatre. Je passe devant la cavité où j'ai laissé des sacs et m'en aperçois avec quelques secondes de retard. J'effectue un demi-tour sans prévenir et percute Yeux gris. Je suis projetée en arrière, mais son bras se détend et il me rattrape, me plaquant contre lui. Mon nez s'écrase contre son torse chaud et musclé.

— Qu'est-ce que tu fais encore, petite sorcière ?

— On doit récupérer quelque chose ! Juste avant, dans la grotte !

Déjà, Joran et les deux autres mâles se sont éloignés. Ils reviennent en portant les deux sacs et les couvertures que j'avais entassés dans la petite grotte.

— Tu es prévoyante, commente Yeux bleus en glissant les bretelles d'un des sacs sur ses épaules.

Joran lui arrache le second des mains avec un grondement furieux. Yeux gris me repose au sol et d'une poussée légère, il me remet en marche. Cette fois, je ne m'arrête plus. Je cours, à perdre haleine, droit devant. La lumière se fait de plus en plus présente, le soleil doit être en train de se lever. L'air frais balaye mon visage. La présence des quatre hommes derrière moi me rassure.

Grâce à eux, je commence à entrevoir une solution. Pour la première fois, je me dis que j'ai une chance. Que je ne vais peut-être pas mourir. Et c'est une sensation incroyablement revigorante.

Enfin, une ouverture se dessine droit devant, dissimulée de l'extérieur par la végétation qui forme un rideau de lierre et de mousse. Je ralentis. Les mâles passent devant moi, arrachent les plantes. La falaise est à pic, et en dessous, la forêt s'étend à perte de vue, comme une mer infinie, riche de mille nuances de verts. J'ai tellement rêvé de ce moment, de cet endroit !

— Vingt bons mètres, lâche le plus fin des hommes. Ça va faire mal, mais c'est jouable.

Je distingue maintenant ses traits : il a des iris de la couleur du miel liquide, des cheveux d'une couleur indéfinissable, sous la couche de boue qui les recouvre, et des épaules aussi larges que ses amis.

Yeux gris se tourne vers moi, un fin sourire aux lèvres.

— C'est pour ça que tu as insisté pour qu'on veille sur toi jusque dans la forêt ? Tu as peur de sauter ?

Bien sûr que j'ai peur ! Si je saute, je meurs. Je croise le regard choqué de Joran.

— C'est la raison pour laquelle tu ne t'es pas enfuie plus tôt, comprend-il.

— Tu as l'air de savoir encaisser les coups, reprend le chef avec pragmatisme. Tu survivras.

Je secoue la tête, mal à l'aise.

— Je n'ai pas de louve.

Une lueur choquée traverse le visage de Yeux bleus.

— C'est impossible, reprend-il. Mon loup la sent.

Je hausse les épaules. Yeux gris me fixe avec compassion. Ne pas être en symbiose avec son animal est sans doute la pire souffrance que les loups puissent imaginer. Lire la pitié sur leur visage me fait me sentir minable, une fois de plus. Je serre les dents, luttant contre l'humiliation.

Ça ne définit pas ta valeur, Nev. Tu es plus fragile qu'eux, mais ça ne signifie pas que tu es faible !

Je me le répète plusieurs fois, jusqu'à ce que j'en sois presque convaincue. Ce que mon père n'a pas réussi à m'enlever, ce ne sont pas trois inconnus qui vont le faire.

Joran vient se poster devant moi, et appuyant son front contre le mien, il murmure d'une voix inquiète :

— Neven... C'est trop risqué.

Je pose mes paumes sur ses joues et plonge mes yeux dans les siens.

— C'est la seule solution. Et je veux la tenter, dis-je gravement.

— Tu vas te tuer...

J'entends l'angoisse dans sa voix, mais je ne retournerai pas là-bas. Plutôt mourir en sautant. Joran glisse ses mains dans mes cheveux et il embrasse mon front.

— Ces loups vont m'aider, dis-je avec une assurance que je suis loin de ressentir. Ils ont donné leur parole.

Je fixe Yeux bleus avec espoir. Il hoche sèchement la tête.

— Tu leur fais plus confiance qu'à moi pour te rattraper ? demande Joran, blessé.

— Bien sûr que non. C'est avec toi que j'avais prévu de me lancer.

Mais maintenant qu'ils sont là, je ne vais pas non plus me montrer stupide, même si l'honneur de Joran en est égratigné. Ce n'est pas une question de confiance, mais de masse musculaire. Joran est fort, mais ces hommes sont sans nul doute plus résistants que lui.

— Bien, déclare le troisième mâle avec une grimace exaspérée. Cette petite scène est fort touchante, mais j'ai hâte de me casser. On se retrouve en bas, mes frères.

Il plonge déjà, le vent sifflant en même temps qu'il chute. Un bruit de branches cassées retentit, des roches qui s'éboulent. Je retiens mon souffle en me penchant par l'ouverture. Des cailloux roulent sous mes pas, je m'appuie contre la paroi. Bientôt il réapparaît sous sa forme de loup, boitant et le flanc ensanglanté, mais vivant. Il semble se ficher de nous, qui attendons en haut.

— Tu vas sauter avec moi, me lance Yeux gris.

Il enroule son bras autour de ma taille et me soulève. Je lâche un petit hoquet de surprise quand ses mains viennent agripper mes fesses pour me plaquer contre lui. Instinctivement, j'entoure ses hanches de mes jambes. Son odeur envahit mes narines. On dirait une forêt sous la pluie et quelque chose de doux, comme de la cannelle. Ma louve approuve. J'agrippe ses larges épaules, sa peau est chaude sous mes doigts. Joran déclare sèchement :

— Repose-la, putain ! Tu la rattraperas en bas quand elle sautera !

— Silence, louveteau, rétorque Yeux bleus. Si tu tiens à elle, Calek est sa meilleure chance.

Avec un sourire provocateur, le dénommé Calek se penche dans mon cou et plonge son nez dans mes cheveux. Il hume ma peau et laisse échapper un soupir lourd, à la limite du gémissement. Je lève les yeux au ciel. Il marque son territoire, dans l'unique but de provoquer Joran. Mais ce dernier n'est pas stupide. Il serre les poings et crispe ses mâchoires si fort que je distingue leur ligne dure au creux de ses joues, mais il ne répond pas à ce défi ridicule.

— Saute Joran, dis-je doucement.

— Tu es sûre ? insiste-t-il d'une voix grave.

Je hoche la tête. Ça ne lui plaît pas de m'abandonner, mais il n'a jamais été un de ces connards prétentieux, aveuglés par leur ego. Après un dernier regard, Joran plonge à son tour, suivi du chef du trio. Je tends l'oreille, mais aucun bruit ne me parvient.

Prends soin de lui, Déesse ! Protège-le !

— Ne t'inquiète pas, je ne te lâcherai pas, petite sorcière.

— Je m'appelle Neven, soufflé-je, l'angoisse montant en moi de façon irrépressible.

— Calek, répond-il doucement.

Il repousse ma natte derrière mes épaules et referme ses bras autour de moi, en un cocon protecteur. Quand j'agrippe sa nuque et que mes seins s'écrasent contre son torse nu, il prend une subite inspiration. Ses yeux s'écarquillent et se troublent. Le grondement qu'il émet résonne dans ma poitrine, et... beaucoup plus bas, déclenchant une nuée ardente dans mon ventre. C'est une distraction bienvenue. Je m'y accroche, aussi fort qu'à Calek.

— Tu es prête ? lance-t-il d'une voix rauque.

Pas du tout. Mais déjà, on s'envole. Un long cri m'échappe et je me plaque de toutes mes forces contre lui, blottissant mon visage contre son torse.

Attendant avec terreur l'impact qui me tuera peut-être.

14.
Neven

Le choc est terrible. Calek absorbe la majorité de l'onde, une de ses mains derrière ma tête et l'autre le long de ma colonne vertébrale. Pourtant, quand nous atterrissons, et qu'il roule sur lui-même pour mieux amortir sa chute, j'ai l'impression que mes poumons éclatent, que mes genoux explosent en millier d'esquilles et que la peau de mon dos est écorchée vive.

Je me raidis, de peur que mes os se disloquent réellement. Je laisse la vague de douleur m'envahir, attendant simplement qu'elle reflue. Elle le fait toujours.

— Neven, lâche la voix amusée de Calek à mon oreille. Tu es vivante.

C'est à peine si je l'entends. Mes tympans pulsent d'un battement cotonneux, ma tête tourne. Je n'ai pas envie de quitter l'enveloppe de ses bras, j'ai trop peur de déclencher un nouveau pic de douleur. Alors que les sensations aiguës s'émoussent et deviennent plus supportables, mes épaules se relâchent.

— Ouvre les yeux, tu ne crains plus rien.

J'obéis lentement, et pousse un profond soupir de soulagement en distinguant la forêt tout autour de nous. Derrière nous, la falaise à pic, et plus haut encore, un peu en retrait de l'abime, les remparts de la ville. On a sauté. J'ai du mal à y croire. Je suis libre. Je n'avais jamais vraiment espéré que ça marche... L'odeur de la terre riche et des sapins envahit mes narines : c'est le parfum de la liberté, et c'est étourdissant.

Je jette un regard autour de nous : Joran ni les autres loups ne sont là. Mon cœur s'affole.

Réfléchis ! Ça signifie qu'il est vivant.

Les trois mâles ont dû se mettre à l'abri dans les fourrés. Il va bien. Il le faut.

Reconnaissante au-delà des mots, j'appuie ma joue contre le torse de Calek.

— Merci, dis-je d'une voix vibrante.

— De rien, petite sorcière, répond-il. J'ai particulièrement apprécié d'être ton moyen de transport...

Il me laisse glisser le long de son corps dur et musclé, jusqu'à ce que mes pieds touchent le sol. Je sens parfaitement de quoi il parle. Chez les loups, le sexe et le sang, le danger et l'excitation sont liés. Mais peut-être suis-je un peu louve tout de même, au fond de moi, parce que ses mots ravivent l'incendie dans mon ventre, et mes yeux se posent malgré moi sur l'énorme bosse qui déforme son pantalon.

Ma bouche s'assèche. Sentir et voir sont deux choses différentes, et ça, là... Le rire de Calek m'arrache à ma fascination. Je relève le menton, les joues brûlantes, et essaie de fixer une zone sans danger de son corps. Ce n'est pas facile. Il paraît constitué de granit, chacun de ses muscles est sculpté, solide, fait pour le combat.

Je remarque seulement à cet instant la blessure sur son flanc et celle sur sa cuisse, à travers son pantalon déchiré. Son sang coule abondamment.

— C'est grave ? demandé-je.

— Il faut que je me transforme, m'annonce-t-il. N'aie pas peur.

— Pourquoi aurais-je p...

Dans un grondement sourd, il se métamorphose. Et alors qu'il est déjà stupéfiant sous forme humaine, il semble doubler de taille. Un ours gigantesque se dresse devant moi, sa fourrure de la même couleur sombre que les cheveux de sa moitié humaine. Je recule d'un pas, sous le choc. Dans la meute de mon père, il n'y a que des loups. J'ai entendu parler parfois de renards ou de grands félins, mais d'ours, jamais.

Cet animal redoutable pourrait facilement tuer d'un seul coup de patte plusieurs adversaires à la fois. Quant à ses crocs et ses griffes, ils sont faits pour déchiqueter et lacérer profondément et sans effort. Calek est stupéfiant. Il étire sa patte arrière, la repose sur le sol sans s'appuyer dessus.

Je dois être cinglée, parce qu'au lieu d'être morte de peur, je suis fascinée. Même Cassius ne ferait pas le poids face à lui.

Les yeux de Calek ont pris la teinte de l'or, et lorsqu'il les pose sur moi, je frissonne. Il incline doucement la tête devant moi et s'éloigne dans la forêt.

Je m'adosse à un arbre, le souffle court. La douleur, que j'avais repoussée en arrière-plan, se réactive avec une intensité redoublée, maintenant que le choc est passé. Je grimace en palpant mon épaule, mon cou, mes membres, scanne mentalement toutes les zones de mon corps. Ce ne sont que des contusions.

Je dois retrouver Joran. Avant, j'avise mes deux couteaux, plantés dans un tronc, bien visibles. Un cadeau du loup aux yeux d'ambre, j'imagine. Je récupère mes armes, que je glisse à nouveau à ma ceinture. Je me sens rassurée, moins vulnérable, avec elles. Je me dirige vers le couvert des sapins, l'appelant à voix basse. Je surveille le moindre frémissement de feuilles, vérifie qu'il n'y a pas de traces de sang sur la mousse ou les troncs. Je m'enfonce un peu plus loin.

— Joran !

— Je suis là…

Il s'avance vers moi en se tenant les côtes, le visage en sang. La joie déferle dans mes veines. Putain, je pourrais me jeter à genoux et me mettre à pleurer, tant je me sens soulagée ! Je me précipite à sa rencontre, le serre contre moi. Une plainte lui échappe mais ses bras m'enlacent avec une force sauvage.

— Merci, Déesse, souffle-t-il en posant son menton au sommet de ma tête.

— Tu es blessé ? Montre-moi.

— Je vais bien, Nev.

Il dirait ça même s'il lui manquait une jambe. Je l'ai déjà vu me sourire et prendre ma main, alors qu'il gisait sur le sol, le ventre ouvert suite à une rencontre avec un sanglier furieux. Il avait onze ans. Je quitte son étreinte et tourne autour de lui. Des lacérations légères déchirent sa peau nue, un peu partout sur son corps, mais il n'a rien de grave, apparemment. Des côtes fêlées, peut-être, mais ça se soignera dès qu'il aura laissé son loup émerger. Je me redresse pour palper son visage, effleure ses joues, caresse ses lèvres du bout des doigts. Il les mordille en riant.

— Je te jure que ça va.

Il se penche pour m'embrasser délicatement. Une douce euphorie se répand en moi. Joran va bien. Je ne sais si c'est l'adrénaline qui reflue ou mon cœur qui bat fort parce que ses lèvres sont sur les miennes, mais toute force me quitte, tout à coup.

— Tu es blessée ? demande-t-il inquiet.

— Non...

Mes jambes tremblent.

— Tout ira bien, maintenant, je te le promets, déclare-t-il.

— Je sais.

Nous sommes en vie, tous les deux. Jamais je n'avais osé espérer si loin ! Mon attention se porte sur la forêt dense et sombre, dont les sapins sont caressés par la lumière dorée du soleil levant. C'est la plus belle chose qui m'ait été donné de voir. Nous sommes encore sur le territoire de la meute, mais bientôt, nous serons réellement libres.

Des craquements résonnent dans mon dos. Je me retourne, la main de Joran retient avec fermeté la mienne, tandis qu'il se place devant moi. Deux loups surgissent, immenses et majestueux. Les épaules de Joran se relâchent. Le premier, le plus grand des deux, est superbe avec son pelage d'une blancheur de neige et ses yeux d'un bleu pâle que je reconnais immédiatement. Il tient mon sac dans sa gueule, et le dépose à mes pieds.

L'autre loup possède des yeux dorés saisissants et sa fourrure est sombre, d'un noir profond qui évoque la nuit que j'aime tant. Derrière eux se tient Calek, sous sa forme d'ours.

— Merci, dis-je gravement.

Joran incline le menton dans leur direction, en guise de gratitude, avant de se tourner vers moi :

— On doit partir. Il faut qu'on fasse le plus de route possible avant que les patrouilles ne nous repèrent. Tu te sens prête à courir ?

— Ça ira, assuré-je en récupérant le sac et en l'ajustant sur mes épaules. Plein sud, c'est ça ?

Il hoche la tête. Je m'attends à ce que les loups et l'ours s'éloignent, mais ils restent à côté de moi. J'imagine que nous prenons la même direction. Joran place sur mes épaules sa veste épaisse, bien trop large pour moi, mais plus chaude que ma cape. Je plonge le nez dans le col pour sentir son parfum m'envelopper. Ça le fait sourire. Il dépose un dernier baiser sur mes cheveux, et se transforme. Je caresse les flancs de son loup aux couleurs d'automne. Il s'empare du second sac avec sa gueule, puis me donne un petit coup de tête pour que je me mette en route.

Yeux bleus prend la tête de notre groupe, suivi par le loup au pelage de nuit, tandis que Joran court à côté de moi et que l'ours ferme la marche. Au début, je devine qu'ils testent mon endurance, mais bientôt, rassurés par ma foulée, ils prennent de la vitesse et nous nous lançons dans une course effrénée. Mon père enverra des gardes à nos trousses dès qu'il comprendra que je me suis enfuie. Ils nous rattraperont, je ne me fais aucune illusion, mais la présence des trois mâles et de Joran équilibre nos chances. S'ils restent assez longtemps à mes côtés, peut-être vivrai-je. J'ai un peu honte de me servir des trois étrangers, mais je ne cracherai pas sur un tel cadeau de la Déesse : si elle les a mis sur ma route, c'est pour une bonne raison.

Le sol est souple sous mes pieds et le parfum de la forêt emplit mes narines, réjouissant ma louve. Il reste quelques plaques de neige, je les évite quand je le peux. À d'autres endroits, de délicates petites fleurs jaune pâle poussent au pied des sapins. Au-dessus de nos têtes, un écureuil se fige sur une branche, avant de déguerpir. La brise qui caresse mes joues est comme une promesse d'espoir. Je savoure chaque instant, comme si c'était la plus belle chose qui me soit arrivée.

Je ne quitte que rarement la ville, et toujours sous bonne escorte, pour des rondes de surveillance dans la montagne. Puisque je n'avais aucune utilité, mon père exigeait que je rende service à la meute au moins en tant que garde. C'est sans doute la seule de ses décisions pour laquelle je le remercie, même si les autres loups ne se gênaient pas pour me malmener. Ces escapades dans la forêt étaient mes seules respirations de liberté, et elles m'ont obligée à compenser mon absence d'animal en courant presque aussi vite que les autres.

J'ai aussi appris ce qu'il en coûtait de tenter de s'échapper... Je sens encore la douleur de mes chevilles brisées par Cassius, ce jour-là. Si j'avais été sensée, cela m'aurait ôté toute envie de réitérer l'expérience, mais j'ai recommencé. Plusieurs fois. Et Cassius s'est montré de plus en plus créatif dans ses punitions. Ces souvenirs réveillent ma colère, et m'insufflent une énergie supplémentaire. J'accélère, pour évacuer la rage qui me consume.

La pente s'accentue, nous entraînant plus vite. Je cours sans difficulté, mon souffle comme une vague ample qui s'avance puis reflue à un rythme régulier. Les loups devant moi volent presque au-dessus du sol, plus silencieux que des fantômes. La forêt s'immobilise sur notre passage et retient sa respiration, reconnaissant instinctivement la menace que constituent mes compagnons.

Régulièrement, Joran colle son museau contre ma main. Je lui souris en retour, si heureuse d'être là avec lui. Mon cœur bondit avant de reprendre son rythme régulier.

Nous allons nous en sortir, tous les deux. C'est un véritable miracle.

15.
Neven

Le soleil est désormais haut dans le ciel. Nous atteignons les limites du royaume de mon père, matérialisées par les falaises qui plongent vers la vallée et les territoires neutres. Ça ne signifie pas pour autant la sécurité. Quelle vie me construirai-je ? J'imagine une petite maison et une cheminée fumante, un jardin plein de fleurs et une forêt où courir librement, Joran m'embrassant en riant. Et le poids qui m'empêche de respirer aura disparu, je serai si légère ! J'ai l'impression de ne jamais m'être sentie si bien, presque euphorique. C'est une émotion étonnante, mais je pourrais bien m'y habituer, si c'est celle de la liberté.

Brusquement, Joran s'arrête et se met à gronder. Quelque chose arrive dans notre direction. Calek se déplace d'un mouvement vif et se place devant moi, en une posture d'attaque. Les loups nous rejoignent et forment une ligne aux côtés de Joran.

Mon cœur dégringole au fond de ma poitrine et je me sens blêmir. Ça a été rapide. Ils nous ont déjà retrouvés.

Alors que l'ennemi émerge entre les arbres, Joran me jette un regard désolé, avant de faire face aux nôtres. Ils sont une vingtaine, écumant de rage, leurs iris brillant d'une haine rougeoyante.

J'aurais dû savoir que le bonheur est une illusion.

Je déglutis. C'est beaucoup. Même pour quatre alphas particulièrement puissants. Leurs os viennent à peine de se ressouder. Le combat est trop inégal… J'aimerais croire que c'est la disparition des loups qui a contrarié mon père, mais au fond de moi, je sais. C'est moi qu'il recherche, pour me faire payer l'affront que je viens de lui faire subir en public. Les combats doivent avoir repris, et la princesse n'y assiste pas. Un déshonneur qu'il ne me pardonnera pas.

Une sueur glacée glisse le long de ma colonne vertébrale. Andrés, un des loups de Cassius, un connard qui accompagne toujours son maître, a pris la tête du groupe. Il me scrute avec une avidité glaçante. Il me faut puiser profondément dans mon courage pour ne pas me recroqueviller, tant mon corps est habitué à avoir peur de lui. Je referme mes doigts sur mes armes, prête à vendre chèrement ma peau.

Et puis l'enfer se déchaîne. Les bêtes se sautent à la gorge, je recule. Je n'aurai aucune chance, si je suis prise au milieu des combats. Ma chair est trop tendre, je serai éviscérée au premier coup de patte. Je me tiens sur mes jambes fléchies, le cœur battant si fort qu'il va m'exploser les côtes. Mais quand Andrés bondit dans ma direction, je suis prête : mon arme s'enfonce dans son ventre sans hésiter. Le sang chaud coule sur ma main. Il ne s'y attendait pas. Son glapissement de surprise est un bruit délicieux à mes oreilles. Hélas, je n'ai pas frappé assez fort, sa blessure n'est pas assez profonde pour le ralentir longtemps. La bataille fait rage. Je distingue à peine un éclair blanc frapper, des grognements d'ours furieux et un mélange de fourrures noire, rousse et cendrées qui se percutent avec violence.

Deux autres loups viennent rejoindre leur chef. Ils claquent des mâchoires dans ma direction, sans m'attaquer. Mon père a sûrement exigé que je sois faite prisonnière. Si je meurs sous leurs crocs, comment pourrait-il me punir ? C'est une opportunité que je peux utiliser contre eux.

Les falaises sont proches. Je suis morte de peur, mais l'adrénaline qui déferle dans mes veines m'empêche de tergiverser. Je me jette en avant, de toutes mes forces, espérant qu'ils me suivent.

Ils n'hésitent pas longtemps. Andrés titube sur ses pattes, mais sa haine est si forte qu'elle le maintient debout. Tous les trois se ruent sur mes talons. Je cours plus vite que jamais, forçant sur mes muscles. Je m'arrache du sol, je vole presque. Ma respiration me brûle les poumons, les branches fouettent mon visage et mes jambes, mon cœur cogne si fort que je n'entends plus que lui, battant contre mes tympans. Ils se rapprochent, des crocs éraflent mon mollet, l'haleine brûlante d'un animal souffle contre ma nuque. J'esquive d'un pas sur le côté, les mâchoires se referment dans le vide. Ils n'osent pas m'arracher la gorge. J'avais raison. Je ne ralentis pas une seconde, toujours tout droit.

Soudain, des ombres viennent danser devant moi. Je ne les ai pas convoquées, pourtant. Elles deviennent plus denses, formant un mur. Sans réfléchir, je me fonds en elles. Et tout à coup, je perçois le vide à quelques mètres devant moi. La falaise plonge tout droit vers la vallée, une centaine de mètres plus bas. Je ne ralentis pas. Je fonce, et alors que mon prochain pas est sur le point de me précipiter dans le vide, je me jette sur le côté, agrippant les herbes et la terre pour ne pas rouler vers le précipice.

Aveuglés, mes poursuivants ne prennent conscience du vide sous leurs pattes que lorsqu'il est trop tard. Ils chutent lourdement, dans un glapissement affolé. Je reste un moment allongée sur le dos, le souffle court. Chaque goulée d'oxygène que j'inspire me fait mal à la gorge et mes jambes me brûlent.

— Neven !

Le hurlement de Joran me remet sur pied. Je me redresse. J'ai à peine le temps d'effectuer deux pas dans sa direction qu'il est déjà là, ses bras musclés me soulèvent et me serrent contre lui. J'enfouis mon visage dans son cou. Il m'étouffe, mais je ne risque pas de m'en plaindre.

— Putain, Nev, j'ai cru…

— Ce n'est pas passé loin. Ça va, toi ? haleté-je.

— Maintenant que je sais que tu es entière, ça va nettement mieux.

Je ris doucement, tandis qu'il frotte son nez dans mon cou, pour me marquer de son odeur. Il soupire contre ma peau, et son souffle me chatouille. Les trois alphas nous rejoignent, portant nos deux sacs. Ils sont nus et couverts de sang, alors je m'efforce de fixer uniquement leur visage. Joran me repose sur le sol, à contrecœur. Yeux bleus s'approche de moi et pose ses mains sur mes joues. Il m'examine avec attention, ignorant le grondement possessif de Joran.

— Tu en as eu trois ? interroge-t-il de sa voix rocailleuse. Pas mal. Tu n'es peut-être pas le chaton vulnérable que j'imaginais.

Ça me fait du bien de l'entendre. Yeux bleus me scrute avec une pointe d'étonnement et... d'autre chose. Un truc chaud se met à crépiter dans mon ventre, la fierté de m'être bien défendue. Je me sens incroyablement vivante et forte. L'homme courbe son grand corps vers moi, sa bouche toute proche de la mienne. Le bleu de ses yeux s'assombrit et il pose son front contre le mien.

— Je m'appelle Asher, petite louve.

Il s'apprête à ajouter quelque chose, mais Calek le pousse et vient prendre sa place. L'ours me serre dans ses bras à son tour. Je me sens tellement en sécurité, dans son étreinte puissante, que je soupire lourdement. J'entoure son cou de mes bras et appuie mon front contre son épaule. Il sent la cannelle et la forêt sous la pluie. Sa chaleur m'aide à faire fondre la glace qui tapisse mes entrailles.

— Je suis heureux que tu ne sois pas morte, lâche-t-il avec sérieux.

— Moi aussi, ris-je.

Sa voix grave fait vibrer ma poitrine. Quand l'ours me repose sur le sol et s'écarte de moi, mon cœur tremble un instant, à nouveau gagné par le baiser glacé des ombres. Joran saisit ma main, entrelace nos doigts, et l'impression disparaît. Il m'attire plus près, et passe son bras autour de ma taille. Mon corps se fond contre lui. Je l'étreins à mon tour. Joran se détend, alors que sa chaleur se communique à moi. Il glisse sa paume sous la veste et la tunique, contre ma peau, et il se penche pour embrasser férocement ma tempe.

En face de moi, le dernier loup affiche un rictus méprisant.

— On est tous vivants, c'est formidable, cingle-t-il. Mais je ne vais pas tarder à succomber, asphyxié par vos hormones... Je propose que vous jouiez la Sans louve aux dés quand on sera arrivés à Sol Tiren, ou encore mieux, que vous la partagiez tous les trois. Peut-être qu'on pourra se concentrer sur notre mission, quand vous l'aurez baisée ?

Malgré moi, des images s'imposent dans mon esprit. Des scènes sensuelles et... excitantes. Imaginer ces trois hommes, puisque le dernier n'est clairement pas intéressé, prenant soin de moi, me guidant jusqu'à un plaisir jusqu'alors inconnu... Eux s'abandonnant sous mes caresses... Mes joues deviennent brûlantes et ma respiration s'accélère, ce qui n'échappe pas à Joran. Il se raidit et resserre sa prise autour de ma taille en un geste sans équivoque. Certains loups partagent, dans les meutes. Ce n'est pas inhabituel. Mais Joran ne fait pas partie de cette catégorie. Il fronce les sourcils. Je l'aime profondément, et rien ne changera jamais ça. Ces hommes, c'est... différent. Il y a en eux quelque chose qui m'attire inexplicablement et qui fascine ma louve. Il ne s'agit pas d'amour, juste d'un appel mordant du désir, une envie folle de célébrer la vie pour contrebalancer la peur qui m'a saisie. Mes hormones se mélangent sûrement un peu. Mes émotions aussi. Dans une minute, j'aurai repris mes esprits.

Le loup hostile poursuit, d'un ton narquois :

— J'irai m'enfiler des bières pendant ce temps, et me trouver une gentille petite métamorphe juste pour moi. Une femelle nettement plus douce et soumise. Je suis certain que celle-ci est une furie.

— Ne parle pas d'elle comme ça ! menace Joran, dont les yeux noisette prennent la teinte plus sombre de ceux de son loup.

— Leith ! le tance Asher.

Mais le dénommé Leith s'en fout, il reprend comme si de rien n'était :

— Il faut qu'on dégage. Manifestement, Terdzik nous en veut un peu. Il risque d'envoyer encore plus de troupes après nous. Alors cassons-nous. Tout de suite.

Il ne me porte pas dans son cœur, et ça m'énerve. Je ne lui ai rien fait. Mais il n'a pas tort, mon père ne laissera pas ces nouveaux meurtres impunis. Sauf que les alphas se trompent, ce n'est pas après eux qu'il en a... Même si leur présence me rassure, je ne peux pas me servir d'eux davantage. Ce serait injuste.

— Nous vous remercions pour votre aide, dis-je. Mais je pense que nos chemins se séparent ici. Nous devons faire route vers le sud, et vous allez vers l'ouest, si vous vous rendez à Sol Tiren.

— Encore mieux, s'exclame Leith. On va enfin avancer.

Asher hoche la tête.

— Essayez de ne pas vous faire tuer, dit-il simplement.

— Nos routes se croiseront peut-être à nouveau, ajoute Calek avec un sourire, avant de se métamorphoser.

Et après un dernier mouvement de tête dans notre direction, les deux loups et l'ours s'éloignent en courant, longeant les falaises.

16.
Neven

— Ça va vraiment ? me demande Joran quand les trois autres ont disparu.
Il prend mon menton dans sa main et m'observe.
— Je te promets que oui.
Je pose mes lèvres sur les siennes en un baiser tendre. Il reste un instant immobile avant de me le rendre avec force. Sa langue vient danser avec la mienne, ses mains glissent dans mon dos pour me rapprocher de lui.
— J'ai cru que j'allais crever, Nev, gronde-t-il en s'éloignant à peine. Sans toi, je ne sais pas vivre.
— Moi non plus. Je t'aime...
Il me soulève de terre et fond à nouveau sur ma bouche. Je n'ai pas besoin de ses mots, je ressens son amour pour moi au creux de ma poitrine. Mon cœur accélère et un tourbillon intense et merveilleux naît au creux de mon ventre. Je voudrais profiter de cet instant, mais on n'a pas le temps.
— Il faut qu'on parte, soufflé-je contre sa bouche.
Il m'arrache un dernier baiser, avant de se transformer en loup. On se remet en route, courant à un rythme soutenu en direction du sud. On a établi ce plan il y a des années, à une époque où on n'y croyait pas. C'était seulement un conte qu'on se racontait pour tenir la peur et la tristesse à distance. Je nous revois, cachés dans un recoin des cuisines. J'étais assise par terre, Joran allongé, la

tête sur mes jambes. Je caressais ses cheveux, tandis que ses mains dansaient en l'air, à mesure qu'il s'enthousiasmait. On devait avoir quatorze ans.

— On irait au sud, en direction de la mer, disait Joran. À force de t'entendre parler de tes cartes et de tes livres, c'est là-bas que je veux aller ! Les bateaux dansent libres sur les vagues, et les poissons ont tout un océan pour jouer !

— On se trouvera un navire pour nous emmener loin du continent, et on s'installera n'importe où, du moment que c'est loin.

— Je deviendrai pêcheur ou chasseur ou même lavandier…

— Et moi je serai lanceuse de couteau ou cartographe…

Il avait éclaté de rire.

— Tant que tu ne cuisines pas, tout ira bien !

Je me rappelle lui avoir balancé un coup dans l'épaule, en riant. D'un geste vif, Joran a enroulé sa main derrière ma nuque et m'a fait basculer sur le côté. Il m'a rattrapée en riant, j'ai roulé tout contre lui, et on s'est embrassés à perdre haleine, jusqu'à ce que notre souffle devienne court et que nos corps s'enflamment d'un désir qu'on savait ne pas pouvoir assouvir. Un court instant de bonheur dans notre vie misérable au sein de la meute.

Aujourd'hui, on n'hésite pas. On a discuté cent fois du trajet. J'ai tracé des cartes dans le sable pour lui montrer les villes qu'on devait traverser, les territoires à éviter. Le secteur des Corrompus, au cœur des Monts désolés, cette immense chaîne de sommets vertigineux qui coupe le continent en deux moitiés. Le royaume de la meute des Steppes et celui du clan de Cayne, les volcans de l'ouest qui ne cessent de se réveiller et de se rendormir sans avertissement, les filles d'Hécate, ces sorcières dangereuses qui occupent les forêts profondes et tant d'autres créatures. Le continent tout entier est un piège mortel. Mais aux côtés de Joran, je n'ai pas peur. Notre fuite réussie me galvanise et me donne des ailes.

C'est comme si enfin, ma vie commençait.

Je cours, sur les pas de Joran. La forêt devient de plus en plus clairsemée, et on parvient dans la vallée. Lorsque la nuit tombe, on ralentit, mais on continue de trottiner à travers les prairies, jusqu'à ce que je n'en puisse plus. Alors on se trouve un abri dans un amas rocheux qui forme une sorte de nid aux parois moussues, suffisant pour échapper à la brise froide.

On a dû franchir les limites du territoire de mon père. Je l'espère, en tout cas. Si on parvient à traverser la zone neutre pour entrer sur le territoire d'une autre meute, alors il devra lui aussi se montrer prudent. Nous aurons davantage de chances de lui échapper pour de bon.

Joran a repris forme humaine. Je l'ai déjà vu nu des centaines de fois, mais depuis quelque temps, le désir ne cesse de bouillonner en moi, plus vif et ardent que jamais. Nous ne sommes plus des adolescents, et Joran est devenu un homme. Un homme sacrément séduisant. Je ne peux m'empêcher d'admirer sa peau hâlée qui me donne envie d'y promener mes lèvres, ses épaules larges et tous les muscles nettement dessinés de son torse et de son ventre. Je me force à ne pas descendre plus bas, pour éviter d'entrer en combustion immédiate.

Et pour respecter son intimité, Nev !

Oui, aussi, évidemment. Je lui tends des vêtements tirés du sac, mais il secoue la tête.

— Ce sont les derniers, dit-il. Si on doit se battre, je me transformerai immédiatement.

Il s'assoit derrière moi, ses grandes jambes entourant les miennes. Il passe son bras autour de mon ventre et m'attire contre son torse. Je me laisse aller en arrière, m'appuyant contre sa peau chaude.

— Tu vas me servir de couverture, de toute façon, souffle-t-il à mon oreille.

— Tu crois ça ? le taquiné-je.

Il glisse sa main libre autour de ma joue pour que j'incline la tête en arrière, et me mordille doucement le cou. Un soupir lourd m'échappe. Mes paupières se ferment à moitié alors que je profite de la sensation délicieuse de ses baisers qui caressent ma peau. Joran est doué avec sa langue et ses mains. Très doué. Une chaleur douce s'installe au creux de mon ventre, irradiant entre mes cuisses, alors qu'il glisse ses mains sous ma tunique pour remonter jusqu'à mes seins.

On a appris ensemble les gestes qui nous procurent du plaisir, et il sait exactement ce qui me fait réagir, tout comme je maîtrise tout ce qui le fait basculer. Je suis consciente que Joran a approfondi ses connaissances avec d'autres que moi, puisque je n'ai jamais osé franchir l'interdit ultime de mon père. Il ne me l'a jamais dit, mais certaines louves ne se privaient pas pour se vanter devant moi d'avoir saisi Joran dans leurs filets.

Elles voulaient me faire mal. Ça marchait. Pas parce que j'aurais aimé avoir Joran juste pour moi, mais parce que j'aurais aimé connaître ce plaisir avec lui, moi aussi.

Les loups sont des créatures sensuelles à la sexualité impérieuse et souvent irrépressible, lorsque les chaleurs des femelles se déclenchent : comment aurais-je pu exiger que Joran se sacrifie pour moi, alors que son loup avait besoin d'équilibrer ses pulsions pour s'épanouir ?

Et comme mes congénères, j'ai besoin de contacts physiques, j'ai besoin de l'étreinte rassurante de ceux que j'aime pour créer des liens d'appartenance à une meute, même si la mienne n'est constituée que d'Alma et Joran... Toucher Joran n'est pas qu'un désir que je pourrais combattre : c'est une pulsion vitale et nécessaire.

Et désormais, plus rien ne m'empêche de goûter à ce bonheur avec lui. D'être avec lui entièrement. Maintenant que l'envie m'a traversé l'esprit, elle ne me quitte plus. Elle enfle et se déploie, prend toute la place. Je faufile mes mains dans le bas de mon dos, pour m'emparer de lui et le caresser. Il gronde doucement quand mes doigts l'effleurent et me laisse faire quelques secondes.

— OK, murmuré-je, alanguie. Je serai ta couverture et plein d'autres choses. Tout ce que tu veux...

Il dépose un baiser dans mon cou.

— Pas maintenant, Nev. Pas comme ça. Tu mérites mieux.

— Je te mérite, toi, réponds-je d'une voix trouble. Tu es tout ce que j'ai toujours voulu...

— Et toi aussi. Justement... On n'est pas encore tirés d'affaires, et si je commence à te faire tout ce dont j'ai envie depuis si longtemps...

Un gémissement étouffé lui échappe, son souffle se coupe, tandis que ma main coulisse autour de lui. Après quelques secondes, il saisit mon poignet et le repousse avec douceur.

— Je suis à deux doigts de te basculer dans l'herbe, Nev, dit-il d'une voix rauque.

— Fais-le, murmuré-je, les sens embrumés par le désir. C'est ce que je veux, moi aussi !

Il secoue la tête.

— Quand on fera l'amour pour la première fois, je veux me concentrer sur toi, et pas tendre l'oreille en même temps pour repérer un éventuel danger.

Je ramène mon bras devant moi, mon désir se recroquevillant tout au fond de moi. Je baisse le nez, un peu gênée.

— Tu as raison. Je me suis emballée...

— Et j'adore ça ! Mais...

— ... pas tout de suite.

On hoche la tête en même temps. On échange un sourire. Le sien est si tendre qu'il inonde ses yeux de lumière, déclenchant une nouvelle bouffée d'amour pour lui. Je récupère des poignées de noix et de fruits secs dans une poche d'un des sacs et les lui tends. Il s'en empare et les croque avec enthousiasme. Son loup aura besoin de beaucoup plus consistant que ça, mais pour ce soir, il faudra s'en contenter. J'étire mes jambes devant moi, en grimaçant. La fatigue s'abat sur moi d'un coup, écrasante. Trop d'émotions se mélangent et forment un tourbillon étourdissant dans mon esprit.

— Dors, me dit Joran alors que nous terminons notre repas frugal. Je prends la première garde, je te réveille dans deux heures.

Je m'allonge sur la roche froide, me servant de la veste épaisse de Joran pour m'isoler du sol. Je dispose les couteaux à côté de moi, à portée de main et m'enroule dans ma cape. L'air embaume les aiguilles de pin et l'odeur froide et tranchante de l'eau qui ruisselle sur des rochers, un peu plus loin. Au-dessus de ma tête, les étoiles forment un dais scintillant et infini.

— Tu jures de me réveiller pour que tu te reposes aussi ? demandé-je, méfiante.

Il hoche la tête.

— Promis.

Je pose ma tête sur mes mains jointes. Il s'allonge en face de moi, dépose un baiser chaste sur mon front. J'inspire profondément pour me gorger de son odeur ensoleillée si familière. Son silence s'étire quelques secondes. Puis il relâche un lourd soupir, avant de reprendre avec une grimace crispée :

— Nev... Je n'ai aucune envie de te partager, mais si c'était ton souhait, je le ferais. Tant que tu m'aimes, c'est tout ce qui m'importe. Ton bonheur a toujours été ma seule préoccupation. Tu le sais ?

Je frotte mon nez contre le sien, doucement. Mon cœur bat fort tandis que je tends une main pour caresser sa joue.

— Je t'aime, Joran, et aucun loup ni ours ne changera jamais ça. Cette histoire de partage n'est absolument pas à l'ordre du j...

Un craquement me fait sursauter. Les mots meurent sur mes lèvres, ma bouche s'assèche. Joran se relève d'un bond souple et se métamorphose. Je referme mes doigts sur mes couteaux et je m'accroupis, scrutant les ténèbres au-delà de l'amas rocheux.

Ils sont six et ils nous encerclent. Mon cœur s'écrase tout au fond de ma poitrine et la peur fige le sang dans mes veines.

17.
Neven

Une seconde, tout est suspendu, même le chant des oiseaux s'est tu, là-haut dans les branches des arbres.

Puis tout bascule.

Trois loups se jettent sur nous, crocs et griffes en avant. En un éclair, Joran s'interpose, ses mâchoires se referment sur la gorge du premier, qu'il égorge en un mouvement puissant avant de se dresser face au second.

Il fait nuit et seule la lune nimbe le paysage de sa lumière froide. Les rayons font briller des yeux jaunes, beaucoup trop proches. Je jette mon premier couteau. L'animal s'écroule à mes pieds, la lame profondément enfoncée dans son orbite. Je n'ai pas le temps de la récupérer, les autres loups s'élancent à leur tour dans la bataille.

Mon père a ordonné la mise à mort de Joran, j'en suis certaine, car tous les ennemis se sont concentrés sur lui. Mon couteau restant vibre dans ma main tant j'ai besoin de le lancer, mais je ne vois pas comment l'utiliser. Je ne distingue qu'un chaos de grognements et de mouvements vifs. Les loups sont trop rapides, j'ai peur de blesser Joran. Les grondements sourds résonnent jusque dans mes os, m'empêchant de réfléchir.

Ils ne s'en prennent pas à moi, ils savent qu'ils n'auront plus qu'à me pister quand ils auront éliminé Joran. Une fureur désespérée m'envahit. Je projette ma volonté vers les ténèbres, mais on me percute avec une telle violence que mon souffle se coupe, ma colonne vertébrale est comme broyée sous l'impact. Dans un gémissement de douleur, je relâche les lambeaux avant d'avoir pu en faire quelque chose. Je roule sur le côté, juste à temps pour esquiver une gueule béante aux dents acérées. Peut-être que mon père a exigé ma propre mort, finalement.

Je me redresse et avance vers l'ennemi, mon couteau tranchant l'air devant moi, comme Joran me l'a appris. Le loup recule. Trois autres gisent au sol, la fourrure ensanglantée, morts ou à l'agonie. Joran combat avec l'énergie du désespoir, mais il est blessé. Une de ses pattes est brisée, elle traîne au sol et sa fourrure est maculée de traces sombres.

Mon adversaire bondit soudain, je réussis à esquiver ses crocs sanglants, mais son corps musculeux me plaque au sol, m'écrase, m'empêche de respirer. Je parviens à dégager mon bras, resserre mes doigts sur mon arme, et l'enfonce dans la chair tendre d'un ventre. Je fouaille profondément, appuyant de toutes mes forces. Du sang chaud et poisseux me coule sur la main, rendant le manche glissant. Des crocs déchirent mon biceps, je hurle tandis qu'un chemin de braise se dessine dans mon bras. Je lâche ma dague qui va rouler plus loin, hors de portée.

Dans un éclair roux scintillant sous la lune, Joran fonce sur mon attaquant, l'obligeant à me libérer, mais c'est un autre qui abat sa patte aussi grosse que ma tête sur mon ventre, m'empêchant de bouger. Il gronde, ses yeux rougeoyants fous de rage, son museau collé à mon visage. Ses crocs dénudés brillent dans la lumière pâle.

Je suis en train de contempler ma mort en face...

Je me débats, mais mes mains sans griffes et ma corpulence humaine ne peuvent rien pour déloger mon ennemi. Alors que je lui balance un coup de poing dans le museau, il referme ses dents sur mon épaule, la disloquant d'un mouvement. Le bruit est atroce, mais la douleur... J'ai si mal que je hurle. Hélas mon cri détourne l'attention de Joran. Son adversaire profite de cette seconde d'inattention pour enfoncer ses griffes dans le poitrail découvert de mon ami.

— Joran !

La terreur s'insinue en moi, acide, insupportable, ravageant mes veines. Comme au ralenti, Joran s'affaisse au sol, la poitrine ouverte en deux.

Dans un sursaut désespéré, je rassemble les ombres qui grouillent autour de moi et les jette à la tête de mon agresseur. Il se débat devant cet aveuglement temporaire, et ses mouvements désordonnés me permettent de lui échapper en me tortillant. Je roule sur le sol, récupère mon couteau et d'un geste rageur le lui enfonce sous le menton. Je pousse, le plus fort possible. Il s'écroule, mort. Je me dégage à grands coups de pied de son corps massif et me précipite auprès de mon ami. L'angoisse répand en moi son venin acide. Je ne sens plus la douleur de mon bras cassé, de mon épaule déboitée. L'autre loup git à côté de lui. Joran l'a presque tué. Je me jette à genou, palpe le corps mutilé de Joran en sanglotant.

— Je t'en supplie, ne meurs pas !

Ses grands yeux noisette se ferment, sa respiration est difficile. Il se met à trembler, essayant de se redresser. Je pose une main sur sa tête, j'ai si peur que j'ai du mal à arracher les mots de ma gorge.

— Ne bouge pas, la guérison va s'enclencher. S'il te plaît, Joran, ne te transforme pas !

Mais je sais qu'il est trop tard. Même les métamorphes ne peuvent guérir d'un cœur lacéré. Le mien saigne tout autant. Dans un immense tremblement de souffrance pure, Joran reprend sa forme humaine.

— Ne fais pas ça, sangloté-je.

— Nev... Je suis... désolé...

Mes larmes redoublent. Je ne peux pas le perdre ! Joran, mon unique ami, mon protecteur, celui que j'aime de toute mon âme depuis toujours.

— Je t'aime, murmuré-je en déposant un baiser sur ses lèvres.

— Je... t'aime.

Un sourire étire ses lèvres et ses yeux se tournent vers la lune. Non non non ! La panique me submerge.

— Je t'interdis de me quitter, Joran ! crié-je en prenant sa main. Par la Déesse, je refuse que tu meures ! Reste avec moi !

Il est trop tard. Les doigts de Joran glissent des miens, et ses paupières se referment. Je sens dans ma poitrine le moment exact où il part. Ça me déchire. Ça me coupe en deux, me martèle à grands coups de poing dans le ventre. C'est bien plus douloureux que dix mille bras cassés. Je renverse la tête en arrière et je hurle, avec toute la force et le désespoir de ma louve, à travers ma gorge trop humaine. Je hurle, essayant de retenir la vie de Joran, en vain. Agenouillée, je le supplie de s'accrocher, mais je sais qu'il n'est déjà plus là.

— Déesse, je t'en supplie ! Ne le laisse pas s'en aller !

Seul le silence me répond. La Déesse m'a abandonnée. Les ombres se rassemblent autour de moi. Douces et sauvages à la fois, elles m'enveloppent de leur froideur délicieuse et anesthésient la douleur. Mais je veux avoir mal. Je veux ressentir la perte de la moitié de mon âme. Alors je les remercie pour leur aide, puis je les repousse. Elles s'écartent de moi, avant de se fondre dans la nuit.

Je me relève, je récupère mes deux couteaux, en replace un dans son fourreau avant de m'approcher du dernier loup qui respire avec difficulté. Et malgré la douleur dans mon autre bras, je plonge mon arme dans son cœur, en le fixant droit dans les yeux. J'espère qu'il y lit toute ma haine et ma rage, avant de succomber. Puis j'essuie la lame dans ses poils rêches, et je retourne m'agenouiller vers Joran. J'entoure son cou de mes bras, et je laisse mon chagrin s'écouler.

Alma est partie. Joran vient de m'être enlevé. La douleur me déchire, des piques tranchent et labourent mon cœur, le réduisant en charpie.

Je ne peux pas vivre, sans eux. Comment serait-ce possible, alors qu'ils représentaient tout ce qui était bon dans mon existence ? Sans eux, la bonté et l'amour, la joie et la tendresse, l'innocence et le pardon, il ne reste plus rien.

Je sanglote, le cœur brisé, pendant ce qui me paraît être une éternité entière. Une éternité glacée, sans âme, vide.

« *Fuis, Neven. Ne reste pas là.* »

J'ai l'impression d'entendre Joran me chuchoter cette mise en garde. Je voudrais rester là, auprès de lui et pleurer jusqu'à ce que mon cœur soit sec. Vivre sans plus jamais entendre son rire chaud, sans ses bras solides autour de moi, sans sa présence rassurante, je ne sais pas si j'en suis capable. Mais il est mort pour que je puisse être libre. Alors j'essuie mes yeux d'un geste rageur et je pose un dernier baiser sur ses lèvres.

— Merci pour tout, Joran. Pour avoir été mon ami et pour m'avoir protégée, pour m'avoir fait rire, m'avoir appris à me battre, m'avoir fait confiance. Je t'aimerai toujours.

Alors que je me redresse, c'est le vent qui me répond avec sa voix :

« *Merci pour tout, Neven. Vis pour moi. Je t'aime...* »

Avant de repartir, je prends un pantalon et m'en fais un support pour y passer mon bras cassé, par-dessus la veste de Joran. Je regroupe toutes nos affaires dans une seule besace, et je me mets en route d'un pas mécanique. Mon épaule me fait si mal que je manque de tourner de l'œil. À chaque pas, j'ai l'impression qu'un pieu épais s'enfonce dans mon articulation et que mes os se brisent un peu plus. Mais ce n'est rien à côté de la souffrance qui pulse dans ma poitrine, dans le trou béant qui a remplacé mon cœur.

Alors qu'une aube aux couleurs cruellement tendres se lève, je serre les dents plus fort et poursuis ma route, ma peine comme un caillou dur aux arêtes vives au creux de moi.

18.
Asher

On court deux jours durant à travers la forêt. Nos pattes frappent le sol souple, silencieuses et rapides. Nous nous glissons entre les troncs, sous les buissons épineux, filant comme des fantômes. Le territoire de la meute s'étend à travers les forêts qui couvrent la plus grande partie du continent. Avant, il y avait des pays humains. Ils ont sombré il y a longtemps, quand les créatures surnaturelles sont sorties de l'ombre, prenant le pouvoir qui leur revenait.

Une large rivière aux flots sombres marque la limite du territoire de l'alpha Terdzik. Au-delà, s'étend une zone blanche, comme il en existe entre la plupart des royaumes métamorphes. Ces endroits, que les meutes ne peuvent revendiquer, rassemblent tous les bannis et les solitaires. C'est également là que convergent toutes sortes de créatures désirant acheter ou vendre, en dehors des accords de meutes. C'est là que prospèrent les cités commerçantes, sous la direction des puissantes guildes de marchands.

Nous franchissons la rivière à gué, puis j'ordonne une pause. Nous reprenons forme humaine. Pour se laver et se débarrasser de la sueur et des traces de sang qui marbrent notre peau, les mains sont plus efficaces que les pattes.

— Vous pariez sur combien de loups à notre poursuite ? lance Leith.

— Vraisemblablement aucun, réponds-je en m'immergeant dans l'eau glacée. Leur fête du massacre doit les tenir occupés. Terdzik se contrefout certainement que ses gardes soient morts, ça ajoute simplement à l'ambiance sanglante du moment.

Je frotte mon torse avec une poignée de graviers pour mieux éliminer la crasse et le sang, et fais subir le même traitement à tout mon corps. Leith m'imite, tandis que Calek s'ébroue là où le fleuve est plus profond. L'ours aime l'eau, bien plus que nous. Il répond, haussant les épaules :

— Qu'il lance ses hordes sur nous, quelle importance ?

— C'est à peine s'ils ont pris la peine de me torturer, renifle Leith avec mépris. L'organisation des combats accaparait toute leur attention.

Leith serait mort plutôt que de lâcher la moindre information sur notre meute et son emplacement secret. Les noces sanglantes de la princesse lui ont sans aucun doute sauvé la vie.

— Maintenant, explique-nous comment ils ont réussi à te capturer. Qu'est-ce que tu as foutu ? reprends-je. Ce n'est pas comme si on avait du temps à perdre.

On était sur le point de parvenir à Sol Tiren, la cité marchande, quand on a été attaqués. Calek et moi, on s'est débarrassés de nos assaillants, mais quand on s'est rejoint, Leith manquait à l'appel.

— J'ai été déconcentré, lâche-t-il sèchement.

Ses épaules se crispent, sur la défensive. Calek ricane.

— La louve a repris forme humaine alors que je la plaquais au sol ! Elle a enroulé ses jambes autour de ma croupe, et elle m'a balancé une poudre au museau. Ça a forcé mon loup à reculer sous ma peau humaine. Et après, ses seins me narguaient, juste sous ma langue, et je sentais l'odeur de son excitation... Tout à coup, plus rien d'autre n'avait d'importance.

Je me passe une main sur le visage.

— Tu t'es transformé pour la baiser. En plein milieu d'une attaque.

— Tu sais que ce n'est pas vrai, proteste-t-il, vexé. Personne ne peut résister au Tue-loup.

Les effets de cette drogue se dissipent en quelques minutes. Mais c'est souvent trop tard pour celui qui s'est trouvé sous sa forme la plus vulnérable face à l'ennemi.

— Quand Persine l'apprendra, ricane Calek. Son fils spirituel, vaincu par une petite bouffée euphorisante...

Leith dissimule son sourire sous un reniflement de mépris.

— Elle est plus intelligente que vous deux réunis, rétorque-t-il. Elle comprendra qu'il fallait que j'attende une meilleure chance pour agir. La patience, exactement ce que vous ne possédez pas.

C'est Persine qui a décelé chez Leith, alors jeune louveteau, un caractère solitaire et plus taciturne que la plupart des petits. La vieille lionne s'est chargée de lui enseigner ce qu'elle maîtrisait le mieux : l'art de tuer sans état d'âme, tout en discrétion et efficacité redoutable. Quand Calek et moi apprenions les mêlées bagarreuses et la joie de courir ensemble avec la meute, les nuits de pleine lune, Leith s'entraînait à devenir un Exécuteur, pour protéger la meute. Persine est douée, mais Leith l'a rapidement surpassée, faisant la fierté de son professeur.

— Pourquoi ne t'ont-ils pas tué immédiatement ? interroge Calek.

— Ils avaient besoin de viande fraîche pour le dernier jour des festivités. Ils ont prévu une sorte de chasse, dans la forêt.

On échange un regard amusé avec Calek, avant d'éclater de rire.

— Tu allais leur servir de mignon petit lapin !
— Très drôle, grommelle Leith.

On termine de se laver, j'essore rapidement mes cheveux longs. J'attache mes tresses en chignon serré à l'arrière de mon crâne. J'espère que la petite louve et son compagnon ont réussi à s'échapper, eux aussi.

Nous reprenons la route. On court à travers les buissons du sous-bois, dévalant les flancs de la montagne, jusqu'à la longue plaine où s'élève Sol Tiren. Quelques créatures solitaires vivent dans cet entre-deux. Lorsqu'ils nous voient, leurs portes se referment vivement. Ceux qui choisissent de s'établir en dehors des royaumes souhaitent avant tout qu'on leur fiche la paix. Les meutes les laissent tranquilles, ils ne représentent pas une menace. Ils sont si souvent la cible d'attaques de Corrompus ou d'autres prédateurs, que la régulation de cette population se fait toute seule.

Alors que nous arrivons devant une modeste maison à la porte peinte en rouge vif, à la lisière d'une forêt, nous reprenons forme humaine. Calek frappe. La femme qui nous ouvre nous accueille avec un sourire discret. Elle scrute le sentier derrière nous, et nous fait entrer rapidement, avant d'offrir une étreinte affectueuse à Calek.

— Mon tout petit, glousse-t-elle alors qu'elle disparaît dans son étreinte d'ours. Et Leith, tu es là aussi ! Ils ont réussi !

— Tu en doutais ? la taquiné-je en déposant un baiser sur ses cheveux gris.

Teresa est une métamorphe renard. Calek l'a sauvée d'un groupe de Corrompus il y a des années. Elle est une amie de la meute, et nous aide, quand nous en avons besoin. Avant de partir pour libérer Leith, on a déposé notre argent chez elle. Elle nous donne également des vêtements. Les règles de Sol Tiren sont strictes : aucun animal n'est autorisé à entrer, et la nudité est interdite.

— Trop petit, grommelle Calek en étirant une tunique sans manche sur ses pectoraux, tandis que Teresa s'est éloignée pour nous préparer un encas.

— Ça plaira encore plus aux femelles, se moque Leith. Dommage que ton pantalon n'ait rien à mouler…

— Connard.

Leith n'échappe au poing de l'ours que grâce à sa vitesse d'esquive. J'enfile les vêtements, des bottes confortables, un pantalon en toile épaisse et un pull.

— Et maintenant ? reprend Calek. On se met en quête d'une fille d'Hécate ?

Je hoche la tête.

— Et on prie la Déesse pour que la sorcière nous soit favorable.

— Avec un peu de chance, ça nous laissera le temps de profiter des plaisirs de la ville, ce soir, reprend Leith. Une femelle, les lèvres autour de ma queue pendant que ma langue s'occupera de sa copine allongée sur une table encore pleine de nourriture, et toutes les deux couinant de concert.

— Je ne crois pas, non, dis-je sèchement. Ta queue va rester à sa place. On n'a pas le temps pour ces conneries.

— Tu en as besoin autant que moi, râle-t-il. Tu crois que je n'ai pas vu vos têtes, face à la louve de Terdzik ? Calek la tenait si serrée contre lui que j'ai cru qu'il voulait la baiser sur place.

Un grognement sourd échappe à l'ours dont le regard s'est assombri. Étonné, je le fixe en fronçant les sourcils.

— Elle nous a aidés, crache-t-il. Et elle s'appelle Neven.

— Et alors ? Ose prétendre que tu n'as pas envie d'elle, mon frère.

— Quelle importance, coupé-je. Aucun de nous ne l'aura. Notre meute compte sur nous. On a pris suffisamment de retard en venant te sauver.

Je lui adresse un regard froid. Leith incline la tête en signe de soumission et Calek cesse de gronder. Nous rejoignons Teresa. Sa cuisine embaume la sauge et le thym, et une délicieuse odeur de gibier me fait saliver. Calek pique dans sa casserole, elle le laisse faire en souriant avec affection. Leith dépose des assiettes sur la table et nous nous asseyons pour partager le repas.

— Comment se porte ta mère ? demande Teresa, m'extirpant de mes pensées.

— Bien. Comme le reste de la meute, réponds-je.

Pour le moment, en tout cas.

— Tu seras toujours la bienvenue, si tu souhaites revenir, assure Calek.

Elle lui sourit et lui tapote la main. Les renards tiennent à leur indépendance, quel que soit le danger encouru. J'observe Calek et Leith discuter et rire avec elle. Je ne les écoute pas vraiment. Mes pensées divaguent en direction de la petite louve. La remarque de Leith m'a agacé. Pourtant, on a déjà partagé des femelles, tous les trois. Alors pourquoi quand je la revois, les mains de Calek agrippées à ses fesses et elle, blottie contre son torse massif, juste avant le saut, me contrarie autant ?

19.
Neven

J'ai mal. Cette pensée forme un brouillard dense à l'intérieur de mon crâne, et étouffe tout le reste. J'ai acheté un cheval hier contre deux perles d'or et une d'ébène. Ma monture, une jument placide à la robe sombre, file plus vite que le vent, mais chacun de ses pas envoie des secousses insupportables dans mon bras blessé. J'ai acheté un sort de guérison, au même marchand ambulant que le cheval, mais l'option antidouleur coûtait les yeux de la tête, l'équivalent de l'animal. J'ai choisi de ne lui prendre que la potion de soin. Mon corps a l'habitude de fonctionner malgré la souffrance. Mais cette fois, je le regrette amèrement, alors que des flèches aiguës se fichent dans mon membre à chaque mouvement.

— Si tu me voyais, Joran, gémis-je alors que je galope en direction de Sol Tiren.

Je rêvais de liberté, et maintenant, c'est à peine si j'arrive à imaginer ce que je dois faire la prochaine heure. Je suis perdue... Ça me coûte de l'avouer. Finalement, heureusement qu'il ne m'entend pas. Je n'aurais pas aimé qu'il voie quelle petite chose fragile et misérable je suis devenue en deux jours. Ce n'est pas moi.

Ou peut-être que si, et c'est encore pire.

La perte de Joran est plus douloureuse que tout ce que je pouvais imaginer.

Alors que je me courbe sur l'encolure du cheval, mes poings crispés rageusement sur les rênes, mes larmes dévalent mon visage. J'ai l'impression qu'on me caresse la joue pour me réconforter. Ce n'est que le vent, mais j'aime imaginer que c'est Joran. Ça me redonne du courage. Je serre les dents, et essaie de me réjouir de la sensation aiguë qui pulse dans tout mon corps. Elle signifie que je suis vivante.

J'ai pensé rejoindre la meute de l'alpha Endish, là où ma sœur a trouvé refuge. Mais ils me livreront directement à mon père. Jamais leur Premier ne mettra les siens en péril pour la sœur de la future épouse de son fils.

Il ne me reste qu'à suivre le plan que nous avions bâti. Dans ma mémoire, les cartes que j'aime tant dessinent leurs contours avec précision. Descendre dans le sud, longer le fleuve Talt, traverser le désert des Vanes, éviter les volcans de l'ouest, embarquer sur un navire à destination de royaumes inconnus. Peut-être la vie n'y est-elle pas plus facile, mais au moins, tout sera nouveau.

Traverser seule le continent sera dangereux, surtout que je ne peux compter sur ma louve. Je l'entends gronder, tout au fond de moi, mécontente que je doute d'elle.

— Explique-moi comment faire, alors ! la supplié-je.

Son exaspération teintée de désespoir répond pour elle.

— Moi aussi, je suis désolée... J'aurais tellement besoin de toi !

Mes économies me permettront peut-être de trouver une caravane de marchands. Je serais sans doute plus en sécurité au sein d'un groupe de ce genre. Nul ne connaît exactement les pouvoirs des marchands, mais ce qui est certain, c'est qu'ils possèdent une sorte de prescience qui les rend redoutables en affaires et leur permet d'anticiper les dangers avec une efficacité hors du commun.

Ma louve grogne pour marquer sa désapprobation. Plus de gens, plus de risque de me faire agresser, dépouiller, violer, tuer, livrer à mon père... Les dangers sont variés, quand on est une femelle.

— Tu as raison. Seule, c'est plus sûr.

Je vais commencer par me rendre à Sol Tiren, avant de descendre vers le sud. Je me souviens parfaitement du trajet, les différents territoires à traverser, les meutes à éviter, les zones franches, les espaces gris oubliés des cartes... Ce ne sera pas facile. J'ai besoin de me procurer une arme de portée plus longue que mes couteaux. Un fusil serait idéal. Les loups méprisent ces armes anciennes, encombrantes et bien moins efficaces que des crocs. Il faut être d'une précision redoutable pour blesser un loup en mouvement. Quant à le tuer... Désormais, ces armes sont si obsolètes que peu d'entre elles fonctionnent encore. Il n'y a que dans la cité marchande que j'ai une chance de trouver ce que je cherche.

Je me force à poursuivre jusqu'à ce que l'obscurité tombe, épaisse et opaque, m'empêchant de distinguer quoi que ce soit avec mes yeux trop humains. J'ai peur de m'arrêter pour la nuit et d'être découverte, par ma meute ou d'autres créatures malveillantes. Elles sont nombreuses à peupler la nuit... Les Corrompus, ces êtres qui s'abreuvent de sang à votre gorge et vous laissent ensuite pourrir sur place m'effraient autant que Cassius, et ils sortent la nuit de préférence. Mais poursuivre sans rien voir, communiquant ma peur à mon cheval et risquant de me briser le cou en tombant, est tout aussi risqué.

Je me décide lorsque les étoiles sont hautes dans le ciel et que ma monture a déjà trébuché trois fois. Je descends lourdement au sol, grimaçant quand le choc se répercute dans mon bras blessé. J'attache mon cheval à un arbre et je me traîne sous un buisson, étendant ma cape sous moi. Je prierais bien la Déesse de m'accorder la sécurité, mais c'est cette même garce qui a permis la mort de Joran, alors je me tais. Je ne crois plus en Elle, c'est terminé.

Les cris stridents des énormes gorkas qui sillonnent le ciel, leurs larges ailes dissimulant les étoiles à chacun de leur passage loin au-dessus de moi, m'inquiètent un peu. Normalement, ils ne s'en prennent pas à des proies aussi grandes que moi, mais ils ont dû sentir que j'étais blessée. S'ils décident de plonger, leurs becs munis de dents acérées déchireraient facilement ma chair. J'hésite à recourir aux ténèbres pour me dissimuler, mais entre les oiseaux carnivores et la douleur qui me fait à moitié perdre la tête, je finis par céder. Je bénéficierai au moins de leur baiser glacé pour anesthésier la souffrance. J'attire toutes les ombres que je peux autour de mon pauvre campement, et je me roule en boule, le nez dans la veste de Joran pour respirer son odeur. Et puis je m'endors en pensant à lui et à mon cœur brisé.

Quand je me réveille le lendemain, un bras entoure ma taille, lourd et rassurant. Je souris sans ouvrir les yeux, reconnaissant le parfum de Joran. Nous avons dormi si souvent ainsi, tous les deux, moi blottie dans son étreinte, ses grandes jambes glissées entre les miennes. Puis brutalement, le réel me percute. J'ouvre les paupières et je m'assois. Il n'y a personne. Joran est mort. La sensation de protection s'envole et la solitude me submerge. J'ai envie de pleurer, mais je refoule mes larmes.

Au moins, j'ai dormi et on ne m'a pas attaquée. Le froid des ombres me paralyse l'âme, mais il assourdit aussi l'élancement aigu de mon bras. Je récupère une outre et en bois une gorgée. L'eau fraîche me fait du bien. Je détache mon cheval, lâchant un cri perçant quand mon épaule cogne contre son flanc. Je me rétablis comme je peux, mon visage trempé de sueur et la nausée au bord des lèvres, et je me remets en route. Bientôt, la glace des ombres recouvre à nouveau mes sensations et clarifie mon esprit. Je vais commencer par trouver un guérisseur, puis je me renseignerai sur les routes qui mènent au sud.

Alors que le soleil arrive à son zénith, je rentre dans Sol Tiren en grelottant. La ville est blottie au cœur d'une vallée, entourée de forêts. Elle tient plus du campement géant que de la cité de pierres, avec sa mer de tentes colorées, de tailles différentes et de baraques en bois d'où s'échappent des bruits joyeux : cris, conversations, rires se mêlent aux chants des saltimbanques et aux harangues des marchands qu'on reconnaît à leurs yeux entièrement bleus, sans la moindre trace de blanc. Des relents de nourriture épicée m'écœurent.

Cette apparente fragilité est une des raisons pour lesquelles les meutes respectent l'accord de paix avec les zones blanches : elles n'ont rien à offrir, si ce n'est le commerce, et celui-ci n'y est florissant que parce qu'il s'agit de lieux neutres. Les guildes de marchands en sont bien conscientes, et elles n'essaient pas de bâtir des bâtiments plus durables. Leur liberté et les affaires sont plus importantes que le confort, et cette impression de fouillis est devenue ce qui attire les gens dans ces lieux. Je voudrais pouvoir m'émerveiller, mais mon chagrin est trop lourd, il éteint chaque étincelle de joie sous un voile de tristesse. Les bruits, les couleurs, les odeurs, tout m'agresse.

J'arrête mon cheval dans une petite allée boueuse, pour observer la ville, essayant de reconnaître les différentes races d'individus. Des métamorphes pour la plupart, et beaucoup de loups parmi eux, j'en suis certaine. Mais il y a également des êtres minces, presque efflanqués, au teint pâle et au regard fiévreux, et d'autres dont le regard noir m'effraie.

Des femmes circulent en groupe, long manteau rouge et capuche rabattue sur le visage. La foule s'ouvre sur leur passage dans un murmure craintif. Des sorcières écarlates, les filles d'Hécate comme elles aiment se nommer. Je devrais ressentir une certaine familiarité avec ces femmes, si ma mère était réellement l'une d'elles. Pourtant un frisson d'angoisse m'étreint alors qu'elles passent devant moi. L'une d'elle pivote brusquement pour faire face à mon allée, mon souffle se coupe. Elle est jeune, d'apparence tout au moins, et d'une beauté presque insoutenable. Mais ses yeux sont des puits de ténèbres et ils me brûlent. Je me force à faire le vide dans mon esprit, comme si les ombres entouraient aussi mes pensées. Après une horrible et lente seconde, la sorcière étire ses lèvres en un sourire cruel, se détourne et reprend sa route. La sensation de menace est si violente que je me mets à trembler.

Je ne peux pas rester si vulnérable. La tristesse embrouille mes pensées, me rend moins attentive, et le froid des ombres s'estompe, laissant la douleur s'installer à nouveau. Si je veux vivre, je dois enfermer au fond de moi tout ce qui concerne la perte de Joran, le temps de retrouver l'usage de mon bras. Je vais vendre mon cheval et trouver un sort de guérison accéléré.

Je dirige ma monture vers les enclos, sur le pourtour extérieur de la ville. Il y a beaucoup de marchands, et je ne sais lequel choisir. Je mets pied à terre en claquant les dents, choisis un enclos au hasard et m'approche.

— Combien ? demandé-je simplement en tenant mon cheval par la longe.

— Vingt-deux sols, répond le marchand sans même lever le nez.

— Vous plaisantez ?! Je l'ai acheté beaucoup plus que ça.

— Personne ne vous le prendra au-dessus, mais je vous laisse voir avec mes collègues, déclare l'homme avec indifférence.

La frustration m'envahit. Tous les commerçants me donneront un tarif identique : c'est leur guilde qui fixe les prix. Avec un soupir résigné, je tends la main vers l'homme. Il dépose les pièces dans ma paume et fait signe à un jeune garçon de venir prendre mon animal. Je lui confie les rênes et me tourne vers le marchand :

— Je cherche un guérisseur.

— La tente bleue à côté de la taverne, me répond l'homme. Profites-en pour prendre une chambre avec bain, en sortant. Tu empestes plus que le crottin de ton cheval.

Connard.

Je serre les dents, à défaut de lui mettre mon poing dans la figure, et prends la direction qu'il m'a indiquée.

20.
Calek

Les ours ne sont pas faits pour les villes, et moi encore moins que les autres. Je n'aime pas cette foule qui se presse dans les allées entre les tentes, ce brouhaha incessant et toutes ces odeurs artificielles mêlées qui m'agressent. Heureusement ma stature et mon air revêche poussent les gens à s'écarter de mon chemin. Nous ne sommes là que depuis deux heures, et déjà je ressens le besoin impérieux de rejoindre les profondeurs silencieuses de la forêt.

Dès notre arrivée, nous nous sommes mis en quête d'une sorcière. Les filles d'Hécate ne sont pas compliquées à trouver : elles sont vêtues de robes écarlates qui révèlent leur appétence pour le drame et la cruauté, et laissent dans leur sillage un parfum de peur et de désespoir. Même les loups ne se risquent pas à les mécontenter. Ils étaient alliés pendant la Grande Guerre... Les accords n'ont pas tenu plus longtemps que la seconde à laquelle la majorité des Corrompus a été décimée.

Il ne nous a fallu que quelques minutes avant d'apercevoir leurs vêtements rouges, dans une boutique d'herbes et de bougies. Après un échange rapide, l'une d'elles a accepté de nous parler à la taverne. C'est là où nous nous rendons.

— Trop de monde, grince Leith, quand nous passons la porte du bâtiment, un des rares en bois de la cité.

Je scrute les profondeurs de la salle. Une vingtaine de tables longues, des bancs, une cheminée qui dégage plus de fumée qu'elle ne réchauffe la pièce sur le côté. Quelques métamorphes renards et au moins un félin, un lynx peut-être. Des marchands qui discutent devant une pinte de bière. Des mages tout au fond, des êtres sans intérêt qui ne possèdent qu'un fragment de la puissance de leurs consœurs écarlates. Un barde que personne n'écoute sur une estrade, un groupe passablement éméché plus loin, des créatures dont je ne parviens pas à reconnaître l'odeur vers l'entrée, mais qui ne paraissent pas constituer de menace. Quatre serveuses serpentent entre les tables, toutes de la guilde des marchands comme en témoignent leurs yeux entièrement bleus. C'est aussi ce qui les protège : aucun mâle sain d'esprit ne s'attaquerait à ce qui appartient aux Marchands, sous peine de mourir de mystérieuse manière.

On s'installe dans un coin au fond de la salle. Asher se frotte le torse du poing.

— Tout va bien ? dis-je.

Il hoche la tête, mais je lis une lueur de doute au fond de ses yeux avant qu'il ne la dissimule. Il s'inquiète pour notre meute. Moi aussi, mais je n'ai pas ce rappel constant de leur présence qui s'affaiblit de jour en jour dans ma poitrine.

Une femme pose des chopes devant nous, faisant claquer leur fond sur le bois de la table.

— Nous n'avons rien commandé, dit Leith d'un ton sec.

— C'est offert par les femmes, là-bas, répond-elle en haussant les épaules avant de s'éloigner.

Leith se retourne pour remercier les quatre femelles qui nous fixent avec un air gourmand. Il lève sa boisson dans leur direction.

— Je viens de trouver une chambre pour la nuit, déclare-t-il. Si vous avez envie de vous joindre à moi…

— Je passe mon tour, dis-je.

— Moi aussi, répond Asher.

Leith fronce les sourcils et nous dévisage.

— Depuis quand vous refusez ce genre de soirée ?

Je hausse les épaules. Ces femelles ne déclenchent aucun désir en moi. Elles sont jolies, et les louves sont connues pour leurs appétits sans faux-semblants, leur joie de donner et d'assouvir leur plaisir qui promet souvent des moments intenses, mais elles ne me font aucun effet.

C'est une sorcière à moitié louve aux grands yeux foncés qui hante mon esprit. Une petite créature nettement plus fascinante, moitié menteuse, moitié dure à cuire, qui n'a pas été effrayée par mon ours et s'est battue avec fougue contre les animaux de sa meute, alors qu'elle ne possède qu'une forme humaine bien trop vulnérable.

— Pas la tête à m'amuser, jette Asher, qui ne cesse d'observer l'entrée de la taverne.

Leith écarte les mains avant de conclure :

— Comme vous voulez. Ça en fera plus pour moi.

— Elle arrive, le coupe notre Premier.

Leith efface son sourire gourmand et adopte un masque impassible, tandis que je pivote pour observer l'Écarlate. La salle se fige dans un murmure craintif. Elle ne leur jette pas même un regard, les traits figés dans une expression hautaine. Elle s'assoit sur le banc en face d'Asher, à côté de moi. Son parfum lourd et capiteux m'écœure, et ses gestes lents semblent empreints de menace. Elle fait claquer les manches rouges de sa robe, abaisse sa capuche pour révéler un visage parfait, des lèvres fines, des yeux de nuit ourlés de longs cils qui lui donnent l'air d'une biche innocente. Une apparence trompeuse, un piège pour les imbéciles.

— Je vous écoute. À moins que vous ne préfériez que je récupère les informations directement dans vos têtes ? déclare-t-elle avec un rictus avide, en écartant les doigts dans la direction d'Asher.

Une sorcière mentalis, évidemment... Pour transmettre notre demande à son Conseil, elle doit être capable de les contacter par la pensée. Certaines de ses sœurs ont besoin de contact, d'autres sont si puissantes que leur volonté suffit pour violer votre esprit. Celle-ci semble avoir besoin de poser ses sales pattes sur nous pour obtenir ce qu'elle veut. Leith plisse les yeux et cingle :

— Reposez vos mains.
— Inutile d'aboyer, chien de garde, ricane-t-elle. L'esprit des Premiers est inviolable, leur magie est trop puissante, même pour nous.
— Pouvons-nous commencer ? la coupe Asher d'une voix froide.
— Formulez votre requête. Je rapporterai votre demande au Conseil des filles d'Hécate, qui vous fera un retour demain, par ma voix.
— Nous recherchons l'une des vôtres qui pourrait renforcer un sort.
— Il me faut davantage d'informations. Quel type de sort ?
— De protection, précise prudemment Asher. Dans des pierres en guise de réceptacles.

La femme dodeline de la tête, songeuse.

— Savez-vous qui a établi l'enchantement originel ?
— Il a été mis en place avant la Grande Guerre, par une sœur du coven de la Lune noire. Elle est morte pendant les conflits et j'ignore à qui m'adresser.
— Je vois. Likaal, certainement. Tous les covens ne possèdent pas cette force de magie brute qui vous sera nécessaire.

La sorcière fait crisser ses ongles longs sur une des chopes devant elle. Le bruit est agaçant et je la soupçonne de le faire exprès. Mon ours lui boufferait bien les mains, pour qu'elle arrête. Je croise le regard de Leith qui pense manifestement la même chose, vu la façon dont il passe le pouce sur la lame de son couteau. Asher, lui, ne se départit pas de sa mine imperturbable.

— Avez-vous de quoi payer ? interroge à nouveau la femme.
— Évidemment.

Mais elle secoue la tête.

— Soyez sûr de votre réponse, Premier, reprend-elle avec un rictus narquois. Les filles d'Hécate n'ont pas besoin d'argent. Notre prix pourrait ne pas vous plaire.
— Quel sera-t-il ? interviens-je.
— Je ne peux vous le révéler, cela dépendra des besoins de mes sœurs.

— Quel que soit leur prix, nous le paierons, déclare froidement Asher.

Il donnera sa vie s'il le faut pour les nôtres, et Leith et moi le suivrons. Parce que cette meute, c'est la seule famille que nous ayons, lui et moi. La mère d'Asher nous a accueillis dans son propre foyer et acceptés comme si nous étions ses enfants. La meute tout entière nous a élevés, nous et tant d'autres.

Quand les gardes de la meute du Nord m'ont trouvé, j'étais un ourson. J'avais assisté, impuissant, à la mort de ma mère. Nous étions traqués depuis des jours par des humains, armés de fusils. Elle avait reçu plusieurs balles, et elle s'affaiblissait. Nous mourions de faim, j'étais épuisé, je savais que c'était la fin et cette injustice me remplissait d'une colère désespérée. Comment de simples hommes pouvaient-ils assassiner ma mère, si digne, aimante et courageuse ? Elle m'a ordonné de fuir, de reprendre forme humaine pour mieux leur échapper. J'ai refusé de la laisser seule : elle était tout ce que j'avais.

Ils nous ont rattrapés. Mes rugissements les faisaient rire, mais leur amusement s'est vite fané quand j'ai réussi à en éliminer un. Ils ont à nouveau épaulé leurs armes et m'ont visé. Ma mère s'est jetée devant moi, encaissant leurs dernières balles. Et puis, des loups blancs ont surgi de nulle part. Ils ont égorgé les hommes, récupéré leurs armes et ils m'ont ramené avec eux.

Au début, tout ce monde m'effrayait, moi qui vivais seul avec ma mère depuis toujours. Et puis, Asher a débarqué, il s'est jeté sur moi sous sa forme de louveteau. Je l'ai écrasé d'une seule patte. Il a roulé au sol, s'est ébroué, et a recommencé. On s'est battus, je l'ai dérouillé, et on est devenus amis. Puis frères, quand Leith s'est joint à nous. Un trio inséparable, les Seconds de notre Premier. Là où va Asher, nous allons, pour veiller sur celui qui représente le cœur de notre famille.

La sorcière nous fixe avec un sourire amusé et rétorque :

— Les loups sont tellement arrogants... Mais soit, je transmets votre demande. Je vous retrouverai ici au lever du soleil.

Asher incline la tête, la sorcière se lève et s'éloigne.

— Tu sais que tu as déconné, n'est-ce pas ? demande Leith d'une voix tendue. Quel que soit le prix, ça pourrait être n'importe quoi. Un accès à la meute, ton premier-né, ta queue...

— On avisera sur place, répond tranquillement Asher. Mais même si c'était ma vie, ça vaudrait le coup si les nôtres étaient en sécurité pour plusieurs centaines d'années.

Je serre les mâchoires. Si on pouvait éviter d'en arriver là...

21.
Neven

Assise sur les tapis qui jonchent le sol de la tente bleue, j'attends mon tour tout l'après-midi. Ma douleur est devenue plus sourde, lancinante. J'ai l'impression qu'elle s'étend désormais jusqu'à mes côtes. Pour me distraire de la sensation aiguë, je pense à Joran, mais c'est pire. Savoir que je ne verrai plus jamais son sourire moqueur et tendre à la fois me fait si mal que ça m'empêche de respirer.

Alors à la place, je tourne mes pensées vers les trois hommes qui se sont enfuis avec nous. Ils possèdent une aura charismatique, séduisante et terriblement menaçante à la fois. De l'intérieur, ma louve frotte ma peau de sa fourrure soyeuse, en guise d'approbation. L'animal d'Asher est d'une couleur fascinante. Je n'avais jamais croisé de loup comme lui. On raconte qu'avant, les loups blancs étaient les plus puissants de tous les alphas. Ils régnaient sur les meutes des pays enneigés, loin de nos frontières, avec un caractère aussi glacial que les contrées où ils habitaient

Asher doit être un de leurs descendants. Il n'est pas le seul à m'intriguer. Deux loups et un ours, ensemble, c'est une association hors du commun. C'est même tellement étonnant que…

Je me redresse, frappée par l'évidence. Ils font partie de la meute des Bannis ! C'est la seule, à ce qu'on raconte, qui accepte que se côtoient les métamorphes de races différentes.

C'est un mythe, Nev. Une légende.
Les loups sont des créatures territoriales, des prédateurs qui éliminent tous ceux qui peuvent représenter un danger pour les leurs. Quel Premier accepterait d'intégrer des métamorphes aussi puissants que lui, des ours, des léopards ou des tigres ? Ces races, qui ne vivent pas en meute, ont d'ailleurs pratiquement disparu de la surface de la Terre, car elles ne bénéficiaient pas de la protection d'un groupe. Alors imaginer qu'un tel clan existe, sans être décimé par des combats internes de domination, j'ai vraiment du mal.

Quelle importance, de toute façon ?
Qu'ils appartiennent à cette meute ou pas ne change rien à la douleur brûlante qui me dévore, comme un feu couvant sous ma peau. Je visualise presque le fleuve de lave incandescente qui coule dans mes veines, mes os qui fondent sous la chaleur insoutenable.

Je serre les dents et m'oblige à nouveau à détourner mes pensées de cette souffrance qui me rend folle. Je songe à ma sœur et Girina. J'espère qu'elles vont bien. Puis tout se mélange et je perds la notion du temps. Seules dominent les pulsations aiguës qui me déchirent à chaque respiration.

Allez, Nev, tu as déjà connu pire. Ça finira par se calmer, comme toujours. Il suffit d'être patiente.

Finalement, une vieille femme me fait signe et décale un rideau pour me laisser passer. Je me relève lentement et entre dans la seconde partie de la tente. Un banc, des fioles sur une étagère, quelques livres posés sur un tapis et dont je ne parviens même pas à lire les titres tant le monde tangue et se trouble sous mes yeux.

— Une louve, commente la femme en pinçant les lèvres. Inhabituel. Pourquoi ne te transformes-tu pas ?

Ma tête tourne et ma langue est pâteuse. Je n'ai même pas la force d'ouvrir la bouche. Je vacille et m'assois sur le banc face à elle. D'un geste, elle m'ordonne d'ôter ma veste et ma tunique. Je gémis en tentant de passer le vêtement par-dessus ma tête. La guérisseuse ne m'aide pas, elle attend en claquant de la langue avec agacement.

Une fois le haut de mon corps dénudé, elle m'examine en tournant lentement autour de moi, exerçant une pression de l'index exactement là où ça me fait le plus mal. Je crie. Tout mon flanc est devenu noir et la fièvre me fait divaguer. Finalement, elle tend la main vers moi :
— Quarante sols, ordonne-t-elle.
C'est du vol, mais que puis-je faire d'autre ? Je défais mon bracelet et lui tends deux perles d'or. Elle hoche la tête et se tourne vers ses étagères remplies de fioles et de bols en bois. Elle sélectionne plusieurs ingrédients et commence à les piler ensemble en marmonnant je ne sais quoi. Je voudrais l'observer, mais la douleur est si vive que je perds connaissance.

Une odeur piquante et âcre me ramène à moi. La vieille femme me secoue durement, m'arrachant une nouvelle plainte. Je me redresse en position assise, et prends le bol qu'elle me tend. Le goût est aussi abominable que son effluve le laissait supposer. La mixture épaisse me brûle la gorge. Un incendie me dévore de l'intérieur. Je me plie en deux en hurlant, la souffrance pire qu'auparavant. Je voudrais m'arracher le bras.
— Que m'avez-vous fait !? m'écrié-je en essayant de me relever.

Mes forces me quittent, je ne parviens même pas à me mettre à quatre pattes. Imperturbable, la guérisseuse dessine des runes au-dessus de ma peau, sans la toucher. Une lumière dorée s'échappe de ses mains et vient m'envelopper, et subitement une sensation de fraîcheur remplace les braises ardentes qui me consumaient. La glace tapisse mon bras, de l'intérieur, et la douleur s'estompe puis disparaît. J'observe mon membre avec stupeur. Je n'ai plus mal du tout.
— C'est efficace, votre truc... Ça va durer longtemps ?
— J'ai mis un accélérateur de guérison avec. Dans trois jours, ton bras sera comme neuf.

Je fronce les sourcils, dubitative, mais elle reprend avec sévérité :
— Ma magie réparerait les morts, jeune louve.

Je hoche la tête en guise de remerciement et je quitte la tente. J'ai payé une fortune, mais ça en vaut la peine. J'ai presque envie de pleurer tant la disparition de la douleur me soulage. Mon flanc est toujours noir, et j'ai une hideuse cicatrice rougeâtre sur mon bras. Une de plus, c'est sans importance.

Je me dirige vers l'auberge d'un pas plus assuré et prends une chambre.

— Au rez-de-chaussée, exigé-je.

Le marchand hausse les sourcils avec exagération.

— Comme tous les métamorphes, évidemment. Vous avez toujours besoin de deux sorties à vos tanières, hein…

Exactement. Je veux pouvoir m'enfuir par la fenêtre si on m'attaque par la porte.

— La troisième, au bout du couloir gauche, déclare-t-il. C'est la dernière, si elle ne vous convient pas, tant pis pour vous. Et passez donc aux bains, avant la nuit. J'insiste. Ils se trouvent à une centaine de mètres derrière l'auberge, vous ne pouvez pas les rater…

Le message m'a déjà été délivré, merci. Je pue, c'est entendu. Je récupère la lourde clé d'acier qu'il me tend avec une expression désabusée, lui paie la nuit d'avance, et me dirige vers ma chambre. Je referme derrière moi, verrouillant la porte. Puis sans même me déshabiller, je m'écroule sur le matelas crasseux et je sombre dans le sommeil.

Je me réveille quand mon estomac se met à protester. J'ai dormi d'un sommeil de plomb, et il me faut un moment avant de me souvenir où je suis. C'est d'abord la pensée de la mort de Joran qui vient assombrir mon humeur, et dans la foulée, le manque de lui me frappe si fort que j'en tremble. Ma gorge se serre et je ne réussis à repousser mes larmes qu'au prix d'un immense effort.

« *Tu survivras. Tu as toujours été la plus forte de nous deux* »

Je sursaute, tant l'impression d'entendre sa voix est forte. Je me retourne, tout en sachant que c'est ridicule. Bien sûr, il n'y a personne. Je pince les lèvres et me secoue. Je soulève la tunique. Les hématomes n'ont pas diminué, mais je ne sens plus rien.

D'abord, je vais trouver de quoi manger, ensuite j'aviserai. La perspective de faire la route vers le sud seule ne m'enchante guère, mais c'est la meilleure solution. Je veux partir demain, avant l'aube. Le souvenir de la procession de sorcières me colle des frissons. La ville n'est pas sûre.

La nuit est déjà bien avancée quand je quitte ma chambre, mon sac sur une épaule. Je referme la veste de Joran sur ma poitrine, attache mes cheveux pour qu'ils ne dépassent pas de la capuche, et je longe les murs jusqu'à tomber sur un marchand de fèves. La ville est encore très animée, à cette heure-ci. De loin, je ressemble sans doute à un jeune mâle, mais de près, mon visage ne fera guère illusion, malgré la terre et le sang dont il est couvert, et mon odeur me trahira.

Je paie ma part de fèves au lard, et l'engloutis à toute vitesse, debout contre un des piliers de la tente, noyée dans l'ombre. J'observe les groupes qui déambulent dans les allées éclairées par des guirlandes de lampions colorés dans lesquels dansent des bougies magiques. Les inconnus parlent fort et rient, des éclats de voix s'échappent des tentes plus loin où on négocie des tissus ou des bijoux, des pierres précieuses ou des sortilèges. Je ne me sens pas à l'aise. Trop de monde, de mouvements de foule, trop de sourires faux. Et en même temps, je ne peux m'empêcher d'être fascinée : la liberté dont les gens jouissent ici est si éloignée du règne par la terreur de mon père...

Joran adorerait cette ambiance joyeuse et bigarrée. La douleur me fige. Joran *aurait* adoré.

« *Ne pleure pas, Nev. Tu as promis de vivre pour deux.* » souffle sa voix.

Pas de larmes, j'y arriverai. Je serre les dents et repousse la boule qui étouffe ma gorge.

Je termine mon repas et me dirige vers les bains. Pas pour obéir au marchand, mais parce que je risque de ne pas pouvoir bénéficier de ce luxe avant un grand moment... Si je parviens dans le sud, je me baignerai dans l'océan. Il paraît que les eaux y sont presque aussi chaudes que celles de ces bassins.

Je suis le sentier qui s'enfonce dans la forêt, sur une centaine de mètres. Des globes mouvants, diffusant une pâle lumière, sont disposés régulièrement.

— Lavez-vous avant d'entrer dans les bassins, m'ordonne la femme à l'entrée. Vous trouverez plusieurs grottes dédiées à cet usage, accolées aux salles principales.

Je pénètre sous la voûte de pierre. La lumière des flambeaux est renvoyée par des milliers de scintillements des parois rocheuses : c'est comme si elles étaient parsemées de petites lucioles. Je m'approche, fascinée : en réalité, c'est la roche elle-même qui est incrustée d'éclats brillants, telles des pierres précieuses. Des bassins creusés dans le sol et pouvant accueillir jusqu'à une dizaine de personnes se succèdent, dans différentes grottes. Les lieux ne sont guère fréquentés, à cette heure-ci. À travers la vapeur de plus en plus épaisse, je distingue à peine quelques mâles qui se détendent, la tête en arrière sur le rebord et les yeux mi-clos. Deux femmes s'avancent vers moi en discutant à voix basse.

Je me dirige vers l'endroit qui doit servir à se nettoyer : il y a des pains de savon qui traînent sur le sol et de grands bacs d'eau avec des seaux à remplir pour se rincer. J'ôte mes vêtements et je me frotte rapidement, grattant avec mes ongles les traces de sang et de terre sur mes bras et mes jambes, avant de me rincer à plusieurs reprises. Quand l'eau qui coule le long de mon corps est enfin claire, je passe à mes cheveux, pestant comme à chaque fois de leur longueur si peu pratique.

Je pourrais les couper, maintenant que je suis libre, d'autant plus que ça m'aiderait à passer pour un jeune mâle. Je m'en occuperai en rentrant dans ma chambre. Il est temps de faire éclore une nouvelle Neven.

Je profite d'être seule sous la voûte basse de la grotte pour nettoyer mes vêtements, à part la veste de Joran dont je ne veux pas perdre l'odeur. L'eau sale s'écoule jusqu'aux grilles insérées dans le sol, puis je les tords pour les essorer au mieux, avant de les glisser dans mon paquetage.

Déjà détendue, je quitte l'alcôve de pierre, en quête d'une grotte où je serai seule. Ça ne me gêne pas d'être nue, mais j'ai besoin de me sentir en sécurité. Finalement, je déniche un bassin, plus petit que les autres, en surplomb de la grotte de lavage, et totalement désert. Il est dissimulé dans l'ombre et permet en outre de voir arriver les clients. Il est parfait.

Je dépose mon sac contre la paroi et me laisse glisser dans l'eau bouillante, expirant lentement quand la chaleur vient enserrer mon corps. Il me faut un moment pour réguler mon souffle, tant la sensation est angoissante. Mais quand je m'immerge enfin en totalité, une délicieuse sensation de bien-être m'enveloppe. Les tensions dans mes muscles se relâchent, et même la tristesse se dissipe un peu. La vapeur forme un brouillard presque aussi efficace que mes ombres pour me dissimuler. Enfin, pour la première fois depuis ma fuite, je me sens en sécurité. Ma tête bascule en arrière, reposant sur la roche, mon menton affleurant à la surface de l'eau. Je ferme les yeux, tout mon corps se relâche. Une odeur d'herbe fraîche et de savon au chèvrefeuille flotte dans l'air, contribuant à ma détente.

Des images de Joran et moi me reviennent, des instants joyeux de notre enfance, de notre cachette où nous nous réfugions quand mon père m'avait durement battue et que Joran essayait de me changer les idées, il me racontait le monde alentour et me promettait que notre vie allait changer. C'est là que nous avons échangé notre premier baiser, maladroit et étonné. Je souris.

— Tu t'en souviens ? murmuré-je.

C'est comme si Joran me répondait, d'un long frisson amusé à mon oreille, alors que ma louve s'étire, son dos roulant sous ma peau, avide de contacts. Je ressens sa peine et le vide qui lui grignote le cœur, j'entends sa plainte comme une chanson lancinante qui fait écho à mon propre manque. Moi aussi, j'aimerais pouvoir tenir sa main ou juste appuyer mon épaule contre la sienne... J'essaie de ramener les souvenirs d'étreintes tendres à la surface de ma mémoire. Je convoque l'image de Joran et sa mine dégoûtée, ce jour-là, alors que nos lèvres se séparaient.

On avait ri comme des fous, à moitié écœurés, à moitié fascinés par ce que ça déclenchait en nous. On a souvent remis ça, par la suite, et puis en grandissant, nos gestes sont devenus plus hardis, sans jamais franchir la barrière de l'interdit ultime : mon père m'aurait tuée. Alors que les images plus sensuelles se déploient dans ma mémoire, j'ai presque l'impression de sentir Joran embrasser mon cou et ses mains plonger sous l'eau pour me caresser. Les miennes le rejoignent, glissent entre mes cuisses. Un gémissement soupiré m'échappe, tandis que je sombre vers les profondeurs du plaisir.

Des éclats de voix m'alertent soudain, m'arrachant à mon fantasme. Je rouvre les yeux et scrute la pénombre. En contrebas, dans la grotte de lavage, trois hommes à la silhouette puissante se lavent. J'attire immédiatement les ombres autour de moi, plaquée contre le rebord le plus éloigné du bassin. Ils sont nus, de dos, et m'offrent une vision absolument renversante. Les muscles de leur dos et de leurs bras roulent à chaque mouvement, et leurs fesses, Déesse, leurs fesses ! Un instinct de louve me donne envie d'y planter les crocs dont je ne dispose même pas. Ma peau me tire et mon ventre se réchauffe d'un désir ardent. Ma main reprend ses caresses plus brusquement, tandis que l'autre remonte vers ma poitrine et enserre un sein pour le presser. Ma bouche s'ouvre sur un soupir de satisfaction muet.

Je rêve d'être la mousse du savon qui glisse sur leur corps… Alors que cette pensée ridicule me traverse l'esprit, celui du milieu se retourne, fouillant la grotte de son regard bleu glacier.

Les narines d'Asher frémissent, et soudain, alors qu'il est impossible qu'il me voie à travers les ombres, ses yeux se plantent dans les miens.

22. Asher

La petite louve est ici. Son parfum de miel et de fumée m'embrase les sens, sous celui du savon au chèvrefeuille dont tout le monde dispose. Je suis certain qu'elle est là, au milieu des ombres épaisses qui baignent l'estrade rocheuse de l'autre côté de la grotte. À son odeur se mêle celle de l'excitation… Elle doit être avec son compagnon. Nombreux sont les couples qui profitent des bains pour s'adonner au plaisir. Cette pensée m'agace inexplicablement. Je me dirige d'un pas vif vers le bassin, grimpe les quelques marches. Des ombres mouvantes m'enveloppent, comme pour me faire reculer.

Oh petite louve, c'est inutile.

Je ne sais pas ce que je veux exactement, ni pourquoi je suis irrésistiblement poussé vers elle. Je franchis les ombres et saute dans le bassin. Je grimace sous la chaleur, mais je poursuis mon avancée, mon cœur se mettant à cogner plus fort alors que je la distingue enfin.

— Relâche tes ombres, Neven, ordonné-je.

Après une hésitation, les derniers lambeaux de ténèbres reculent. Ils s'amassent autour d'elle, comme pour la protéger, dissimulant son corps sous l'eau. Elle est immergée jusqu'aux épaules, ses cheveux défaits flottant autour d'elle. Ses joues sont roses, ses grands yeux en amande brillent, tandis que des gouttes glissent sur la courbe tendre de son cou. Mon sexe durcit et se tend. Elle est l'image même de la sensualité. Et elle pointe un couteau dans ma direction. Sa détermination féroce la rend encore plus désirable.

— Où est le louveteau ? m'étonné-je en scrutant le pourtour du bassin.

Une ombre douloureuse passe sur le visage de la jeune femme. Elle penche la tête sur le côté, avale sa salive.

— Il... n'est plus là.

Je fais un nouveau pas vers elle, curieux et contrarié à la fois. Quel loup laisse sa compagne sans protection, dans un endroit tel que celui-ci ? Il devrait être à ses côtés. Et pourquoi une telle douleur dans sa voix ? L'a-t-il sciemment abandonnée ?

Tant mieux, gronde mon loup. *Elle pourrait être à nous.*

Je pince les lèvres. Non. La petite louve est très attirante, mais je n'oublie pas ma réaction lorsque je l'ai embrassée. J'en ai presque oublié la meute, il est hors de question que je réitère l'expérience, même si c'est plus que tentant. Je n'ai pas confiance en elle.

Neven continue de me menacer de son arme, tandis qu'elle se recroqueville davantage.

— Ne t'approche pas plus, ordonne-t-elle.

Sa voix s'est faite aiguë et son visage s'est crispé. Les ombres se resserrent autour d'elle.

— Tu as peur de moi ? dis-je, fronçant les sourcils.

— Évidemment ! rétorque-t-elle sèchement. Tu es un loup, je suis... sans défense.

— Tu es nue, pas sans défense, la corrigé-je.

Elle me fusille des yeux.

— Je sais que je ne gagnerai pas, mais je ne me laisserai pas violer sans combattre.

Je déteste qu'elle puisse penser ça de moi, pourtant je comprends. Elle a grandi dans la meute du plus taré des alphas. Je ne peux qu'imaginer ce qu'elle a dû endurer, et ça me fout tellement en rogne que je me mets à gronder. Neven resserre ses doigts sur le manche de son couteau et ses ombres se dressent autour d'elle, pointant dans ma direction comme des serpents sifflant leur courroux.

— Recule, ordonne-t-elle d'une voix qui tremble légèrement.

— Je ne te ferai aucun mal.

Sa réaction me blesse.

— Ta définition de « aucun mal » diffère certainement de la mienne, reprend-elle avec plus d'assurance. J'ai entendu cette excuse des centaines de fois.

— C'est ridicule, grondé-je, en faisant un nouveau pas vers elle.

Elle est exaspérante à pointer son arme dans ma direction. Je pourrais la lui arracher en une fraction de seconde. Elle me fixe avec sévérité et m'explique froidement :

— Je sais que tu as senti mon odeur, mais ce n'était en aucun cas une invitation.

À la mention de son excitation, ses joues sont devenues écarlates et mon corps réagit instantanément en se tendant davantage encore, sous l'eau. Je devine sa poitrine ronde et parfaite sous les ombres, à la surface de l'eau. Ça me fiche un choc. Sa peau semble si douce et soyeuse, et ses seins ont la taille parfaite pour mes mains... Cette femelle me fait un effet dingue. J'ai envie de recueillir du bout de la langue les gouttelettes qui s'attardent sur sa peau nacrée, de suivre leur chemin jusqu'au creux de ses cuisses, de mordiller l'arrondi de son épaule avant de la hisser sur mes hanches pour la prendre brusquement, contre le rebord du bassin.

Elle perçoit mon désir et ses sourcils s'arquent. L'odeur de sa peur sature l'espace, ses ombres se rassemblent autour d'elle en crachant d'hostilité. Ça douche instantanément l'incendie qui couve dans mes veines et me remet les idées en place. Elle est effrayée, putain !

Je recule et lève les mains devant moi en signe d'apaisement. Calek me rejoint dans l'eau.

— On ne te fera pas de mal, dit-il de sa voix râpeuse. Je te le promets.

Un silence. Les traits de la jeune femme se détendent légèrement, et elle se redresse, même si elle ne relâche pas son arme pour autant. Une pointe d'agacement me traverse en constatant qu'elle fait davantage confiance à Calek qu'à moi.

Ses ombres se dissipent enfin, laissant apparaître une plaie rouge et vive sur son bras et un hématome gigantesque sur ses côtes. Je siffle entre mes dents, alors qu'une colère froide m'envahit. C'est une zone entièrement noire qui marbre tout son bras et une bonne partie de son flanc. Elle doit souffrir terriblement.

Tu aurais dû être là pour la protéger ! gronde mon loup, bouillonnant de rage.

C'est absurde. C'est son compagnon qui a laissé ça se produire.

— Que s'est-il passé ? reprends-je. Pourquoi ton compagnon t'a-t-il laissée seule ?

Le bras de Neven qui tient le couteau tremble à peine. Elle se redresse en grimaçant.

— Joran... est mort, déclare-t-elle d'un ton éteint. On a été attaqué par une patrouille, et...

Sa voix se brise. Elle hausse une épaule.

— Comment leur as-tu échappé ? s'inquiète Calek. Ils t'ont suivie ?

— Je les ai tués. Enfin, Joran s'est chargé de la plupart d'entre eux.

Son chagrin m'assaille en une vague dure et amère. J'avance le bras et entoure sa main qui tient le couteau. Elle me laisse faire.

— Je suis désolé pour ton compagnon, dis-je doucement. Mais tu peux être fière de toi, petite louve. Tu t'es comportée en guerrière.

Elle me dévisage, nos regards s'ancrent l'un à l'autre. Je sens qu'elle lâche prise. Elle incline la tête et pose son front contre mon torse, nos mains prisonnières entre nous. Calek s'approche à son tour et caresse doucement les cheveux de Neven.

— Tout va bien, murmure-t-il. Tu ne risques rien.

Blottie entre nous comme ça, j'ai la sensation qu'elle est exactement à sa place. Un vertige agréable tourbillonne dans mon torse.

— Qu'est-ce que vous foutez ? appelle soudain Leith. Je vous dérange, peut-être ?

Je lâche Neven et me retourne pour lui dire de la boucler, mais ce crétin saute lourdement dans l'eau. Des vagues viennent s'écraser contre les bords du bassin. L'une d'elle submerge Neven qui glisse et se cogne la tête contre la pierre. Je me précipite et la relève alors qu'elle crache et tousse. Par réflexe, elle s'agrippe à mes épaules, ses petits ongles se fichant dans ma peau, sa poitrine écrasée contre mon torse et ses jambes se nouent autour de mes hanches.

— C'est bon, je te tiens.

Une main dans son dos, l'autre sous ses fesses nues. Son parfum emplit mes narines et ses seins frottent contre moi, tandis qu'elle reprend sa respiration. Je serre les dents pour faire abstraction de son bassin qui s'appuie contre mon sexe dur et la dépose assise sur le bord du bassin. Récupérant son arme au fond de l'eau, je la pose à côté d'elle puis m'éloigne.

Calek me jette un drôle de regard, puis il secoue la tête et grimpe à son tour sur le pourtour du bain. Il fouille dans le sac de Neven et lui tend un pull beaucoup trop grand qu'elle enfile rapidement. Leith émerge de l'eau, ses cheveux blond foncé plaqués en arrière lui confèrent un air angélique. Précisément ce qu'il n'est pas.

— Encore toi ?! s'exclame-t-il d'une voix froide en fixant la femelle. Tu nous suis ?

— Est-ce que ça va ? le coupe Calek, en s'accroupissant auprès de Neven.

Du menton, il désigne son bras blessé. Elle incline la tête lentement.

— Ça va.

Ses yeux pensifs se posent sur nous trois. Une idée est en train de mûrir dans son esprit, je peux presque voir les rouages qui tournent dans sa tête. Puis elle lâche :

— Vous faites partie de la meute des Bannis, n'est-ce pas ?

Leith se hisse à côté d'elle et lève les yeux au ciel.

— Cette meute n'est qu'un mythe. Tu es d'une naïveté, Sans louve...

— Tu mens. Un ours et deux loups, c'est impossible.

D'un geste vif, Leith se penche et lui agrippe la nuque. Elle glapit.

— Lâche-la ! grondé-je.

— Tu me traites de menteur ? interroge Leith, d'un ton dangereusement calme, son visage à quelques centimètres de celui de la louve.

— *Tout de suite*, ordonné-je en chargeant ma voix de ma puissance d'alpha.

— Leith, grogne Calek, furieux.

Il referme les poings, prêt à le frapper. Face à l'ours en colère, Leith n'a aucune chance. Il grimace, avant de lâcher sa prise sur la nuque de Neven avec un reniflement de mépris.

— Je ne mens jamais, déclare-t-il sèchement. Les Bannis n'existent pas.

— Sans doute parce que vous vous donnez un autre nom ? devine-t-elle.

Elle le défie du regard.

Belle, courageuse et intelligente, conclut mon loup qui ronronne presque.

Et donc dangereuse.

Elle hésite encore un instant, puis elle se lance, comme elle avait décidé de sauter du haut de la falaise : avec bravoure et détermination.

— Je voudrais venir avec vous. Je veux intégrer votre meute, déclare-t-elle sans ciller.

— Mais bien sûr, jette Leith, hautain. Ça tombe bien, on accepte tous les déchets du continent. Tu n'as même pas de louve, femelle. À quoi pourrais-tu bien nous servir ?

Elle ne se démonte pas et poursuit :

— On dit que votre meute accueille ceux qui sont vulnérables, du moment qu'ils ont quelque chose à offrir. Moi, j'ai de l'argent.

— C'est pour ça que les tiens te poursuivent ? interroge Calek. Parce que tu les as volés ?

Elle a un rire joyeux, qui la rend lumineuse et innocente.

— Non. C'est parce que jamais Terdzik n'accepterait que son honneur soit bafoué, ce que je viens de faire en échappant à deux reprises à ses gardes. C'est son ego qui est blessé, pas ses coffres-forts.

— Quoi que tu aies réussi à leur prendre, ce ne sera jamais assez pour nous intéresser, jette Leith. On parle de quoi... cinquante sols ? Allez, cent si tu es une voleuse hors pair ?

— L'équivalent de mille-six-cent-cinquante sols.

Ma mâchoire se décroche. Comment aurait-elle pu avoir accès à autant d'argent ? Les sols poussent sur les arbres, dans la meute de l'Est ?

— Il nous suffirait de te les prendre, cingle Leith. Pourquoi nous encombrer d'un fardeau comme toi ?

— Je croyais que tu n'étais pas un voleur ? s'insurge la petite louve.

Il éclate d'un rire sec.

— Je ne suis pas un menteur. Pour le reste, en revanche, je fais ce qui est nécessaire pour les miens. Toujours. Que ça implique le meurtre, le vol ou la trahison. Et j'y prends beaucoup de plaisir.

— Explique-moi comment tu peux trahir sans mentir ? persifle la femelle.

Je hausse les sourcils à destination de Leith, amusé. Il hausse une épaule indifférente.

— Je ne suis pas responsable de ce que les autres interprètent de mon attitude. Mes mots sont toujours vrais, pas mes gestes.

La petite louve lâche une exclamation de mépris.

— Tu te trouves des excuses. Typique des mâles, ils n'assument pas.

Leith se met à gronder et ses yeux se teintent de doré. Ça commence à m'emmerder, cette petite joute verbale. Je sors du bassin et m'interpose entre les deux.

— Ça suffit, dis-je à Leith. On ne volera pas son argent, mais on ne l'emmènera pas avec nous non plus.

Neven me fixe avec un air blessé.
Ouais, moi non plus ça ne me plaît pas, chaton. Pas du tout.
Je n'aime pas la laisser seule, même si je doute que sa meute la poursuive encore. Mais le continent ne manque pas de prédateurs. Elle risque fort de ne pas survivre, malgré toute sa détermination. Si je m'écoutais, elle viendrait avec moi. Mais je ne peux pas. Neven nous ralentirait. Mon loup proteste vivement, il me griffe avec violence de l'intérieur.

Je grimace. Je ne peux mettre mon clan en péril, juste parce qu'une femelle m'attire. Il y en a des dizaines d'autres.

Pas comme ça ! proteste le loup en moi. *Elle est différente et tu le sais.*

Je ne l'écoute pas et déclare en plongeant dans les yeux bleu foncé de la Sans louve :

— Nous ne t'emmènerons pas. Je ne suis pas certain de pouvoir te faire confiance. De plus, nous sommes pressés, et tu serais un poids pour nous.

— Je peux me défendre, rétorque-t-elle, en croisant les bras sous sa poitrine.

— C'est vrai. Mais tu ne peux pas te transformer, et nous n'avons pas de temps à perdre.

— Ash...

Calek a grondé, ses deux grandes mains posées sur les épaules de Neven, en geste protecteur. Je secoue la tête. Nos yeux s'affrontent, il finit par opiner sèchement du menton. Il sait que j'ai raison, même si ça ne lui plaît pas plus que moi.

La femelle carre les épaules fièrement et son visage se fait glacial. Elle hoche brièvement la tête puis se détourne. Elle saisit un pantalon et des chaussures dans son sac avant que les ombres se referment sur elle.

— Cassons-nous avant que vous changiez d'avis, cingle Leith. Cette sorcière vous retourne un peu trop facilement le cerveau.

— Ta gueule ! aboie Calek.

23.
Neven

Ils me condamnent à mort. Bien sûr, ils n'ont aucune obligation envers moi, mais… Ça me déçoit quand même. Comme s'ils m'avaient trahie.

« *Ce sont des connards. Tu vas y arriver* », souffle la voix de Joran dans mon oreille.

Le baiser glacé des ombres s'étend sur moi. Je les ai sollicitées plus que d'habitude ces derniers temps. Elles m'empêchent de supplier les trois mâles et anesthésient ma colère. Mon esprit est plus clair, mes résolutions plus fermes quand je ne ressens rien.

Je leur lance un dernier regard méprisant. Ils se tiennent sur le bord du bassin, leurs muscles durs luisant d'eau, les traits impassibles.

Des égoïstes d'alphas. Sexy à en être aveuglée, mais arrogants et indifférents au sort des autres.

Je partirai demain à l'aube, ainsi que je l'avais prévu. Avec des gestes secs, j'essore ma cascade de cheveux, puis les natte en une triple tresse serrée, tout en descendant les escaliers taillés dans la roche.

Alors que je rejoins le niveau du sol, une femme vêtue de rouge s'avance vers moi. Une sorcière écarlate, la même que ce matin. Ses yeux ténébreux se posent sur moi et un rictus cruel étire ses lèvres. Merde. Ce n'est jamais bon d'attirer l'attention des filles d'Hécate. Je recule d'un pas et me plaque contre la paroi, faisant mine de la laisser passer. C'est certainement ce à quoi elle s'attend, ces créatures sont imbues d'elles-mêmes. Pas étonnant qu'elles se soient si bien entendues avec les loups durant la Guerre : ils possèdent le même ego surdimensionné. Je me force à incliner la tête, espérant qu'elle prendra ça pour un signe de respect et me laissera filer.

Mais elle se dirige droit sur moi. Ma louve se met à gronder. Pas pour me signaler un danger, mais avec une sorte... d'appétit. D'avidité furieuse.

Tu veux la dévorer ? m'étonné-je.

Je la sens bouillonner au fond de moi, poussant contre ma peau avec frénésie. C'est la première fois que je perçois une telle émotion, venant d'elle. L'espace d'une seconde, je ferme les yeux. J'espère que cet aiguillon affamé l'aidera à sortir. Je l'encourage mentalement, l'exhorte à me déchirer en deux pour s'extraire de moi. Mais rien ne se passe, comme toujours. Lorsque je rouvre les paupières, la sorcière se tient juste sous mon nez. Nos regards se croisent, le sien est un abysse de noirceur qui m'attire. Sommes-nous faites de la même étoffe ? Si ma mère était une sorcière, les ombres au fond des iris de l'Écarlate sont-elles les mêmes que celles qui m'entourent ? Pourtant, alors que je me tends vers l'obscurité qui est en elle, pour la goûter, la sorcière a un imperceptible mouvement de recul.

— Qui es-tu ? demande-t-elle d'une voix métallique.

— Personne, réponds-je froidement.

Un bras épais s'enroule autour de ma taille et me ramène en arrière, le dos plaqué contre le torse de Calek. Mon souffle se coupe sous le choc.

— Notre animal de compagnie, dit-il d'une voix dure.

Une de ses mains repose sur mon ventre, l'autre me bâillonne. Même si ses mots ne me plaisent pas, ils me protègent en me présentant comme une créature négligeable. C'est exactement ce que je souhaitais qu'elle pense de moi, donc je ravale ma fierté et me laisse aller contre le corps chaud et dur de l'ours. La main qui me réduisait au silence glisse sur ma gorge en un geste possessif.

— Vraiment ? insiste la sorcière. Elle ne peut pas vous suffire. Je suis disposée à jouer avec vous, moi aussi...

Elle se lèche les lèvres en matant ostensiblement les trois mâles nus, son attention focalisée nettement plus bas que leur visage. Ma louve recommence à grogner.

— Elle est à nous, et nous n'avons besoin de personne d'autre, confirme Asher qui vient s'interposer.

Il fixe durement la sorcière, son large corps venant me dissimuler à sa vue. La paume de Calek reste sur mon estomac, sage et rassurante, même si je ne peux ignorer la nature imposante de ce qui se tend contre mes fesses. Danger et sensualité, le mélange préféré des loups.

— Que viens-tu faire ici, fille d'Hécate ? reprend le loup blanc. As-tu notre réponse ?

— Le Conseil a délibéré, oui.

— Comment savais-tu que nous étions ici ? demande Leith, sur le ton de quelqu'un qui s'ennuie terriblement.

Son attitude semble détendue, pourtant je discerne une froideur d'acier dans sa posture. Leith n'est nonchalant qu'en apparence, je commence à le comprendre. La sorcière hausse les épaules.

— La ville n'est pas si vaste, et vous ne passez pas inaperçus. Gagnons un endroit plus discret pour discuter, voulez-vous ?

Son sourire lascif dit clairement que parler n'est pas exactement ce qu'elle envisage.

— Ici, c'est très bien, déclare Asher. Nous t'écoutons.

— Comme vous voudrez.

La fille d'Hécate se redresse, vexée, affichant une expression froide.

— Les Mères vous recevront. Elles seules ont la capacité d'effectuer le sort dont vous avez besoin. Si l'originel a nécessité la puissance de Likaal, la réactivation réclamera au moins autant de magie.

— Et où les trouve-t-on ? interroge Asher.

La sorcière éclate d'un rire dur.

— Ça ne marche pas comme ça, loup. Je vais apposer une rune sur le poignet de l'un de vous. Elle vous servira de boussole. Sans elles, vous ne trouverez jamais les Mères : elles résident dans un repli du monde qu'aucune carte ne saurait trouver. La rune disparaîtra dès que vous serez à destination.

— Et comment être certain qu'il ne s'agit pas d'un piège ? jette Leith.

— Vous ne pouvez pas.

— Si le porteur de rune meurt ? insiste-t-il.

— Alors vous aurez tout perdu. Le Conseil n'accorde jamais deux fois la même chance. Si vous vous décidez, payez-moi tout de suite. Je n'apposerai la rune que lorsque le paiement aura été effectué.

Asher se tourne vers Leith, qui hoche la tête et disparaît. Alors que la femme donne son prix et qu'Asher lui répond, une réflexion se fraie un chemin dans mon esprit. J'ignore si c'est une bonne idée ou la pire décision du monde, mais j'y entrevois une opportunité. Et mon univers s'est trop rétréci dernièrement pour que je ne la saisisse pas au vol.

Quand Leith revient et tend les pièces à la sorcière, je suis prête. Elle les empoche dans sa cape aussi rouge que sa robe, puis rejette ses cheveux en arrière.

— Qui sera le porteur ? demande-t-elle.

— Moi ! lancé-je en m'arrachant de la prise de Calek.

Je me jette devant les deux loups. Asher essaie de m'intercepter, mais telle une anguille, j'échappe à sa prise et me présente devant l'Écarlate, tendant le bras vers elle. Elle s'en empare, entourant mon poignet de ses doigts noueux.

— Hors de question, déclare sèchement Asher.

— L'animal de compagnie, excellent choix ! s'exclame en même temps la sorcière.

Elle resserre sa prise sur moi, ravie. Je suis sûre que je vais en baver, mais ça vaut le coup de tenter ma chance. Les trois mâles nous entourent si vite que c'est à peine si je les vois bouger. Ils sont furieux. Mais un picotement brûlant comme la piqûre de milliers d'aiguilles blesse déjà ma peau. La magie à l'œuvre est puissante, elle s'insinue en moi par la rune qui est en train d'être tracée. Je la sens remonter le long de mes veines, incandescentes, faisant fondre la glace laissée par les ombres.

— Appose ta rune sur moi, gronde Calek en m'empoignant par l'épaule pour me dégager.

— Ne me touchez pas, préviens-je en les défiant du regard.

Je remonte ma manche pour leur montrer le dessin qui se grave de lui-même au-dessus des doigts de la sorcière. Des traits géométriques noirs qui deviennent plus nets chaque seconde.

— Putain, je vais te massacrer, aboie Leith à mon intention, ses yeux de miel liquide s'assombrissant d'ambre.

— Arrête immédiatement, ordonne Asher d'une voix tranchante. Neven ne peut pas nous accompagner.

— Trop... tard, halète la sorcière. Peux plus... interrompre... le sort.

J'adresse un sourire narquois au loup blanc. Ses narines pincées sont la seule marque extérieure de sa colère, mais je la ressens, comme un goût charbonneux sur ma langue.

Ils seront obligés de me protéger, cette fois. Ils vont me détester, mais ils me garderont en vie, au moins jusqu'à ces Mères qu'ils doivent rencontrer. Pour la suite, j'aviserai plus tard. Je n'ai pas le choix, je dois saisir les opportunités quand elles se présentent.

La sorcière bascule la tête en arrière et commence à psalmodier dans une langue inconnue. Les aiguilles s'enfoncent plus profondément dans ma chair.

Asher me fixe avec une expression de marbre. Il assiste, impuissant, au vol de sa boussole magique. Je serre les dents, la douleur se fait plus intense. Elle danse dans mes membres, me lacérant de l'intérieur, se frayant un chemin contre mes ombres à coup d'épée aveuglante. La magie s'ancre, s'entortille autour de mes os avant de les perforer. La souffrance est si insupportable que je ne peux plus retenir mes hurlements. Ça me submerge et m'emporte. Je perds conscience.

24.
Calek

Quand le corps de Neven s'affaisse contre la sorcière, celle-ci accompagne son mouvement jusqu'au sol humide de la grotte, sans lâcher son bras.

— Qu'est-ce que tu lui as fait ? dis-je dans un rugissement en me précipitant à ses côtés.

Je veux les séparer, mais Asher pose sa main sur mon épaule et déclare seulement :

— Il faut qu'elle aille au bout, cette fois. Neven a choisi, tant pis pour elle.

Je me dégage d'un mouvement sec. Pourtant, je respecte sa décision. Mon ours n'est pas d'accord, mais je ne peux pas l'écouter. Cet attachement irrationnel qui me lie à la petite sorcière provient de sa magie.

J'ai beau le savoir, ça me fout pourtant en rogne de la voir gisant au sol, les traits altérés par la douleur, et impuissant à la soulager. Je crispe les poings sur la roche, attendant la seconde où la fille d'Hécate la relâchera pour vérifier si elle va bien.

Leith, Asher et moi sommes tous les trois penchés au-dessus d'elles, impatients. Leith, vraisemblablement pressé de lui passer l'engueulade de sa vie, Asher de partir en quête des Mères, et moi, d'être rassuré et de la blottir contre mon torse. Je me réjouis secrètement qu'elle nous accompagne, malgré son acte stupide.

Enfin, le débit de la sorcière ralentit, sa psalmodie se calme et les derniers mots tombent de ses lèvres. La magie qui reflue crée un vide étrange, comme si elle avait vidé la grotte d'oxygène, avant que l'équilibre des forces ne se remette en place, dans un claquement sec. La sorcière lève vers nous un regard vide.

— Votre petit animal est résistant, c'est bien la première fois que j'ai du mal à lier le sort à un corps. Sa volonté me contre avec une force surprenante.

La sorcière tire un petit couteau de sa poche. Leith lui tord le bras.

— Que fais-tu ? grince-t-il. On a besoin d'elle vivante, maintenant.

Elle soupire, manifestement épuisée.

— Retiens tes griffes, loup. Je dois encore mêler son sang et le mien sur la rune pour achever l'enchantement.

Leith la libère. Elle applique la lame sur sa paume et dessine une ligne fine. Elle applique sa main sur la rune, repassant son index rougi sur le tracé. Puis elle effectue le même geste au creux de la main de Neven. Son sang perle, écarlate, chargé de son odeur si particulière de miel et de fumée. La suavité et la force, la lumière et les ténèbres mêlées. Je me gorge de son parfum enivrant, et à côté de moi, Asher fait de même, les narines frémissantes. La sorcière marque un temps d'arrêt. Elle fronce les sourcils et se penche vers les gouttes de sang.

— Termine le sort, commande Asher.

Je n'aime pas du tout l'expression hypnotisée qu'elle affiche. La fille d'Hécate considère Neven avec un intérêt malsain. Elle grimace, mais obtempère. Elle frotte son doigt sur la plaie et dessine à nouveau la rune sanglante par-dessus la précédente. Elle marmonne un dernier mot. L'air se tord et vrombit, la magie se déploie, faisant luire le symbole d'un éclat bleuté.

— Si la lumière se ternit, explique-t-elle, c'est que vous n'êtes plus dans la bonne direction.

— Écarte-toi, maintenant, ordonné-je.

Au lieu d'obéir, l'Écarlate porte son index à sa bouche. Elle goûte le sang. Un grondement m'échappe. Ses yeux se révulsent, et une longue plainte sort de sa gorge. Et soudain, dans un geste vif, elle plonge son couteau dans la poitrine de Neven.

— La Dévoreuse doit mourir ! s'exclame-t-elle en levant à nouveau son arme.

Je lui arrache le bras tandis qu'Asher la plaque contre la paroi si fort que ses os se brisent. Elle hurle. Je le laisse la tuer, m'empare du corps de ma petite louve. Son sang coule à flots. Je déchire son pull pour mieux observer la plaie. C'est profond et la chair est salement déchirée. J'appuie un morceau de son pull sur la blessure. Il se gorge de rouge beaucoup trop vite. Putain ! J'ai vu suffisamment de blessures au cours de ma vie pour deviner l'issue fatale de celle-ci. Et ça me met en rage comme rarement. Mon ours rugit.

— Et merde, commente Leith. Elle ne peut pas se transformer, en plus…

Un ricanement strident résonne derrière nous. La sorcière n'est pas morte. Asher la maintient toujours contre le mur.

— Les filles d'Hécate ne pardonnent pas, loup, glapit-elle avec un rire dément. Acceptes-tu le prix ?

De quoi parle cette cinglée ? Tout en comprimant la blessure de Neven, je jette un œil derrière moi. Asher affiche une expression de rage glaciale. Il libère son pouvoir d'alpha et l'écrase sur la sorcière.

— Ta rune… ou ton… honneur ? halète-t-elle.

Une expression désemparée traverse le visage du Premier. La sorcière s'affaisse doucement contre le mur, le visage exsangue.

— Choisis… vite, murmure-t-elle.

— La rune, finit par lâcher Asher.

Elle s'agrippe à la taille du Premier, qui l'enlace pour la soutenir. Je sens la magie qui se déploie une nouvelle fois. Asher serre les dents, le visage crispé comme s'il souffrait.

— Que se passe-t-il ? m'exclamé-je, irrité et inquiet à la fois.

— Rien, cingle Asher sans lâcher la sorcière.

— Calek, putain, concentre-toi ! râle Leith.

Je me focalise à nouveau sur Neven, dont le pouls pulse faiblement sous mes doigts. Leith me tend des morceaux de tissu qu'il vient de déchirer dans une chemise. J'en fais un bandage de fortune pour tenter d'arrêter le saignement.

— Sois... maudit, murmure la fille d'Hécate avec un incompréhensible rictus satisfait.

Asher la redresse, et d'un geste sec, il lui brise le cou, avant de la laisser choir sur le sol. Puis il se rhabille en appuyant une main sur son flanc. Neven gémit doucement, détournant mon attention. Elle n'a pas repris conscience. Je caresse doucement son front.

— Donne-la-moi, me dit Asher d'un air sombre.

Je refuse et la plaque plus fort contre moi. J'ai besoin de sentir son souffle contre ma peau, de respirer son parfum.

— Il faut que je sache si elle va vivre, explique l'alpha.

— C'est des conneries, tu n'es pas plus guérisseur que moi.

Je le fixe durement. Asher me considère une longue seconde, avant d'hocher la tête.

— Vous vous battrez pour savoir qui la saute plus tard, intervient Leith d'une voix sèche. Vous avez tué une fille d'Hécate, putain ! Jamais le Conseil ne laissera impuni le meurtre de l'une des leurs. Alors vous reprenez vos esprits, on planque le cadavre et on dégage de cette ville. Dire que j'avais prévu une nuit de sexe débridée... Vous faites chier, les gars. Vraiment.

Pour le moment, le sort de la femelle dans mes bras m'importe bien plus que les ennuis à venir de la part du Conseil écarlate.

— On doit trouver un guérisseur, dis-je.

— Hors de question, aboie Leith. On doit partir immédiatement. Que crois-tu qu'il va se passer, si ton guérisseur observe la plaie ? N'importe qui sait reconnaître les blessures faites par les foutus couteaux des filles d'Hécate. Combien de temps tu crois que ça leur prendra, pour faire le lien entre la sorcière morte et nous ?

— Elle va mourir !

Il hausse les épaules.

— Peut-être, et on sera déjà bien dans la merde, si on n'a pas trouvé les Mères avant de perdre sa rune.

— La meute passe avant tout le reste, ajoute Asher d'un ton étonnamment doux. Cette fille... C'est un dommage collatéral.

N'oublie pas qu'on ne sait rien, à son sujet. Et elle vient de nous jouer un sale coup.

Fait chier.

Asher charge la sorcière sur son épaule, tandis que Leith récupère nos affaires et le sac de Neven. J'enfile à mon tour mon pantalon et mes bottes, mais abandonne l'idée de passer le pull trop petit. J'ai besoin du contact de Neven directement contre moi. Mes frères me fixent avec un air étrange, mais je m'en fous. Je l'enroule dans sa veste épaisse, puis resserre les bras autour d'elle. Un gémissement pathétique lui échappe, quelque chose se crispe dans mon torse en réponse. Nous sortons des grottes sans croiser personne, c'est le milieu de la nuit, la plupart des gens sont à la taverne ou en train de dormir.

Nous quittons la ville en courant, le poignet de Neven luisant faiblement dans la nuit en guise de boussole. Plein ouest, d'après la position de la constellation d'Ennan dans le ciel de printemps. Rapidement, les bruits et les lumières de la ville disparaissent, nous laissant seuls dans la forêt, à l'écart des chemins de commerce. Quand l'aube paraît, Asher jette le corps de la sorcière au fond d'un profond ravin. Le cadavre roule avant de s'échouer au milieu de la rivière qui coule en contrebas, dans une gerbe d'éclaboussures. Son manteau rouge ne manquera pas d'attirer l'attention des prédateurs. Ils la dévoreront et la feront disparaître. Problème réglé.

Ou presque.

— C'était quoi, ce cirque avec la fille d'Hécate ? Qu'est-ce qu'elle voulait ? interrogé-je.

— Un morceau de mon âme, grince-t-il entre ses dents serrées.

Je le fixe avec étonnement, tandis qu'il se frotte les côtes. Ai-je mal entendu ? Mais Asher fait un geste évasif, l'air las.

— C'est sans importance. Nous avons la rune, c'est tout ce qui compte.

Il pose sa main sur les joues brûlantes de Neven.

— Elle devrait être morte.

Je vois bien qu'il évite la conversation, mais je le connais assez pour savoir qu'il ne dira rien de plus, alors je réponds simplement :
— Elle se bat.
— Heureusement, persifle Leith. Si elle crève, la meute est foutue.

Asher hoche gravement la tête. Je verse un peu d'eau fraîche sur le visage et le cou de la petite sorcière, puis nous reprenons la route. Toute la journée, le cœur contracté, je ne cesse de humer son parfum, vérifiant si elle ne bascule pas vers l'odeur putride de la mort.

Quand la nuit tombe, Neven n'a pas repris connaissance. Son souffle est plus régulier, son teint moins cireux. Je devine qu'elle a passé le pire. Rassuré, mon ours accepte de se retirer et je dépose mon paquet dans les bras d'Asher.

— Fais attention à elle, grogné-je en écartant une mèche de cheveux de son visage pâle.

Il lève les yeux au ciel. On repart, courant sans s'arrêter dans la forêt épaisse, sous les rayons argentés de la lune.

25.
Neven

« *Réveille-toi !* »

La voix de Joran perce mon inconscience. Il est insistant. Pressé.

« *Allez, Nev, ouvre les yeux.* »

J'ai mal partout. Mon corps crie de mille souffrances, respirer me coûte un effort, pourtant je me sens bien. Je souris, à l'idée de raconter à Joran ce rêve débile que je viens de faire, avec trois alphas inconnus. Il ne manquera pas de se moquer, avant de m'embrasser pour me prouver qu'il vaut largement trois mâles. Je soulève les paupières, impatiente de fondre dans ses bras.

Je suis allongée sur le sol, roulée en boule contre un corps chaud, mon nez dans le cou d'un homme qui n'est pas Joran. Mon esprit patine quelques secondes, s'embourbe. Puis les souvenirs me reviennent en bloc et m'écrabouillent le cœur. Joran est mort. Il ne m'embrassera plus jamais, ne me taquinera plus.

Il ne s'adresse pas à moi, c'est mon cœur brisé qui l'imagine, dans une forme de déni douloureux, pour pallier son absence qui me laisse un trou dans la poitrine.

Je retiens un soupir tremblant. Vais-je me réveiller ainsi chaque jour, oublieuse de ce qui s'est passé avant que le réel ne me percute à nouveau pour m'arracher ces petits instants de bonheur ?

« *Je l'espère*, souffle la voix de Joran. *Ça voudra dire que tu es en vie.* »

Sans lui, je ne suis pas sûre que ça vaille le coup.

Je chasse la boule dans ma gorge, me concentre. Je suis allongée dans l'herbe couverte de rosée, entre les racines épaisses d'un chêne. Il fait jour, et des particules de poussière et de pollen dansent dans les rayons dorés du soleil. J'essaie de bouger, mais un bras lourd autour de ma taille m'immobilise. Un corps chaud face à moi m'isole de l'humidité crue du petit matin. Le parfum de menthe et de cuir me renseigne sur l'identité de celui qui me retient. Relevant la tête, je croise le regard vif d'Asher qui me scrute avec attention.

— Tu as l'air d'aller mieux, dit-il. Tu es moins pâle.

Son souffle caresse mes lèvres, ses cheveux frôlent mes joues. Je ne parviens pas à déchiffrer son expression. Je remue les jambes pour tenter de me redresser, mais sa main glisse sur ma cuisse pour m'immobiliser.

— Cesse de gigoter, petite louve.

— Que s'est-il passé ? demandé-je, sourcils froncés. Nous étions dans les grottes, et puis...

— La sorcière t'a poignardée.

À ses mots, un élancement fantôme transperce ma poitrine. Je me souviens de la femme, mais pas d'avoir été agressée.

— Depuis combien de temps suis-je inconsciente ?

— Trois jours.

Ils me portent depuis trois jours ?

Évidemment, tu as volé leur boussole. C'était le but, non ?

C'est vrai, mais je ne pensais pas non plus être un fardeau à ce point... Asher me scrute avec attention.

— Pourquoi l'Écarlate a-t-elle décidé de t'éliminer ? Qui es-tu réellement ?

— Je ne suis personne, soupiré-je. Et je n'ai pas la moindre idée de ce qui lui a pris ! Je n'étais même pas consciente... Tout ce dont je me souviens, c'est de cette douleur atroce dans le poignet, et puis plus rien.

Je tends le bras devant moi, observant la marque qui luit d'un éclat bleuté. C'est très étrange. Dérangeant. Comme si je ne m'appartenais plus. Je frotte ma peau contre le bras d'Asher, mais le symbole ne s'estompe pas.

Asher ne me quitte pas des yeux, observant mes réactions. Les tresses de ses cheveux sont rassemblées en chignon, accentuant ses pommettes hautes et les traits ciselés de son visage viril.

— Elle a perdu la tête en goûtant ton sang, pourquoi ?

— Je suis sûre que je suis délicieuse, tenté-je de plaisanter.

Il n'esquisse pas le moindre sourire. Je reprends :

— Elle est peut-être à moitié Corrompue ?

— Elle ne ressemblait en rien à une Corrompue.

— Tu en as déjà croisé ?

Il hoche seulement la tête, sans plus d'explications.

— Je suis Neven, rien d'autre, soupiré-je. Je n'ai jamais quitté le territoire de ma meute, comment veux-tu que je sache ce qui lui a pris ?

Il me considère avec attention, cherchant à deviner si je lui mens. Ce n'est pas le cas. Enfin, je ne lui ai pas avoué que j'étais la *princesse* Neven, mais ce n'était pas sa question, n'est-ce pas ?

Il s'approche jusqu'à ce que sa bouche ne soit plus séparée de la mienne que par un filet d'air. Ses yeux s'assombrissent et j'ai l'impression que c'est son animal qui me fixe, cette fois. Il chuchote, tout contre moi :

— Tu me caches quelque chose, mon loup le sent.

— Je t'assure que je suis très décevante.

J'essaie d'avoir l'air plus assurée que je ne le suis. S'il découvre que je suis la fille de Terdzik, me livrera-t-il à mon père ? Je suis sûre que mon géniteur a prévu une somme considérable pour celui qui mettra la main sur moi. La place de Cassius, peut-être même. À moins qu'Asher ne décide de m'abandonner ici, pour ne pas risquer de subir la vengeance de mon père.

Ils ont besoin de moi vivante, mais après ? Une fois qu'ils auront trouvé les Mères ? Non, mieux vaut que je ne leur avoue rien.

— Comment as-tu pu cicatriser aussi vite, alors que tu ne peux pas te métamorphoser ? reprend Asher en fronçant les sourcils.
— Je ne sais pas.
— As-tu une forme de magie de guérison ?
— Bien sûr que non !

Il m'observe calmement. Sa question est légitime. Mais je n'ai réellement aucune idée de la raison pour laquelle j'ai survécu. Mes doigts glissent sur ma poitrine, éprouvant la plaie sous le bandage. Je grimace quand la douleur se réveille, jusque dans mon dos. Ma louve. Son inquiétude me confirme que j'aurais dû mourir.

Alors pourquoi suis-je encore là ? Je réfléchis, avant de mettre le doigt sur l'unique explication possible. La guérisseuse. Elle a dit que sa potion était puissante. Il semble qu'elle n'ait pas menti...

— J'ai acheté une décoction pour mes blessures, après que Joran...

C'est toujours aussi dur de le dire à voix haute. Le regard d'Asher se charge de compassion, avant de reprendre son impassibilité habituelle. Je me force à poursuivre :

— J'imagine que la magie a continué à faire son office.
— Tu n'es donc pas d'une résistance à toute épreuve, grince une nouvelle voix. Ça signifie que non seulement tu vas nous ralentir parce que tu es incapable de te transformer, mais en plus il va falloir te protéger. Merveilleux.

Debout au-dessus de nous, Leith me toise. Asher soupire doucement, avant de lâcher :

— Je n'ai pas besoin de toi pour l'interroger.

Leith éclate d'un rire sec.

— Ah parce que ça, c'était un interrogatoire ? Excuse-moi, ça ressemblait à des préliminaires chiants comme la mort. Votre petite protégée n'a rien de particulier, à part une capacité hors norme à nous emmerder.

Le loup au pelage de nuit commence à me taper sur les nerfs. Il ne peut pas comprendre que dans mon cas, on est prêt à tout pour survivre, et s'il faut supporter ses petites piques en échange de quelques jours de sécurité, le prix n'est pas cher payé. Asher se redresse et s'ébroue. Je me lève, et me plante devant Leith avec un rictus sarcastique :

— Tu es jaloux parce que tes copains me font la conversation plutôt qu'à toi ? Pauvre petit loup...

Il se penche, menaçant, ses yeux dorés brillant de colère. Leith est beaucoup plus grand que moi, et il irradie d'une puissance mortelle. Pourtant, hors de question que je lui montre ma peur, alors je carre les épaules et le dévisage avec un rictus amusé.

— Je les protège, oui, parce qu'il faut bien que quelqu'un le fasse, et que je n'ai aucune confiance en toi, Neven-qui-n'est-personne, persifle-t-il. Tu n'es en vie que parce que ton foutu poignet est la solution pour sauver les miens. Et à la seconde où nous serons devant les Mères, tu disparaîtras de nos vies.

Je joins les mains et les pose sur mon cœur, dans une parodie de prière.

— Que la Déesse t'entende ! m'exclamé-je avec ferveur.

Il me fusille du regard, les poings serrés et effectue un pas dans ma direction.

— Fiche-lui la paix, Leith, et va passer tes nerfs sur quelqu'un d'autre, gronde alors Calek qui revient avec mon outre remplie d'eau.

Il me la tend. Je m'en saisis avec gratitude et avale une grande goulée. L'eau est fraîche, délicieuse, et elle chasse les derniers vestiges de brouillard qui subsistaient en moi.

— Mange, aussi, me dit-il en me donnant des lanières de viande séchée.

— Arrête de la couver, grommelle Leith.

Je lui tourne le dos. Asher récupère les quelques affaires éparses et les range dans les sacs. Je mastique consciencieusement tout en observant les trois mâles. J'essaie de rassembler les informations dont je dispose pour comprendre la situation. Ils cherchent les Mères, des sorcières parmi les plus puissantes qui existent. Il faut qu'ils soient désespérés pour tenter d'obtenir quoi que ce soit d'elles. Quel danger nécessite l'intervention de la magie ? Les loups sont tellement réticents à côtoyer les sorcières, depuis la fin de la guerre, que j'imagine à quel point leur besoin est pressant pour qu'ils s'abaissent à une telle demande.

Asher et Leith s'éloignent de quelques pas et discutent à mi-voix. Calek prend mon menton dans sa main et me fait pivoter vers lui. Ses yeux gris sont chargés d'une attention qui me remue un peu. Ses cheveux bruns très courts, ses mâchoires carrées et ses épaules puissantes lui confèrent l'aspect dur de la pierre, alors que ses lèvres pleines bordées d'une barbe de trois jours rappellent davantage l'ours qui a pris soin de moi quand nous avons sauté de la falaise. Celui qui sait se montrer gentil et attentif, sous sa carapace de guerrier.

Et soudain, le manque de Joran me submerge, lourd, sombre, désespéré. C'est ses bras que je veux autour de moi, son sourire pour me réveiller le matin, ses blagues nulles pour me faire rire. J'ai besoin de sentir son odeur de soleil et de fougères, d'entendre sa voix grave, d'entremêler mes doigts avec les siens pour me sentir forte. Si je n'avais pas insisté pour qu'on s'enfuie, peut-être serait-il vivant...

Arrête, Neven. Il serait mort dans l'arène.

J'ai du mal à respirer. Je chasse la boule dans ma gorge et me concentre sur la caresse légère que laissent les doigts de Calek sur ma peau pour ne pas pleurer. J'arrime mes yeux aux siens, comme on s'accroche à une planche pour ne pas se noyer, mais une larme s'échappe quand même.

Calek essuie ma joue de son pouce, les ombres de son visage s'adoucissant.

— Parle-moi, souffle-t-il.

— Joran me manque tant !

Les mots se coincent dans ma gorge douloureuse.

— Tu survivras, répond doucement Calek en appuyant son front contre le mien. Tu ne l'oublieras pas, mais un jour, ça fera moins mal, je te le promets.

Il y a un tel vide dans ma poitrine. J'ai peur de ne pas savoir comment vivre, sans lui. Calek m'attire contre son épaule et caresse mes cheveux, alors que mes larmes débordent.

— Tu parles en connaissance de cause ? finis-je par coasser d'une voix étranglée.

— Oui... C'est toujours là, mais c'est moins à vif.

Il repousse mes cheveux derrière mes oreilles avec délicatesse et me sourit. On reste un moment enlacés, jusqu'à ce que la morsure du chagrin soit moins vive.

— Il va falloir qu'on reparte, déclare-t-il. Tu peux courir ?

Je hoche la tête et fais glisser le reste des lanières salées avec une gorgée d'eau. Je me penche pour prendre mon sac, mais Calek me le prend des mains et le passe sur ses épaules avec un clin d'œil.

— On a besoin d'aller vite. Sans vouloir te vexer, petite sorcière.

Son attitude me tire un demi-sourire, malgré la douleur dans ma poitrine. Dès qu'Asher donne le signal du départ, je m'applique à courir sans trop les ralentir.

26.
Neven

Je dois mobiliser toute mon énergie pour suivre leur rythme. Ils avancent vite, indifférents aux branches qui cinglent leurs torses et leurs cuisses, avalant la distance malgré les montées vertigineuses et les descentes pires encore. Le paysage a changé. Les hauts plateaux montagneux couverts d'une forêt épaisse, saturés du parfum des résineux et de la terre riche et lourde cèdent la place à des falaises gigantesques qui forment une faille monstrueuse dans le paysage.

C'est comme si un dieu furieux armé d'une hache avait balancé un coup dans le sol, séparant la terre en deux. Les livres nomment cet endroit « la marche des géants ». Sur les cartes, c'est une ligne droite qui s'étend sur des dizaines de kilomètres, plongeant à pic, de façon vertigineuse, vers un plateau rocheux très loin en dessous.

Et d'après le scintillement de la rune sur mon poignet, c'est tout en bas que nous devons nous rendre. Le flanc de la falaise est creusé de plaques de pierres immenses. On dirait des marches d'escalier fabriquées pour d'anciens dieux gigantesques et à moitié éboulées, qui longent un précipice dont on n'aperçoit pas le fond. Une brume blanche empêche de discerner quoi que ce soit à plus de vingt mètres, et des racines épaisses serpentent entre les interstices du sol. Des lianes s'accrochent aux aspérités, formant des rideaux de végétation dont les extrémités se cramponnent à mes vêtements telles des petites griffes.

Parfois, les marches sont si hautes que je dois me mettre à plat ventre, m'agripper au rebord du bout des doigts et me laisser glisser en bas. D'autres fois, elles sont cassées et il faut grimper plus loin, contourner des pans entiers de falaise, avant de retrouver le chemin qui descend. À plusieurs reprises, je sens le regard d'Asher peser sur moi, avec une expression sombre que je ne comprends pas. Des regrets ? De la colère ? Il se détourne rapidement, les lèvres pincées.

L'air est tiède, et rapidement, j'ai trop chaud avec la veste de Joran. Je la roule en boule dans un des sacs, et remonte les manches de mon pull trop grand.

— Accélère, Sans louve, grince Leith. La taille ridicule de tes jambes nous ralentit.

Je l'ignore, ça l'exaspère davantage encore. De toute façon, je n'ai pas l'énergie de me battre contre lui. J'ai l'habitude de courir avec les loups, mais jamais aussi longtemps. Et mon corps est encore éprouvé par l'attaque de la sorcière. Je pince les lèvres, m'interdisant toute plainte. C'est moi qui me suis imposée, maintenant je dois assumer. Une partie de moi est excitée comme un chiot de pouvoir avancer, toujours plus loin, sans personne qui cherche à me faire tomber. Leith est un sombre con, mais il se contente de me houspiller. Alors je me gorge du paysage qui défile, je remplis mes poumons de ces odeurs si différentes de celle de ma forêt. Je profite pour deux.

Tu as vu les racines de cet arbre, Joran ? On dirait les pattes d'une araignée géante, entortillées autour des blocs de roche.

Et dans ma tête, mon ami répond et m'encourage quand mon souffle devient court et que mes cuisses me brûlent. Entendre sa voix provoque en moi des émotions douces et amères à la fois. Je devrais sans doute cesser de lui parler, ce n'est pas sain. Je devrais le laisser partir. Mais je n'arrive pas à m'en empêcher.

Calek trottine à côté de moi, sa main frôlant la mienne en un soutien silencieux. Quand il sent que je suis à deux doigts de craquer, que ma respiration se fait vraiment difficile, il s'arrête, prétextant un besoin d'uriner urgent. Et il prend son temps, m'adressant un clin d'œil quand il reparaît devant nous, de longues minutes après être parti.

— Merci, murmuré-je, quand les autres ont repris la tête du groupe.

— Tu es devenue indispensable, Boussole, me taquine-t-il.

On descend de longues heures durant, dévalant les plaques rocheuses d'un gris pâle. Au fur et à mesure, la mousse qui les recouvre devient plus épaisse et plus glissante, parsemée de minces fils rouges comme de minuscules lianes. Je me méfie et ralentis, malgré les claquements de langue agacés de Leith.

— Putain, mais cesse d'être si trouillarde ! râle-t-il en se retournant vers moi. Avance, Sans louve ! Pour toi, c'est peut-être une escapade amusante, mais pas pour nous. Chaque minute que tu nous fais perdre met davantage de vies en danger.

Alors qu'il fait de grands gestes exaspérés avec les bras, il dérape et se retrouve étalé de tout son long sur le sol dur. J'éclate de rire. Même le regard mauvais qu'il me lance ne douche pas mon amusement.

— Cesse de faire le louveteau, dis-je en passant à côté de lui. Des vies sont en jeu, et tu nous fais perdre du temps !

Je reprends la course, le rire de Calek résonnant à mes oreilles comme la plus douce des musiques. Mon amusement se teinte d'inquiétude lorsque je réalise que sur le dos de Leith, les petits fils cramoisis avancent en direction de sa nuque. Qu'est-ce que c'est que ces trucs ?! Ma main s'écrase contre sa chemise pour le débarrasser des créatures vivantes. Une sensation de brûlure intense se réveille dans mes paumes, au moment où Leith se retourne, furieux, les poings prêts à frapper.

— Qu'est-ce qui te prend, Sans louve ? cingle-t-il.

Je secoue ma main pour en faire tomber les brins rouges. Il saisit mon poignet, l'observe, et d'un seul mouvement, il ôte sa chemise, la roule en boule et la frotte contre ma peau.

— Des siptères, grommelle-t-il. Pourquoi les as-tu touchés, stupide femelle ?

— Ils te grimpaient le long du dos. Je voulais aider, glapis-je.

Leith lève les yeux au ciel. Calek et Asher se sont rapprochés. L'ours verse de l'eau de l'outre sur ma peau, j'ai l'impression que ma chair se met à grésiller. Je lâche un cri de douleur. Les saletés de bestioles sont tombées, mais ma paume est striée de traits rougeâtres.

— Ne m'aide pas, reprend Leith. Concentre-toi sur ta propre survie, ce sera déjà bien, vu tes maigres capacités.

— Je t'en prie, c'était avec plaisir, marmonné-je.

Nous repartons, mes mains cuisant douloureusement. Après quelques minutes, Leith, qui traînait en arrière, se porte à ma hauteur.

— Frotte ta peau avec ça, dit-il sèchement.

Il me tend un petit paquet d'herbes manifestement mâchonnées. Je ne lui demande pas ce que c'est, et il s'éloigne, reprenant la tête du groupe. Dès que j'applique la mixture, la douleur se calme. Une sensation de frais envahit mon bras. J'évite désormais soigneusement toutes les zones moussues.

Un peu plus tard, on se heurte à un nouvel obstacle. Une partie de l'escalier géant s'est affaissée dans le vide, créant une béance bien trop large pour qu'on puisse sauter. Même les loups n'y parviendront pas.

— Merde, marmonne Calek en grimaçant.

— Il va falloir s'agripper à la falaise, dit Asher.

Il lève la tête, cherchant à repérer les aspérités de la roche. Toute chute nous sera fatale, métamorphe ou pas : le sol est encore à une centaine de mètres...

— Plus personne n'emprunte cette route depuis des dizaines d'années, râle Leith. Ce n'était pas pour rien. Cette foutue rune est un piège.

Asher hausse les épaules.

— Peut-être, mais on n'a plus le temps de faire demi-tour, on perdrait plusieurs jours à reprendre la voie normale.

Je tends le cou pour étudier la falaise. À côté de moi, Calek est plus pâle qu'un fantôme. Ses mâchoires serrées forment une ligne dure sur ses joues. Il jette un œil vers le gouffre, avant de détourner le regard, mal à l'aise.

— Tu as le vertige ? chuchoté-je.
— Je suis un ours, putain, pas un oiseau !
Je lui prends la main. Il me rend mon étreinte, avant de laisser retomber son bras.
— Je passe devant, déclare Asher.
— Certainement pas, gronde Leith. Si tu meurs, on aura fait toutes ces conneries pour rien. Qui sera le nouveau Premier, tu crois ? C'est cet arriviste de Fallon et ses petites manigances de fouine qui va se ruer sur la place. Et il est capable de dénicher un article vieux de six cents ans qui justifie sa prise de pouvoir opportuniste. Hors de question que je laisse ça arriver. J'y vais.

Il grimpe déjà à l'assaut de la roche, ses doigts agrippant les aspérités. Il balance ses jambes, se hisse à la seule force de ses biceps pour trouver une autre prise. Des trois hommes, Leith est le plus élancé. Il est fascinant à observer. Il se déplace avec assurance, comme si le vide en dessous de lui n'existait pas, avec cette expression vaguement méprisante qui semble être son attitude habituelle. Il se joue de la pesanteur, avance avec la confiance de celui qui ne craint rien. Quand il se rétablit d'un bond souple sur le bord de la plateforme, affichant un rictus nonchalant de l'autre côté du gouffre, je réalise que j'ai retenu mon souffle presque tout le long. Leith est un con, mais un con impressionnant.

— Je vais te porter, déclare Asher en me tendant la main. Viens.

Je me recule et percute le torse de Calek.

— Certainement pas ! Ça nous mettrait tous les deux en danger.

— Ne sois pas ridicule, petite louve.

La colère assombrit ses traits. Je le fixe, et ma louve claque des mâchoires dans sa direction.

— J'ai dit non, répété-je.

Il plisse les paupières et tend à nouveau le bras pour agripper mon poignet. Mais je m'échappe en passant sous son épaule. Stupide loup arrogant ! Je n'ai pas ses muscles, mais je suis plus légère que lui, et certainement plus souple. Je serai bien plus en sécurité si je traverse toute seule, plutôt qu'en étant un poids inutile sur son dos. Mais Asher est un alpha buté.

— Neven, gronde-t-il en effectuant un nouveau pas dans ma direction.

Je lève les yeux au ciel. C'est ridicule. Je saisis la prise la plus proche et en deux mouvements, je me propulse hors de sa portée.

— Rendez-vous de l'autre côté, lancé-je.

Je progresse aussi vite que je l'ose, sans prendre de risque. Les aspérités forment des poignées auxquelles je me suspends, avançant la pointe de mes pieds avec prudence sur le mince rebord. Rapidement, j'ai effectué la moitié du trajet. Galvanisée par la relative facilité avec laquelle j'escalade la paroi, je commets l'erreur de regarder vers le bas. Merde. Mon cœur remonte d'un coup dans ma poitrine et se met à battre comme un cinglé. Mes mains deviennent moites, les brûlures laissées par les siptères se réveillent et mon pied dérape. Je reste un instant suspendue au-dessus du gouffre. Un cri retentit plus loin, sans que je sache qui l'a lâché.

Je me rétablis en forçant sur mes bras, mes biceps soudain au bord de la tétanie. Un seul faux pas, et c'est la mort assurée. Les ombres se matérialisent alors autour de moi, caressantes. Elles se regroupent pour me dévoiler une étroite corniche, à peine plus bas. Je repars prudemment, les laissant me guider, une prise après l'autre.

Quand j'arrive de l'autre côté, on me saisit fermement par la taille, et on me pose sur le sol. Je suis à deux doigts de tourner de l'œil, mais je me redresse avec fierté. Leith me fixe d'un air moins maussade que d'habitude.

— Pas mal, Sans louve. Si tu avais osé mourir avec notre rune, je t'aurais poursuivie jusqu'en enfer.

— Si j'étais morte, c'est moi qui t'aurais hanté pour te le faire payer.

Il a un demi-sourire amusé, qu'il dissimule en détournant le regard vers la falaise. Asher est déjà à mi-chemin. Si Leith se déplaçait avec souplesse et précision, lui grimpe tout en force et puissance. Ses mouvements sont vifs et énergiques, et j'ai à peine le temps d'avoir peur pour lui qu'il bondit déjà à côté de nous. Il cogne son poing contre celui de son frère, puis il m'attire à lui. Il referme ses bras autour de moi, son menton dans mes cheveux.

— Tu es stupéfiante, déclare-t-il. Mais si tu ignores une fois de plus un de mes ordres, je te ligote et je te traite en prisonnière. Compris ?

Un long frisson remonte le long de mon dos quand ses mains s'enroulent autour de mes poignets, qu'il bloque dans mon dos. Son souffle effleure ma joue alors qu'il se penche. Un incendie se déclenche au creux de mes reins, quand une image précise s'impose : moi, les mains prisonnières des siennes au-dessus de la tête, son corps lourd sur le mien et nos yeux aimantés l'un à l'autre, nos respirations mêlées, haletantes, et ses coups de reins profonds qui m'obligent à me mordre les lèvres pour ne pas crier de plaisir. Je secoue la tête pour dissiper cette illusion gênante.

— Ne me donne plus d'ordre, si tu veux être certain que je n'y désobéisse pas, me forcé-je à répondre. Je n'ai pas quitté Terdzik pour me soumettre à un autre alpha.

— Tu pourrais aimer te soumettre à moi, petite louve, susurre-t-il, le regard brûlant.

— Je ne crois pas, non. Tous les alphas sont tellement arrogants...

Mais au fond de moi, une petite voix murmure : *en es-tu sûre ?*

Heureusement, mon attention est vite happée par autre chose : de l'autre côté du précipice, Calek se lance enfin. Le voir si hésitant douche toute pensée sensuelle. Il agrippe une première roche, repose un pied sur la marche et recule.

— Allez, Calek ! crie Leith. Tu peux le faire.

Mais l'ours réfléchit trop. Il recommence, se lance enfin, mais il éprouve chaque saillie avant de s'y suspendre, il perd du temps, et il fatigue vite. Il a fait à peine un quart du trajet quand je le vois se figer et se plaquer contre la paroi, le visage tourné vers le bas. Asher s'est figé, poings crispés, alors que Leith au contraire fait les cent pas en marmonnant des encouragements que son ami ne peut entendre.

Je rassemble les ombres et les envoie entourer Calek.

— Qu'est-ce que tu fous, putain ! s'exclame Leith, furieux, en me ceinturant. Tu vas le rendre aveugle ! Arrête !

Je façonne une sorte de large disque que je place quelques centimètres en dessous de ses pieds, pour l'empêcher de distinguer le vide.

— Laisse-la se concentrer, cingle Asher.

Leith laisse retomber ses bras avec réticence.

— Ne déconne pas, sorcière, gronde-t-il d'une voix rocailleuse, les yeux fixés sur son ami.

Je dirige un filet d'ombres le long de la paroi pour lui indiquer les endroits où poser les mains. On dirait un serpent fait de nuit, il ondule, attendant que Calek bouge. L'ours reste un moment décontenancé, mais il finit par placer sa main là où je le lui indique.

— Allez, murmure Asher. Tu y es presque.

Un mètre après l'autre, le guerrier massif progresse dans notre direction. Je frémis quand il rate une prise, mais il retrouve son équilibre et il franchit la distance restante à toute vitesse. On se recule pour lui laisser la place de sauter. Quand il atterrit, ses jambes tremblent encore. Les ombres s'évanouissent, après une dernière caresse sur ma joue. Leith étreint son ami et lui tape le dos, les traits défaits. Asher se joint à eux. Mais par-dessus leurs épaules, c'est moi que Calek fixe.

— Merci, articule-t-il en silence.

Je lui réponds par un sourire, soulagée.

Quand nous parvenons enfin au bas de l'étrange escalier de pierre, des heures plus tard, mes jambes flageolent et je n'ai plus aucune énergie. Une cascade se déverse un peu plus loin et se termine en un ruisseau qui serpente sur les roches du fond du gouffre, apportant enfin un peu de fraîcheur. Des lianes plus épaisses que mon bras s'accrochent aux parois et une mousse d'un vert éclatant et dénuée de tout fil rouge recouvre le sol. Le soleil doit rarement pénétrer jusqu'ici et l'endroit est baigné d'une ombre bienfaisante.

Alors que Leith et Calek vont boire et remplir l'outre dans l'eau claire, Asher déclare gravement :
— Merci pour Calek.
— Je l'aime bien, dis-je en haussant les épaules.
— On va rester là pour la nuit. Montre-moi la rune.
Je remonte la manche de ma veste.
— Tu sais où on va ? interrogé-je, sincèrement curieuse.
— Vers le sud-ouest, j'ai l'impression.
— Ça n'a pas l'air de te réjouir...
Il grimace, sans m'expliquer davantage. J'ai tout de même saisi l'idée générale : ça craint. Sud-ouest, ça peut être le désert des Vanes ou les monts désolés, l'ancien territoire des Corrompus. Le froid glacial et la morsure du sel du désert, qui vous fouettent et vous arrachent la peau, lambeau par lambeau, vous dépeçant vivants, ou les monstres qui vous vident de votre sang. Effectivement, pas grand-chose de réjouissant...

27.
Neven

J'avance en direction du ruisseau, et m'accroupis sur la berge, observant mes paumes rougies par les siptères. Il ne reste que quelques traces roses, comme des lacérations fines provoquées par de minuscules fouets. Saleté de bestioles. Je plonge les bras dans l'eau, jusqu'au coude. La sensation fraîche est délicieuse. Je passe ma main mouillée sur mon visage, mon cou et mes épaules. Un peu plus loin, Calek, et Leith, rejoints par Asher, se sont déshabillés et se lavent en riant sous la cascade.

Je sens mes joues s'empourprer, mais je ne détourne pas les yeux immédiatement, m'attardant quelques secondes supplémentaires pour les admirer. Même Leith l'Abruti est scandaleusement séduisant, avec ses traits rudes, sa carrure solide et pour une fois, ses yeux dépourvus de toute colère.

Et une fois de plus, la perte de Joran s'élève en moi, mordante et lourde. Ces trois alphas sont séduisants et ils m'attirent terriblement. Mon corps réagit à leur présence avec intensité, le désir échauffe mon sang. Pourtant, ça n'empêche pas la tristesse de me gagner, car c'est une autre intimité qui me manque : celle qui nait de la complicité et de la confiance entre deux personnes qui s'aiment.

Je soupire et détourne les yeux de mes compagnons de route. Je recueille un peu d'eau dans mes paumes jointes. J'en bois quelques gorgées, avant de défaire ma tresse pour renatter mes cheveux plus serrés.

Je m'éloigne en marchant pieds nus dans l'eau, mes bottes à la main. Je passe un méandre, les petits cailloux glissant sous mes pieds. Quand je suis assez loin pour qu'ils ne me voient pas, je sors du lit du ruisseau et je vais m'accroupir derrière des pierres énormes et grises, couvertes de lichen. Je savoure ce bref instant d'intimité pour pouvoir libérer ma vessie en paix.

Puis je me relève, et effectue quelques pas pour observer la végétation étonnante qui vit ici : les lianes portent des fleurs minuscules d'un rouge éclatant, tandis que des fougères énormes font la taille d'arbres et cachent d'étonnants fruits jaune pâle hérissés de pics. Ils sont comestibles, je suis sûre d'en avoir vu dans des livres, mais je suis incapable de retrouver leur nom. Je tends la main et en saisis un, salivant par avance. Je le hume. Ma louve ne semble pas inquiète, alors je mords dedans. Le goût est exquis, sucré et juteux.

— Tu essaies de t'échapper ?

Je me retourne, sursautant. Asher se tient devant moi, ses lèvres pleines pincées en une expression sévère. Je ne l'ai pas entendu fouler l'herbe. Cet homme est un véritable fantôme ! Je tends mes poignets vers lui avec un sourire moqueur.

— Seuls les prisonniers s'échappent... Et tu vois ? Pas de corde.

— Cesse de me provoquer, petite louve, gronde-t-il de sa voix si grave qu'elle résonne dans ma poitrine.

— Pourquoi, tu vas m'attacher ?

Les mots m'ont échappé. Nos regards s'accrochent, se happent. Ses yeux dérivent vers ma bouche, s'y rivent. Quelque chose qui ressemble à un vertige intérieur me saisit et m'emporte, alors qu'il enroule sa main autour de ma nuque. Nos souffles se heurtent et se défient. Mon cœur rate un battement. Il secoue la tête, le visage traversé par une expression coupable.

— Putain, ce n'est pas l'envie qui m'en manque, murmure-t-il d'une voix rauque, presque à contrecœur, avant de me relâcher.

Dépêche-toi, tu n'auras pas beaucoup de temps pour reprendre des forces.

Je me hâte de cueillir une dizaine d'autres fruits, et je le suis, entre agacement, excitation et émotions embrouillées. Je récupère la veste de Joran, que j'installe sur le sol. Leith et Calek, à nouveau habillés, grâce soit rendue à cette garce de Déesse, sont déjà en train de mastiquer des lanières de viande séchée. Je leur tends les fruits, dans lesquels ils mordent avec entrain.

— Des sartaines ! Je n'en avais pas mangé depuis que je suis gosse, déclare Leith, pensif.

Ces fruits ne poussent sûrement pas dans le Grand Nord. Entre ça, et sa connaissance des siptères, je suis certaine que Leith n'est pas originaire de la même région que ses amis. Je n'ose pas lui poser la question directement, alors je tente une autre approche.

— Racontez-moi, comment deux loups et un ours sont devenus amis ?

Ils échangent un regard, tous les trois.

— On n'est pas amis, dit Leith. On est frères. On donnerait notre vie les uns pour les autres. Tu comprends, ça ?

— C'est exactement ce qui nous liait, Joran et moi... Chacun de nous était le refuge de l'autre, son univers tout entier.

Ma gorge se serre.

— La meute nous a adoptés, dit Calek. Et on est des frères, mais on sait tous que je suis le préféré de la mère d'Asher.

— Mais bien sûr, ricane Leith. Tu as fracassé tellement de portes dans leur maison avec ta force d'ourson stupide qu'ils ont fini par ne plus en mettre ! Tu voulais te battre tout le temps. Tu n'es pas son préféré, tu es une catastrophe ambulante.

— Laisse-moi rire, c'est parce que tu faisais des cauchemars, tu hurlais pendant des heures si la mère d'Asher ne venait pas te consoler. Les portes ont été dégagées pour qu'elle soit sûre de t'entendre !

Je les regarde se chamailler comme des gosses. Leur joie est communicative. Je soupçonne Calek d'en faire des tonnes juste pour me distraire de ma peine. Mon affection pour lui redouble.

— Vous avez grandi sous le même toit, réalisé-je avec étonnement.

— Plains-moi. Je les supporte depuis tout petit, déclare Asher avec un demi-sourire.

— Vous êtes donc bien la meute des Bannis…

Leith me fusille du regard, je le fixe avec une expression aussi hargneuse que la sienne. Le silence s'étire. Alors que j'abandonne l'idée d'obtenir une réponse, Asher explique :

— Nous sommes la meute du Grand Nord. Mais nous avons accueilli nombre de fugitifs depuis la guerre, d'où notre surnom.

— Je savais que vous n'étiez pas un mythe.

Et c'est une chance que je ne peux pas négliger.

— Je demande l'asile dans votre meute. S'il vous plait, insisté-je. Vous savez que vous me condamnez, si vous refusez…

Calek s'immobilise et baisse la tête, mal à l'aise.

— On ne peut pas, répond Asher. Tu viens d'une meute ennemie, tu pourrais être une espionne, et la sécurité des nôtres dépend de notre prudence.

Qu'est-ce que c'est que ces conneries ? La colère me submerge.

— Les loups de Terdzik cherchent à me tuer, autant que vous ! Je ne suis pas votre ennemie !

— C'est ce que tu affirmes, soupire Asher. Mais mon avis n'a pas changé depuis les bains. Je ne braderai pas la sécurité des miens sur des mots.

Je me redresse et balance un grand coup de pied rageur dans les petits cailloux du sol. C'est stupide, inutile, et immature. Mais leur indifférence me coûtera la vie.

— Je fais la moitié de votre poids, je n'arrive pas à me métamorphoser, quel danger pourrais-je bien représenter !

— Tu manies les ombres comme une sorcière, répond doucement Calek.

Sa remarque me blesse, je le croyais proche de moi.

— Je ne manie rien du tout, je n'ai pas la moindre idée de ce que je fais ! protesté-je.

— Ça ne signifie pas pour autant que tu es inoffensive, conclut Asher d'un ton un peu sec.

Leith garde le silence, le visage fermé. Je n'attendais pas de soutien de sa part.

— Tu parles d'alphas, craché-je, dépitée. Le merveilleux instinct protecteur des mâles ! Il ne s'exerce que quand ça vous arrange, n'est-ce pas ? Quand ça vous permet de conserver votre pouvoir ou votre ascendant sur les femelles, mais quand il faut vraiment se mouiller, il n'y a plus personne. Vous êtes pitoyables.

Je balance le dernier morceau de viande séchée sur le sol, et je m'éloigne, la veste de Joran sur les épaules. Puis je m'allonge sur le sol en leur tournant le dos, je me drape du manteau, et je ferme les paupières, amère.

Nous passons les trois jours suivants dans un silence lourd. Nous avons suivi le fond du gouffre jusqu'au bout, là où les murs de la faille s'élargissaient, telles des ailes géantes venant se poser sur le sol. Les pans de roche ont laissé la place à une forêt dense d'arbres feuillus au tronc d'un brun soutenu, presque rouge. Leur parfum douceureux me dérange. Il est si différent de celui des résineux des terres de ma meute… L'air tiède et humide me colle à la peau en un fin manteau poisseux, le soleil cuisant ajoute une chape de plomb sur mes épaules.

Je m'applique à courir sur le sol dur, régulant mon souffle avec détermination pour ne surtout pas leur laisser penser que je fatigue. Asher n'est pas dupe. Il ralentit à plusieurs reprises, instaurant des pauses plus fréquentes sous prétexte de vérifier la rune, de remplir l'outre dans chaque ruisseau qui serpente sur notre chemin, ou de cueillir des baies ou des feuilles de vilv pour les mâchonner, sous prétexte qu'il adore leur goût légèrement sucré, proche de celui de la menthe. Tout le monde a bien compris qu'il s'agissait de prétexte, mais au moins ma dignité demeure intacte. Leith disparaît à l'avant de notre groupe, en éclaireur, sans doute agacé par ces arrêts trop fréquents. Il ne nous rejoint qu'au moment de la pause nocturne.

Ils prennent soin de leur boussole, mais j'aimerais représenter davantage qu'un investissement forcé.

Et en même temps, à chaque nouvelle foulée, à chaque inspiration qui gonfle mes poumons, ma raison reprend le dessus. Je ne peux exiger d'eux qu'ils me sauvent. Ce n'est pas parce qu'ils le peuvent qu'ils le doivent. D'ailleurs, ils ne me doivent rien du tout. Ma colère se mue en tristesse, pas après pas.

« *Je suis là, je ne t'abandonne pas* », souffle Joran dans ma tête.

Alors quand Calek effleure mes doigts en courant, le troisième jour, je ne repousse pas sa main. Je laisse sa large paume entourer la mienne, et la serrer le temps d'un battement de cœur, avant de récupérer mon bras. Cependant, je repousse fermement la sensation de sécurité que sa présence me procure toujours. Elle me fera plus de mal que de bien.

28.
Neven

Quand on s'arrête enfin, alors que le soleil est couché depuis longtemps, je me laisse tomber dans l'herbe et étends les bras pour reprendre mon souffle. Mon cœur résonne jusque sous mon crâne, avec un fracas de cheval au galop. Asher a choisi le flanc d'une colline qui offre une vue dégagée sur les alentours, tout au moins pour ceux d'entre nous qui possèdent les sens de leur animal, tout en ménageant un espace protégé derrière des rochers plus hauts que moi. On dirait des écailles de dragon qui ressortent du sol, au milieu d'un tapis de minuscules fleurs jaunes et blanches.

— C'est dur, Sans louve ? grince Leith qui se penche au-dessus de moi. Ta petite crise de rébellion t'est passée, tu veux repartir chez papa et maman ?

Je lève mon majeur dans sa direction, tandis que ma poitrine se soulève et s'abaisse à toute vitesse.

— Fous-moi la paix, Leith... Ma mère… est morte et mon père est… une brute violente. À ton avis, j'ai… envie de rentrer ?

Il a presque l'air gêné.

Asher s'accroupit à côté de moi et me fixe en silence, avant de prendre mon poignet. Le symbole luit de son éclat bleuté, un peu plus intense qu'au premier jour. Ses doigts s'attardent sur ma peau, son pouce caresse doucement le dessin, déclenchant le même frisson malvenu qu'à chaque fois.

— Lève-toi, m'ordonne-t-il. Je dois vérifier la direction.

Il me tend sa main, je la saisis. Il me tire vers lui sans brusquerie pour me remettre debout. Je résiste un instant, puis je renonce en soupirant. Nous avançons de quelques pas et Asher se place dans mon dos. Il prend mon coude et étend mon bras devant nous. La lueur faiblit. Il me fait pivoter, une main sur mes hanches, l'autre dirigeant toujours mon coude. Son souffle caresse ma joue, et son parfum de cuir et de menthe me submerge, captivant ma louve et faisant battre mon cœur plus vite. Nous effectuons un tour sur nous-mêmes, très lentement.

Nous nous déplaçons en silence, jusqu'à trouver la direction dans laquelle la rune brille le plus. Droit sur les montagnes qui se dressent, plus loin à l'horizon.

— Merde, marmonne-t-il.

Je me retourne pour lui faire face, curieuse malgré moi. Il ne relâche pas mon bras, sa main se contentant de glisser jusqu'à mon poignet pour s'enrouler autour. Ma peau me picote là où elle est en contact avec la sienne. Mon corps n'a pas l'air d'être au courant de ma décision de ne plus leur faire confiance. Asher me fixe avec une expression étrange. Il ouvre la bouche, la referme. C'est surprenant de le voir déstabilisé.

— Je suis désolé, Neven, finit-il par lâcher. J'aimerais que la situation soit différente. Ma loyauté à ma meute est plus importante que tout le reste.

Il s'interrompt, avant de reprendre à voix basse :

— Plus importante que ce que je pourrais désirer... Je suis parfois obligé d'effectuer des choix injustes. Tu ne devrais pas...

— C'est bon, j'ai compris, marmonné-je.

Il secoue la tête, se passe une main sur le visage.

— Tu ne devrais pas me faire confiance, souffle-t-il.

On est d'accord. Sauf que de l'entendre de sa bouche me perturbe. Il semble si triste. Ses mots font trembler un truc, dans ma poitrine, apaisant un peu ma rancœur.

— Laisse tomber, lâché-je du bout des lèvres.

Je ne suis pas sûre de ce que je ressens : peine, déception, trouble malvenu, affection, inquiétude, sans doute tout cela à la fois. Je préfère changer de sujet.

— On dit que c'est le territoire des Corrompus... C'est vrai ?

Asher me considère un long moment en silence, avant de répondre.

— Oui.

Comment pourrait-on survivre à ça ? Ce sont les sorts des sorcières combinés à la force brutale des loups qui ont permis de vaincre les Corrompus. Mais notre petit groupe, même constitué de puissants guerriers, n'a aucune chance.

— Tu crois qu'il en reste beaucoup ?

Il hausse les épaules.

— Je n'en sais rien. On s'en inquiétera quand nous y serons, la direction peut changer d'ici là.

Je l'espère. Je n'ai vu de Corrompus que dans de vieux livres, et si ce qui y était consigné est à moitié vrai, c'est déjà beaucoup trop. Le dessin représentait une créature humanoïde à demi courbée en deux, aux membres trop longs d'où saillaient des épines, aux mains terminées par des griffes recourbées. Elle était dotée d'une gueule démesurément ouverte sur trois rangées de dents acérées de la taille de poignards et dans son regard rouge sang brillait une cruauté qui m'a fait faire des cauchemars durant des semaines quand j'étais enfant.

Le texte disait que les Corrompus ne se contentent pas de vider leurs proies de leur sang : ils les déchiquètent vivantes comme des animaux enragés, aveuglés par une folie destructrice.

Aucune arme normale ne les tue, car ils se tiennent sur la fine lisière entre la vie et la mort, leur corps portant même parfois les marques d'une décomposition qui pourtant ne les empêche pas d'être horriblement vifs et forts. La douleur ne les arrête pas, non plus que les blessures.

J'ignore de quelle nature était le sort que les sorcières ont utilisé pour les affaiblir, le temps que les loups finissent par les faire définitivement basculer du côté de la mort, mais les guerriers racontent qu'ils avaient perdu tout espoir, avant qu'elles n'interviennent.

Alors que je m'apprête à poser une nouvelle question à Asher, celui-ci se fige tout à coup, et une grimace de douleur le traverse.

Il remet en place quasi immédiatement son masque d'impassibilité.

Je m'inquiète :

— Que se passe-t-il ?

— Rien du tout, me répond-il en relâchant mon poignet. Repose-toi, Neven, tu en as besoin.

Il s'éloigne, rejoint par ses compagnons. Tous les trois discutent à voix basse. Le front de Calek est froncé et Leith est encore plus tendu que d'habitude. Leur attitude me rappelle avec une pointe d'amertume que je n'appartiens pas à leur meute. Ce qui se passe ne me concerne pas. Je décide de les laisser tranquilles, et de partir en quête de nourriture.

Il n'y a plus de lanières séchées ni de fruits secs, et je n'ai aucune envie de manger une belette ou un lièvre qu'ils auront à moitié dévoré sous leur forme animale. Je prends mon couteau et m'éloigne du campement. Nous avons traversé des bosquets épineux, quelques minutes avant de nous arrêter, et je suis sûre d'y dénicher des baies.

Il me faut un petit peu de temps pour me repérer, maintenant que la nuit est tombée, mais grâce à la lumière de la lune, je finis par les retrouver. Il y a des dizaines de trills, ces petits fruits rouges qu'on cuisine surtout en tarte, dans notre meute. J'en cueille de pleines poignées que j'avale à toute vitesse, leur goût sucré et légèrement acide est un véritable délice.

J'en ramènerais bien à mes compagnons, mais je n'ai rien d'autre que mes poches pour les contenir, l'équivalent d'à peine une bouchée pour chacun d'eux. Et puis, puisque dorénavant, c'est chacun pour soi... Asher a dit que je ne devais pas lui accorder ma confiance, après tout.

Arrête, Nev. C'est pathétique.

J'exagère, j'en suis consciente, mais... On me rejette depuis toujours, on me tient à l'écart. Ma propre mère et Joran m'ont laissée seule, même si ce n'était pas de leur faute. Alors l'attitude des trois hommes... Ma logique comprend leur réaction, mais je me sens abandonnée. À l'intérieur, ma louve me donne un petit coup de patte.

— Je sais que tu es là, la rassuré-je.

Et je ne les déteste pas non plus. C'est juste le temps de digérer.

Je continue de me régaler, le visage tendu vers la mer d'étoiles scintillantes, quand un frémissement dans l'air m'alerte. Je referme ma main autour du manche doux d'un de mes couteaux et je scrute autour de moi.

— C'est ici que tu te caches ? me taquine Calek.

Il est baigné par la lueur froide de la lune. Je suis soulagée que ce soit lui et pas un Corrompu. L'espace d'un instant, mon esprit a imaginé le pire. L'épaule appuyée contre le tronc d'un chêne, il est l'image même de la nonchalance. Mais son regard vif dément cette impression. Il reste à distance, respectant mon besoin de solitude. Je réalise que je préfèrerais qu'il s'approche. Je n'ai plus envie de ce malaise entre nous.

— Tu nous hais toujours ? dit-il doucement.

— Ce n'est pas à vous que j'en veux, soupiré-je. C'est juste à moi.

— Pourquoi ?

Il m'écoute avec attention. Je fais un geste évasif de la main.

— Je pensais avoir trouvé le moyen pour survivre, et j'ai réalisé un peu tard que vous n'étiez pas des outils dont je pouvais me servir.

Ils n'y sont pour rien si ma vie n'est pas facile. Seuls Cassius et mon père méritent ma colère. Les dernières lueurs de rancœur s'envolent.

— Ça se discute, tu vois... Moi, je n'aurais rien contre le fait que tu m'utilises.

Sa voix est grave et son expression se fait soudain bien plus sensuelle qu'amusée. Je fais deux pas dans sa direction. Il se redresse, il attend que je décide. La lune éclaire les traits taillés à la serpe de son visage, sa mâchoire carrée, ses pommettes anguleuses, ses yeux d'un gris d'orage posés sur moi. Un nouveau pas. Ses iris s'enflamment, empruntant leur lueur presque dorée à son ours, crépitant d'une expression possessive. Il m'observe avec une intensité presque douloureuse. Une vague de chaleur embrase mon estomac.

Définitivement plus de ressentiment entre nous. Seulement cette attirance folle contre laquelle je ne parviens pas à lutter. Contre laquelle je n'ai aucune envie de lutter.

Il franchit le dernier mètre qui nous sépare et son ombre de géant projetée par les rayons scintillants de la lune vient me recouvrir. Calek porte la main à mon visage, essuie du pouce ma lèvre inférieure, avant de le porter à sa bouche. Fascinée, je le regarde goûter le jus des trills. Dans mon ventre, un truc cabriole tandis que mes veines charrient du feu. J'inspire pour retrouver mes esprits, mais quand je l'observe à nouveau, il affiche une telle expression de faim dévorante que je vacille, profondément troublée.

— Alors, elles sont bonnes ? demandé-je, le souffle court.
— Délicieuses…

Je pourrais me cacher derrière le désir évident de ma louve, mais ma partie humaine n'est pas en reste. Il n'est pas Joran, et pourtant, je ne peux nier cet appel irrésistible qui me lie à lui et ce besoin d'être touchée qui me coupe presque le souffle. Le grondement qui lui échappe est un son primitif, viril et sourd. Ma respiration s'accélère.

Calek se penche vers moi.

— Il en reste plein, murmure-t-il, sa respiration caressant ma peau. Je peux…

J'acquiesce lentement. Ses lèvres viennent se poser sur les miennes. D'abord taquines et tendres, elles se font plus féroces quand un gémissement m'échappe. Sa langue se frotte à la mienne, exigeante et assurée, et je viens à sa rencontre, aussi affamée que lui de ce contact qui me fait perdre la tête. Mes jambes tremblent. Calek entoure ma taille et me soulève comme si je ne pesais rien. J'enroule mes bras derrière sa nuque, plonge les doigts dans ses cheveux courts.

Je le sens se déplacer, ses hanches pressées contre moi, jusqu'à ce que je sente la surface rugueuse du tronc du chêne dans mon dos. Le corps puissant de Calek s'appuie contre moi, et il libère une de ses mains pour venir la faufiler sous mon haut. Il incline le visage dans mon cou et mordille ma peau tandis que son bassin s'aligne sur le mien, dur et impérieux, m'arrachant un soupir d'excitation. Captivée par son odeur de cannelle et de pluie, je bascule la tête en arrière, haletante, alors que ses mains caressent, pressent et pincent mes seins, et que ses lèvres ne cessent de me dévorer, dans une danse qui me rend folle.

Ma louve ronronne, impatiente d'aller plus loin, comblée de nous sentir enfin à nouveau vivantes. Quand je repousse légèrement Calek pour pouvoir lui ôter sa chemise, il me scrute.

— Tous les métamorphes ne sont pas des brutes, Neven. Alors la suite, c'est seulement si tu en as envie aussi, dit-il, son souffle brûlant sur mes lèvres.

— J'en ai envie, réponds-je, mon cœur battant frénétiquement dans ma poitrine. Mais je n'ai jamais...

Je m'interromps, gênée. Calek me considère, la tête penchée sur le côté.

— Jamais quoi, petite sorcière ?

— Le plaisir, je connais, mais pas...

Finalement, je jette ma pudeur aux orties et me lance :

— Je n'ai jamais eu de véritable relation sexuelle.

— Et ton compagnon ? interroge Calek, déstabilisé.

— Nous n'avons jamais été jusque-là.

Il me fixe avec une expression étonnée qui m'agace un peu. Bien sûr, c'est inhabituel pour des loups, mais ça ne fait pas de moi quelqu'un d'encore plus défectueux ! Ses mains sur ma peau se font plus légères, et il me dépose sur le sol. Je fronce les sourcils.

— Qu'est-ce que tu fais ?

— Je prends soin de toi, répond-il en s'agenouillant devant moi.

Il pose ses mains à plat sur mon ventre, avant de défaire lentement le bouton de mon pantalon, qui glisse sur mes jambes. Ses larges paumes remontent le long de mes mollets, puis de mes cuisses, sans qu'il me quitte des yeux. Et ce que j'y lis, Déesse !

C'est un désir pur, puissant, affamé, qui répond à cette envie qui crépite dans mon bas-ventre.

— S'il te plaît, Calek, répété-je, pressée par un besoin presque douloureux.

Il sourit.

— À tes ordres, petite sorcière.

Il enfouit son visage entre mes cuisses, ses doigts s'enfonçant à l'arrière de mes jambes. Ses mains caressent mes fesses et mon ventre, remontent jusqu'à mes seins. Sa langue roule sur moi, me presse et me choie, faisant monter mon plaisir. Son souffle chaud et ses coups de langue habiles m'empêchent de penser. J'agrippe mes mains dans ses cheveux, gémissant sans retenue.

— Ne t'arrête pas, supplié-je.

Son grondement affamé me fait vibrer si fort que je suis tout près d'exploser. Il accentue la pression de sa langue, enfonce ses doigts à l'arrière de mes cuisses. Je n'arrive même plus à penser. Il lève les yeux vers moi, ses iris teintés d'une intensité irréelle.

— Tu es tellement belle, murmure-t-il.

Je le fixe, éperdue, le cœur battant à toute vitesse. Sans lâcher mon regard, il plonge à nouveau et très délicatement, il referme les dents sur ma chair sensible. La décharge de plaisir est si forte que je bascule, explosant dans un cri. C'est si puissant que je tremble, le corps fracturé en milliers d'étoiles scintillantes. Calek me maintient debout, ses larges mains sur mes cuisses. Il continue de me dévorer avec avidité, comme s'il était incapable de s'arrêter.

Et alors qu'une seconde vague m'emporte, plus violente encore que la première, emportant tout sur son passage, je m'écroule contre lui. Hors d'haleine, et flottant dans une béatitude délicieuse.

Calek me récupère et m'enlace, me pressant contre son torse. Son visage est illuminé d'une fierté féroce et d'un désir ardent. Il fond sur ma bouche, dans un baiser fiévreux.

Mais soudain, l'air devient plus froid et les rayons de la lune s'éteignent. Les ombres m'entourent, vibrant d'une sorte d'avertissement silencieux. Je me relève et remonte mon pantalon à toute vitesse.

— Quelque chose ne va pas, dis-je avec précipitation.
Calek est déjà debout. Il scrute la nuit, en position de défense, les muscles bandés.
— Derrière les rochers, glapis-je, mue par l'instinct.
— Cours, ordonne Calek. Rejoins Asher et Leith.

29.
Asher

J'ai envoyé Calek à la suite de Neven.
— Garde un œil sur elle.
Il m'a jeté un regard inquiet, mais il s'est exécuté.

J'ai du mal à retrouver mon calme. L'appel de la meute que j'ai senti me déchirer la poitrine tout à l'heure m'inquiète. J'ignore si c'est juste une nouvelle salve de magie qui s'est évanouie et qui a fragilisé un peu plus notre barrière, ou si c'est autre chose. Les murmures des miens ne sont qu'un brouhaha indistinct, mais je perçois leur angoisse. Leur chagrin. Y a-t-il eu une attaque ? Des morts ? Cette incertitude me taraude, et pourtant, je ne peux faire autrement que de poursuivre la mission. Rentrer maintenant ne servira à rien. Quoi qu'il se passe, j'arriverai trop tard.

Un poing vient comprimer ma poitrine, de l'intérieur. Tous les louveteaux, les petits renards, le léopard à la fourrure de neige que Mari vient de mettre au monde et tous les autres enfants… Déesse, protège-les !

Un souvenir de notre dernière soirée me revient : nous étions tous réunis sous le dôme de la meute, pour un repas de fête, et Kriem, un petit loup à la frimousse adorable et à qui il manque une patte, avait parié avec ses amis qu'il parviendrait à me faire tomber. D'autres avaient essayé, mais bien sûr, aucun n'avait réussi. L'assemblée observait en riant tous ces jeux qui font partie des rituels de meute. Mais le petit Kriem s'est montré bien plus malin que les autres. Il n'a pas essayé de m'escalader ou de me tendre une embuscade alors que je me levais pour récupérer un pichet de bière. Il s'est contenté de lever ses grands yeux humides vers moi et m'a dit qu'il avait mal à sa patte fantôme.

Je me suis accroupi pour le consoler. J'ai vu la lueur de malice dans ses yeux et j'ai compris que le petit malin me manipulait. Je l'ai laissé me sauter dessus pour me déséquilibrer, le retenant en roulant au sol pour qu'il ne se blesse pas réellement. Quand les hurlements de joie des autres ont retenti, mon cœur s'est gonflé de tant d'amour que ma gorge s'est serrée. Ces petits sont les miens.

Pour eux, je suis prêt à tuer.

À trahir, à renier mon âme. À accomplir le pire, pour qu'ils n'aient pas à le subir.

Je dois faire confiance à mes guerriers pour assurer la protection de notre territoire, et au conseil pour prendre les meilleures décisions en cas d'attaque. Les différents plans ont été passés en revue avant mon départ, chaque cas a été soigneusement anticipé, préparé, les nôtres sont entraînés. Quoi qu'il se passe, m'inquiéter ne servira à rien. Chacun connaît son rôle. Le mien est de me battre sur un autre flanc.

La douleur dans ma poitrine s'apaise un peu, tandis que ma résolution s'affermit. Ils vont s'en tirer, quoi qu'il se passe. Des grésillements parcourent les fils de la toile qui nous relie, comme une approbation lointaine, les liens oscillent et tremblent, et ils finissent par se stabiliser. Je pose la main à plat sur mon torse, lançant un appel à travers l'espace, mais je suis trop loin, et mon pouvoir ne peut franchir pareille distance.

Leith m'interroge du regard, sourcils froncés. Si je lui en donnais l'ordre, il partirait dans l'instant, parcourant les centaines de kilomètres qui nous séparent de la meute sans s'arrêter ne serait-ce que pour boire.

— Ils vont gérer, lui assuré-je.

Il finit par hocher la tête.

— Qu'est-ce que fiche Calek ? râlé-je, plus pour changer de sujet que par réelle inquiétude.

— Tu veux vraiment une réponse ? persifle Leith, sarcastique.

Je claque de la langue, agacé.
— Il est parti depuis trop longtemps. Ce n'est pas normal.
— Tu as peur qu'il se tape la sorcière sans toi, plutôt.
Oui. Non. Fais chier, je n'en sais rien. Je lutte continuellement, depuis qu'on l'a rencontrée, contre la fascination qu'exercent sur moi sa bouche généreuse, ses seins qui rebondissent à chaque foulée, ses longues jambes fuselées, son courage étonnant, sa détermination butée et sa façon de montrer les dents quand Leith la pousse dans ses retranchements. Et il y a ces ombres, que je ne comprends pas et qui attisent ma curiosité et celle de mon loup.

Rien que d'imaginer ce que Calek et elle doivent être en train de faire... Je contracte les mâchoires.

Ça suffit. Des femelles attirantes, ce n'est pas ce qui manque. Alors laisse l'ours jouer avec elle et contrôle-toi.

J'inspire à fond, pour repousser mes émotions très loin au fond de moi, sous une chape d'acier. Leith m'observe un peu trop attentivement. Je relâche la tension qui raidit mon corps et hausse les épaules avec indifférence.
— Ils font ce qu'ils veulent, ça ne me regarde pas.

Leith lève les yeux au ciel en secouant la tête. Il s'apprête à répondre quand soudain, un cri porté par le vent parvient jusqu'à nous. Neven.

Je pivote et m'élance, suivi par mon frère. On court, longeant les rochers. Des hurlements s'élèvent maintenant, droit devant nous, et la petite louve ne crie plus. Une vague glacée tapisse mes entrailles. S'ils l'ont tuée... Je serre les poings. Je vais les massacrer.

Calek est aux prises avec une dizaine de loups de la meute de Terdzik, reconnaissables à leur pelage cendré. Deux autres gisent sur le sol, et Calek vient de refermer une de ses larges mains sur le cou d'un adversaire, il l'étrangle, repoussant un autre à coup de poing. Alors que Leith se métamorphose, je scrute les ténèbres environnantes, le ventre noué. Neven n'est nulle part en vue.

Leith referme déjà ses mâchoires meurtrières sur la gorge d'un des loups. Deux contre sept, ils vont gérer.
— Dégagez ! rugit soudain Calek. Protégez Neven !

Pour toute réponse, Leith enfonce profondément ses griffes dans le ventre d'un ennemi qui était en train de bondir. Je jurerais qu'il sourit. Personne n'aime autant le danger que lui, car à chaque fois c'est contre lui-même que Leith se bat. Il affronte ses démons, les défie, réaffirmant à chaque fois sa volonté de survivre, sa victoire sur ses cauchemars, sa maîtrise de sa vie.

Je prends ma forme animale et hume l'air.

Je repère rapidement son parfum, mélangé à la puanteur des loups de sa meute. Mes pattes accélèrent, foulant la terre souple à toute vitesse. Mon loup est impatient de massacrer. Bientôt, mes oreilles captent des grognements qui proviennent d'une zone en contrebas. Je m'y précipite, fendant l'air.

La peur me coupe la respiration. Elle se tient au milieu d'un cercle de six loups. Ce sont des prédateurs monstrueux, massifs, faisant certainement trois fois son poids. Leur posture ne permet aucun doute et la haine suinte de leurs babines dénudées. Ils vont la déchiqueter.

Un corps git au sol, elle a réussi à en abattre un. Baignée par les rayons scintillants de la lune et entourée d'ombres tourbillonnantes, elle ressemble à une divinité ancienne, une créature mortellement belle. Ses cheveux couleur d'encre sont détachés et fouettent ses joues, et son visage affiche une détermination sans faille. Elle a adopté une posture de défense efficace, les genoux pliés et son couteau tendu vers l'avant fermement serré dans son poing.

Elle est à nous, gronde mon loup avec une fierté sauvage.

Son affirmation féroce me surprend. Ce n'est pas parce que je la désire comme un taré qu'elle nous appartient. Pourtant, mon animal semble convaincu du contraire, alors qu'il sait aussi bien que moi qu'elle ne pourra que nous haïr, quand elle réalisera...

Ça suffit. Concentre-toi.

Je suis encore trop loin quand un des prédateurs ramasse ses muscles et bondit sur elle. Je serre les dents et pousse encore plus fort sur mes pattes. Dans un mouvement fluide, Neven roule, s'accroupit et enfonce son arme dans le ventre du loup qui s'abat sur elle, découpant largement ses entrailles. Il s'écroule en hurlant, tandis qu'elle s'éloigne, dissimulée par les ténèbres mouvantes qui s'assemblent autour d'elle pour la protéger.

Alors que j'arrive enfin, elle rassemble à nouveau ses ombres et les lance sur ses adversaires les plus proches. Ils se tordent en grondant. J'enfonce mes crocs dans le cou d'un loup et d'un mouvement enragé, je lui arrache la gorge et l'envoie s'écraser plus loin. Les autres semblent s'apercevoir de ma présence et trois d'entre eux se retournent pour m'affronter. Il en reste encore deux pour ma petite louve. Elle est acculée contre le tronc d'un chêne noueux, le visage pâle. Ses doigts s'agitent, façonnant la nuit en pics qu'elle balance sur ses adversaires. Des crocs se referment sur mon dos, déchirant des muscles. Je dois lui faire confiance pour se défendre, le temps que je me débarrasse des autres.

Je laisse mon loup et sa rage sauvage prendre le dessus, et dans un ouragan meurtrier, dans une fusion parfaite, nous déchiquetons, frappons, nous arrachons dans un silence glacial, sans une once de pitié. Une fureur dévastatrice brûle dans mes entrailles, le besoin impérieux de les éliminer pour protéger ma petite louve. Je veux leur faire mal, pour leur faire payer.

Je tue rapidement deux de mes adversaires, mais le dernier m'échappe alors que je continue à surveiller Neven du coin de l'œil. Déconcentré par la grimace de souffrance qu'elle affiche et le sang qui coule sur sa joue, je ne vois pas le dernier enfoiré me sauter dessus. Il m'écrase et nous roulons au sol, ses mâchoires puissantes se referment sur ma nuque, s'enfoncent. Putain, certainement pas !

Dans une torsion violente du dos, je lacère ses flancs de mes pattes arrière. Il s'abat soudain sur moi, immobile. Je le repousse, avise le couteau transperçant son crâne. Je me tourne vers ma petite louve qui me décoche un regard entendu. C'est elle qui l'a lancé, avec cette précision et cette force ? Je suis stupéfait. Mais ça signifie aussi qu'elle n'a plus d'arme, et il reste un animal face à elle. Un loup au poil hirsute, furieux, qui fonce sur elle et l'écrase en un instant.

Non !

Je fonce à mon tour, et je le percute de toutes mes forces, l'envoyant rouler plus loin. Je l'égorge, le cœur tordu par l'angoisse. Neven git sur le sol, couverte de sang. Je me précipite auprès d'elle et reprends ma forme humaine sans cesser de courir. Je me jette à ses côtés.
— Neven !

30.
Asher

Elle ne répond pas. Je vérifie ses plaies. Son arcade sourcilière est ouverte, ce qui explique ses joues couvertes de sang, et ses bras et ses jambes portent de multiples lacérations, heureusement superficielles. Autour d'elle, les ombres grouillent et s'attardent, comme si elles veillaient sur elle. Je ne sais pas trop si je trouve ça flippant ou fascinant. Je prends Neven dans mes bras. Elle est gelée. Je frotte ses bras, son torse, ses épaules.

— Allez, guerrière, réveille-toi.

J'ai l'impression que les ombres m'observent, puis s'écartent. Je berce Neven contre moi, embrasse ses cheveux. Quelque chose qui ressemble à de la panique me traverse. Enfin, un long frisson la secoue et elle ouvre les yeux. Elle a l'air perdue. Je pose une main sur sa joue, soulagé au-delà des mots. Elle croise mon regard et ses iris s'écarquillent.

— Je suis toujours vivante ? murmure-t-elle avec un sourire hésitant.

— Tu es plus coriace que tu en as l'air, soufflé-je.

Mes yeux glissent le long de son corps. J'ai besoin d'être rassuré, c'est un besoin sombre qui me dévore. Elle pose une main aussi froide que la neige sur mon torse. Le contact de sa paume sur ma peau nue est une sensation si puissante que j'arrête de respirer, pendant une seconde. Mes doigts glissent le long de son cou en un effleurement léger, remontent pour prendre sa joue en coupe. Nos regards se happent et ne se quittent plus.

J'aurais pu la perdre. Ça me frappe avec violence, maintenant qu'elle ne risque plus rien. Elle me fixe, des ombres tourbillonnant au fond de ses yeux.

Un vertige m'envahit, sombre, puissant, balayant toutes mes résolutions. Je fonds sur elle et je l'embrasse. Ce n'est pas un baiser tendre, c'est féroce et intense, une pulsion animale qui me pousse à la revendiquer. J'oublie que je n'ai pas confiance en elle, que les miens doivent passer avant elle. Mes doutes sont annihilés par cette peur terrible que je viens de ressentir. Mes lèvres s'abattent sur les siennes, ma langue vient à la rencontre de la sienne, tandis que j'enroule ses mèches de cheveux dans mon poing. Une plainte lui échappe et elle frémit contre moi.

Mais quel con ! Elle est blessée, et moi je lui saute dessus !

Je me recule vivement et écarte mes mains.

— Pardon, petite louve, je ne voulais pas…

— Ne t'avise pas de t'arrêter, Premier, gronde-t-elle contre mes lèvres.

— Tu es blessée et tu as mal…

— Laisse-moi décider de ce que je veux, me tance-t-elle. Embrasse-moi, Asher.

Je ne peux m'empêcher de sourire, amusé et admiratif à la fois. Et totalement troublé. Un soupir satisfait lui échappe quand je prends à nouveau ses lèvres, avec plus de lenteur cette fois. Ma langue danse avec la sienne, tendrement, et c'est comme si elle tenait mon cœur entre ses mains. Elle met le bordel dans mon torse et dans ma tête. Je déteste ça, et pourtant, je n'ai pas envie de résister, je veux me noyer en elle.

Elle s'agrippe à mes épaules, je referme à nouveau mes bras sur elle, sans serrer, juste parce que je n'arrive pas à me tenir éloigné. Elle a froid, elle a besoin d'être réchauffée. Mon loup ricane devant ce prétexte que nous savons ridicule tous les deux. Neven a le goût des baies de trills, mêlé à un autre, plus froid et presque tranchant. Celui de la magie. Un frisson violent la traverse, sa peau se couvre de chair de poule. Je recule à nouveau, m'arrachant à ses lèvres si douces et je repousse une mèche de cheveux collée par le sang de son front.

— S'il te plaît, dit-elle doucement. Tiens-moi juste encore un peu. Je n'ai pas si mal, je te le jure. Mais ta chaleur... Ça m'aide.

Elle se blottit contre moi, passe ses bras dans mon dos, collant sa joue froide contre mon torse.

— C'est à cause des ombres. À chaque fois, elles me glacent. J'ai trop froid.

Elle claque des dents, et ses membres sont raides.

— Ça n'a jamais été aussi fort, déclare-t-elle avec difficulté. Je ne voulais pas mourir, je crois que je les ai trop sollicitées.

— Oh, petite louve...

Je la serre plus fort et glisse ma main sous son haut pour caresser son dos. Je frotte vigoureusement tout en déposant des baisers légers sur son visage, ses yeux mi-clos, son front. Une émotion puissante s'installe dans mon torse. Elle s'abandonne contre moi. Je respire le parfum de ses cheveux et de sa peau, enivrant et doux. Je ne veux plus la relâcher et je me déteste. Parce que je ne vais pas avoir le choix.

Leith et Calek arrivent, sous leur forme animale. J'aurais senti, grâce au lien de meute, s'il leur était arrivé quelque chose, mais je suis quand même soulagé de les voir. Ils sont couverts de sang. Leith semble blessé plus gravement que Calek. Ses flancs portent de profondes lacérations, une de ses pattes arrière traîne sur le sol, et pourtant son loup sourit. Il m'adresse un regard interrogateur.

— On va bien, le rassuré-je.

Il incline le menton et s'éloigne pour se rouler en boule. Dans quelques heures, il sera de nouveau sur pattes. Calek s'approche en boitant.

— Elle a besoin de se réchauffer, expliqué-je.

Il se métamorphose et vient se placer dans le dos de Neven. Elle se laisse aller en arrière, tandis qu'il l'entoure de ses bras, son menton appuyé au sommet de son crâne. Maintenant qu'il a repris forme humaine, je distingue sa cheville sanglante et la plaie déchiquetée laissée par des crocs. Il décale sa jambe sur le côté, et embrasse les cheveux de Neven. Les lèvres de la petite louve sont presque blanches et son cœur bat trop lentement, sous ma paume. Calek m'interroge du regard, inquiet.

— Elle dit que ce sont les ombres qui drainent sa force.

— Alors, ne les utilise plus, gronde doucement Calek en collant sa joue contre celle de Neven.

Il décale sa main pour entourer sa gorge et tourne son visage vers lui.

— Petite sorcière, plus d'ombre, tu m'entends ?

— Ce serait une erreur, dis-je en secouant la tête. Sa magie est une arme.

Il dépose un baiser grave sur ses lèvres. J'ai envie de lui coller mon poing dans la figure. Une colère froide me lacère les entrailles.

— Un problème, Premier ? s'étonne l'ours qui perçoit mon attitude menaçante.

Merde. Depuis quand ai-je des pulsions agressives envers mes frères ? Tout ça pour une petite louve que nous connaissons à peine et que je n'ai pas envie de partager... C'est Leith qui a raison, cette fille réveille chez moi des choses que je ne devrais pas éprouver et qui me détournent de ma mission. Mon loup proteste, je le musèle fermement.

Je reste en place, car j'ai besoin d'elle en vie. Mais je me force à afficher un air indifférent quand Calek embrasse sa tempe, serrant les poings le long de mes cuisses quand elle pousse un soupir fragile. Elle a crispé ses petites mains sur ses avant-bras, sa peau pâle, presque luminescente, sur celle de l'ours, nettement plus hâlée. Cette vision me heurte profondément. Elle a confiance en lui.

Et alors ? Toi, tu n'as pas confiance en elle. Ni en toi quand tu es face à elle, d'ailleurs. Ta meute, Asher. Neven aura disparu de ta vie dans quelques semaines, c'est à eux que tu dois te consacrer.

Je finis par détourner le regard, fixant obstinément l'horizon et les étoiles qui montent dans le ciel pour éviter de me comporter comme un con.

— Deux se sont enfuis, m'annonce Calek au bout d'un moment, sans cesser de frictionner le dos de Neven.
— Vous les avez poursuivis, bien sûr ?
Il encaisse ma pique sous-jacente avec une grimace.
— Le temps qu'on achève les autres, ils étaient introuvables. On a perdu leur trace à la rivière.
— Ils vont confirmer notre position à Terdzik. Bien joué.
Calek a l'air aussi dépité que moi. Pourtant, je suis conscient que je m'en prends à lui surtout parce que je suis jaloux. Il hausse les épaules, fataliste.
Au bout d'un moment, Neven semble aller mieux. Son visage a repris des couleurs et son corps s'assouplit entre nous.
— Merci, murmure-t-elle, la mine penaude. Pardon de vous avoir utilisés...
— Tout le plaisir était pour moi, réplique Calek avec un sourire.
Je me contente de hocher la tête et m'écarte. On se remet debout. Le loup de Leith nous adresse un regard consterné, avant de carrément s'éloigner en reniflant de mépris.
— Puisque tu es rétablie, on repart dès l'aube, ordonné-je. Cet enfoiré n'a pas l'air décidé à nous lâcher...
— À moins que ce ne soit Neven, qu'ils poursuivent, lance Calek en se tournant vers elle. Tu as bien dit que tu leur avais volé une grosse somme d'argent ?
Elle semble soudain mal à l'aise.
— Oui, mais...
Elle s'interrompt. J'y ai pensé aussi, mais je ne pense pas que ce soit la raison de leur acharnement. Il faut que ce soit plus grave que ça.
— Sont-ils au courant, pour les ombres ? demandé-je.

31.
Neven

« *Ne leur dis rien !* souffle Joran à mon oreille. *Pour ta propre sécurité, tais-toi.* »

J'hésite. Mais je lui fais confiance, s'ils apprennent que c'est ma présence qui les met en danger, ils chercheront à se débarrasser de moi dès que possible. De boussole-compagne de route, je deviendrai peut-être prisonnière et mes chances de survie dégringoleront. Une partie de moi se sent coupable de les utiliser, mais l'autre partie de moi veut survivre. Et c'est elle qui l'emporte.

Je me tourne vers Asher et je le fixe dans les yeux.

— Non, personne n'est au courant. Seul Joran l'était.

Il me scrute avec attention.

— Je te le jure, affirmé-je. Pourquoi te mentirais-je ?

Ma louve m'aide à garder un aplomb parfait. J'ai honte, mais en même temps, toutes les deux, nous voulons vivre. Je ne suis pas sûre qu'il me croie, mais il choisit de laisser tomber.

— Pourtant, ce que tu as fait était très impressionnant. Tu les as façonnées, comme des flèches. Si tu t'entraînais, tu pourrais sans doute obtenir des armes performantes.

— Tu les as tués avec des ombres ? s'étonne Calek en fouillant la nuit du regard, en direction des corps des loups.

Je grimace. Je n'en suis pas sûre. J'ai agi dans l'affolement. Leith s'ébroue et le pelage de nuit de son loup disparaît, laissant apparaître l'homme.

— Je ne suis pas ravi de t'accorder cette victoire, Sans louve, mais deux d'entre eux sont morts, lacérés de l'intérieur.

Je déglutis, tandis que Calek fronce les sourcils. De l'intérieur ?

— Explique, ordonne Asher.

Leith disparaît et revient au bout de quelques secondes, portant un énorme loup sur son épaule. Il doit faire le double de son poids et pourtant il le porte comme s'il ne pesait rien. Leith balance l'animal à nos pieds.

— Pas de plaie externe grave, et pourtant ils sont en bouillie à l'intérieur. Regardez.

La tête de la bête est couverte de sang. Leith lui ouvre la gueule, elle est inondée d'un flot rouge. Cela coule même des yeux, des oreilles, de sa truffe.

— Hémorragie interne ultra violente.

Les trois hommes m'observent. J'ai vraiment fait ça ? Je ne suis pas juste stupéfaite, j'ai carrément du mal à le croire. Dans ma tête, mon Joran imaginaire me félicite.

« *Je suis tellement fier de toi !* »

— Comment... ? murmuré-je.

Accroupis autour de la bête, les trois hommes observent, soulèvent, palpent.

— C'est comme si tes ombres étaient entrées en lui et l'avaient découpé de l'intérieur.

Je crois déceler un soupçon de respect dans la voix de Leith.

— Ton lancer de couteau était déjà impressionnant, mais ça..., déclare Asher avec admiration. Dès demain, on prendra un peu de temps pour que tu t'entraînes. Il faut que tu saches ce que tu es capable de faire. Ça peut être un atout considérable lors d'une nouvelle attaque.

Je ne leur dis pas que j'ai bien cru que j'allais mourir, transformée en statue de glace, ce soir. Au début, la sensation était agréable, comme à chaque fois. Elle m'a permis de garder la tête froide pour mieux appréhender le combat. Mais après... J'ai eu l'impression que mes organes avaient gelé, et je me sentais sombrer au fond de moi, sans pouvoir remonter, alourdie par le poids de blocs de glace qui voulaient m'entraîner vers les rivages de la mort. Et sans la chaleur d'Asher et de Calek, je n'aurais pas réussi à m'éloigner des ténèbres.

Asher semble comprendre mon air inquiet.

— On sera là pour t'aider à te réchauffer, dit-il avec pragmatisme.

— Je passe mon tour, réplique Leith avec une expression dégoûtée.

Je frôle la main d'Asher, mais il se retire comme si je l'avais brûlé. Son regard trahit une distance nouvelle. Sa réaction me tord le ventre. Je n'ai pas beaucoup d'expérience avec les mâles, mais je ne suis pas idiote : il regrette ce baiser, survenu dans le chaos et l'adrénaline d'après la bataille. Je comprends. La violence et le désir sont souvent mêlés, chez les loups. C'est une façon de célébrer la vie, rien de plus. Pourtant, ce rejet me fait mal.

Je croise mes bras sur ma poitrine, affrontant son regard. Autant mettre les choses au clair tout de suite.

— Tout à l'heure, tous les deux, commencé-je doucement, ce n'était rien. J'étais étourdie et sous le choc.

— C'était agréable, mais ça ne se reproduira plus, confirme-t-il avant de se détourner avec indifférence.

Ma gorge se comprime. Agréable ? Dire que ce baiser m'a laissée pantelante... Je ravale mon amertume et le suis.

On regagne notre camp, où gisent nos sacs en désordre, et on s'installe pour la nuit. Mes trois compagnons prennent leur forme animale. Je me roule en boule sur le sol, enroulée dans ma veste. Je sombre dans le sommeil en un battement de cœur, un ours serré contre mon dos.

Dès le réveil, on repart. L'aube point à peine, colorant le ciel de traînées roses. On court, le loup noir de Leith devant, parfois si loin que je ne le vois plus, Asher et Calek se relayant pour rester à ma hauteur. Mon sac est vide, à l'exception d'un pain de savon et d'une dernière tunique. Mes compagnons n'ont plus aucune affaire, tout a été déchiré, et ils portent sur eux les derniers vêtements. Nous n'avons plus de réserves de nourriture non plus. J'ai conservé uniquement une outre que je remplis d'eau fraîche à chaque fois que nous passons un cours d'eau, mes couteaux à ma ceinture, et la veste de Joran que je noue autour de ma taille.

Le paysage change. Les forêts épaisses se font plus éparses et le sol devient plus aride. Il n'y pousse que des plaques d'herbe jaunie, qui donnent de minuscules fleurs blanches au bout de leur tige, comme si c'était tout l'effort qu'elles pouvaient fournir. À l'horizon se dressent des plateaux montagneux bien plus hauts que la montagne couverte de sapins où est établie ma meute. J'oscille sans cesse entre émerveillement de découvrir le monde et d'être encore libre, un jour de plus, et l'appréhension de ce que l'avenir me réserve.

— Ton poignet, demande régulièrement Asher.

J'apprécie un peu trop son pouce qui caresse ma peau, quand il dessine par-dessus le symbole. J'ai l'impression que la rune se met à palpiter plus fort, lorsqu'il se tient à côté de moi, son souffle dans mes cheveux. Je repousse ces sensations inappropriées. La direction ne change pas : il semble bien que l'on doive traverser le territoire des Corrompus.

32.
Neven

On s'arrête au milieu des ruines d'une ancienne construction humaine, un lieu de culte ou un palais oublié, vu les restes de statues couvertes de lierre et les colonnes sculptées sur lesquelles grimpent des rosiers aux larges fleurs d'un rouge foncé presque noir. Une morelle cendrée s'est posée tout en haut d'une corniche et lance ses trilles joyeux. Les derniers rayons du soleil se jettent à travers une rosace brisée, dessinant des taches bleues et jaunes sur le sol de pierre pâle. Le toit a disparu depuis longtemps, les pans de murs encore debout s'ouvrent sur le ciel qui plonge dans la nuit. C'est presque magique.

Il reste peu de ruines datant de l'époque humaine. Les pierres ont été réutilisées pour bâtir d'autres demeures, et le plus souvent, la nature a repris ses droits et a fait table rase des constructions d'avant, à coup de tremblements de terre, d'ouragans ou de forêts envahissantes. Pour moi qui aime tant observer les traces du passé, cette halte est un vrai miracle. Je caresse du bout des doigts les bas-reliefs, époussète du pied les motifs tracés sur le sol en mosaïque en tentant de me représenter le mode de vie des humains.

Cette fascination faisait rire Joran, et il s'en moquait souvent. Je revois son regard noisette fixé sur moi quand il m'écoutait lui raconter ce que j'avais découvert dans mes livres.

— Qu'est-ce qui te passionne autant, chez ces créatures ? m'a-t-il demandé une fois. Ce sont des êtres faibles et fragiles. Pas très intéressants.
— Ils sont comme moi. Leur détermination à survivre force mon respect.

Ce jour-là, la lueur malicieuse dans ses yeux s'est embrasée de désir et ses lèvres contre les miennes, ses mains se faufilant sous ma chemise, il a murmuré :
— Continue à raconter, alors. Parce que toi, je te trouve carrément passionnante. Et douce. Et sexy.

Je me souviens lui avoir donné un coup de mon livre dans le biceps en riant, il m'a renversée sur le lit, et j'ai continué à parler des humains, jusqu'à ce que mes mots soient embrouillés de soupirs humides et mon esprit totalement accaparé par ce qu'il était en train de faire.

Je souris, laissant d'autres moments partagés avec Joran se dérouler dans ma mémoire, entre douceur et tristesse.

Alors que je suis perdue dans ma rêverie, Asher me rejoint.
— Jamais les loups ni aucune autre créature surnaturelle n'a construit de choses aussi belles, lui dis-je.
— Nous sommes des prédateurs, me répond-il en haussant les épaules. Nos valeurs sont différentes. Nous chérissons les nôtres, et nous essayons d'assurer leur protection, leur nourriture, leur bien-être. Le reste a peu de place.

Nous déambulons entre les colonnes en silence. De minuscules créatures sont sculptées sur chaque surface disponibles, des plantes, des figures géométriques. Comme si la brièveté de leur vie les poussait à créer toujours plus pour compenser. Pour laisser une trace de leur passage, pour rendre hommage au monde. Asher se tient à côté de moi, telle une ombre protectrice, mais c'est à peine s'il observe les ruines pourtant magnifiques. C'est moi qu'il étudie. Je m'étonne :
— Mais tu sais reconnaître la beauté et l'apprécier, non ?

Il ne dit rien, il se contente de me fixer avec intensité, ses yeux bleus hantés par une tempête silencieuse. Ma bouche s'assèche. Je suis happée par sa présence, comme un papillon devant une

flamme. Un doux frémissement me remplit tout entière. Après de longues secondes suspendues, Asher tourne la tête.
— Viens t'entrainer, dit-il.
Je le suis jusqu'à un bosquet d'herbes hautes et d'arbres secs aux troncs noueux. Je réalise que je n'ai pas vu Leith depuis le début de l'après-midi, mais aucun des deux autres ne s'inquiète. J'imagine qu'il sait ce qu'il fait.
Asher me fait signe de m'asseoir au sol.
— On va essayer de comprendre ton histoire d'ombres. Tu peux les appeler ?
J'inspire à fond et j'écarte les doigts, paumes tournées vers le ciel. Rapidement, je les sens qui approchent. Je souris. Elles apparaissent, comme si elles avaient toujours été là, se rendant visibles seulement à ma demande. Bientôt, je suis entourée de fins lambeaux de nuit qui se frottent à moi comme de petits animaux affectueux. Leur baiser glacé est plutôt agréable, ce n'est qu'un picotement rafraichissant qui me gorge de leur énergie.
— Impressionnant, souffle Calek, qui se tient accroupi derrière Asher.
Il hume l'air autour de lui, se penche vers mes ténèbres. Il échange un regard avec Asher, qui hoche la tête.
— Elles portent une partie de ton odeur, comme si elles t'appartenaient, explique le loup blanc. Tu peux leur donner la forme que tu veux ?
— Oui. Quand j'étais petite, je les façonnais pour qu'elles me tiennent compagnie. Elles nous dessinaient des histoires et des cartes imaginaires sur les murs, à Joran et moi. Mais Joran ne les aimait pas trop et j'avais peur qu'on s'aperçoive que j'avais cette capacité bizarre... J'ai toujours déçu mon père, et je ne voulais pas qu'il me punisse en plus pour ça.
Ma voix a tremblé, à peine, mais ça suffit pour que Calek me dévisage avec compassion.
— Ton père te frappait, déclare Asher à son tour.
La colère flamboie dans ses yeux. Je hausse les épaules.
— Comme tous les louveteaux.
— Oh non, gronde Calek. Pas « tous » les louveteaux.

Je déglutis. Et encore, il ignore que les punitions de mon père étaient bien au-delà des raclées.

— Il est toujours vivant ? demande l'ours.

— Oui...

— On le tuera, déclare froidement Calek.

Asher semble partager son avis. J'apprécie leur soutien, même si ce moment n'arrivera jamais. Le Premier incline le menton et reprend doucement :

— Tu ne nous dis pas tout.

Mon cœur se fige.

— C'est un sujet que je préfère éviter...

Il me dévisage. Je me tortille, mal à l'aise. Je me concentre sur mes ombres, espérant qu'ils renoncent à leurs questions. Asher dodeline de la tête, mais il n'insiste pas.

— Essaie de visualiser une épée et saisis-la, exige-t-il après un silence.

Le changement de sujet m'arrange. Je fais ce qu'il demande. Je tends ma main en avant et j'inspire profondément. Quand je souffle, les ombres s'agitent autour de moi, comme si elles attendaient un signal pour participer à la fête. Elles s'enroulent et se mêlent les unes aux autres pour former un tissage sur le sol. La toile scintille sous la lune argentée.

Je me laisse emporter une seconde par leur danse fascinante, avant de me reconcentrer. Une épée. Je l'imagine dans mon esprit et les ombres s'assemblent en une arme de fumée. C'est la partie facile. J'essaie de leur insuffler l'idée de la dureté et du tranchant, de les tasser pour qu'elles deviennent matérielles, et l'espace d'un instant, j'ai l'impression d'avoir réussi : une magnifique épée de nuit flotte devant moi, des arabesques argentées scintillant sur la lame. Calek retient sa respiration. Je tends la main vers l'arme, passant à travers. Je tords le nez, frustrée.

— Comment mes flèches ont-elles pu tuer les loups, si elles ne sont pas solides ?

— Je n'en sais rien, répond calmement Asher en posant ses mains à plat sur ses cuisses.

— Fabrique des petits couteaux, comme une nuée d'abeilles, dit Calek.

Je dissous l'épée pour façonner les nuées en minuscules petits projectiles vibrants. Très vite, mon essaim tourbillonne autour de moi en vrombissant. J'ai l'impression que je ne maîtrise pas les ombres, mais plutôt que ce sont elles qui acceptent de jouer avec moi.

— Maintenant, envoie-les sur le rosier, là-bas, déclare-t-il en montrant du doigt le buisson fleuri éloigné d'une dizaine de mètres.

Je m'exécute, en pensant à ce que je voudrais qu'elles réalisent pour moi. L'essaim de ténèbres se jette sur la végétation en vrombissant, une nuée noire effrayante qui fait ployer les feuilles de la plante. Le rosier demeure intact.

— Merde, marmonné-je.

— Peut-être qu'elles ne se solidifient qu'en cas de danger. Recommence en imaginant que tu veux vraiment faire du mal à cette plante, déclare Asher avec un sérieux imperturbable. Elle est garnie d'épines, après tout.

Je croise le regard incrédule de Calek. Un léger frémissement fait tressaillir ses lèvres.

— Je vois. C'est un très vilain rosier... Je ne pourrais pas tester sur Leith, plutôt ? Je suis certaine que ce serait plus efficace.

L'ours éclate de rire. Ses yeux s'inondent d'or tandis que les traits de son visage s'adoucissent et s'illuminent. Il est si beau que ça me fiche un coup au cœur. Je le contemple, captivée.

— Recommence, intervient Asher avec gravité.

Je reprends, encore et encore, luttant contre le froid qui s'empare de mon âme un peu plus à chaque minute. Je mords mes lèvres pour les empêcher de se tétaniser, frotte mes mains l'une contre l'autre. Pourtant, en dépit de mes efforts, il devient rapidement évident que je ne parviens pas à donner la moindre substance aux armes que je crée. Elles peuvent faire illusion, mais c'est tout. Il me reste toujours la possibilité d'aveugler mes ennemis, mais c'est une astuce qui ne dure pas. Je frissonne, glacée, quand Calek s'approche de moi et me relève, avant de masser mes bras vigoureusement.

— Ça suffit, gronde-t-il. Elle arrête pour ce soir.

Mes jambes tremblent. Calek passe un bras autour de ma taille pour me stabiliser.

— On recommencera demain, jette Asher. Il faut qu'elle apprenne.

— Je lance... parfaitement le couteau, dis-je en claquant des dents.

— C'est vrai, tu es douée. Mais que se passera-t-il une fois que tu l'auras lancé ? Tu ne cours pas assez vite, tu n'as pas de griffes ni de crocs. Il te faut une défense efficace.

— Il a raison, approuve Calek avec gravité. En attendant, viens par-là, petite sorcière, je vais te réchauffer.

Il me plaque contre son large torse et referme ses bras autour de moi. Le nez contre ses pectoraux, je laisse son parfum s'insinuer en moi et ses grandes mains se glisser sous mon pull pour frotter mon dos. Je faufile les miennes entre nous, sur son ventre chaud.

— Ne bouge plus d'un millimètre, gronde-t-il à mon oreille, amusé. Sinon, je risque bien de terminer ce que nous avons débuté hier soir...

Je souris et relève la tête pour croiser son regard. Il m'adresse un clin d'œil malicieux, avant de reprendre son contact vigoureux. Mon cœur bat un peu plus vite. Le visage Asher se ferme. Il se lève et disparaît dans les hautes herbes.

Pourquoi faut-il que je sois attirée si intensément par ces deux alphas, tout en aimant profondément Joran ? Je les désire, ma peau vibre des caresses de l'ours, du souvenir du baiser d'Asher. J'ai envie d'eux, avec la même intensité que je brûlais d'être comblée par Joran. Pire, je les apprécie vraiment. Je me sens perdue.

« *Tu dois vivre,* murmure Joran. *J'étais d'accord pour que tu leur laisses une place, ma disparition n'y change rien. Je suis heureux que quelqu'un prenne soin de toi, Nev...* »

Dès que je me sens plus vaillante, je m'écarte et quitte la chaleur réconfortante des bras de Calek.

— Merci, murmuré-je.

Un peu plus tard, Leith revient avec deux lièvres dans la gueule. Il nous les balance par terre, avant de se rouler en boule un peu plus loin, vers un des pans de mur à moitié écroulé du bâtiment. Allumer un feu serait trop visible, dans cet environnement découvert, alors on dépèce le gibier, on le vide, et on mange la viande crue. Je mâche comme je peux, reconnaissante de ne pas m'endormir le ventre vide. Asher finit par nous rejoindre. Il ne répond pas au regard interrogateur de son ami et s'assoit à côté de nous pour manger.

— À part un connard de père, tu as une famille ? demande Calek en déchirant de ses dents une cuisse du lièvre.

— Une petite sœur, mais elle a rejoint la meute de son futur compagnon. Elle sera loin de mon père, c'est le plus important.

— Asher aussi a une petite sœur, se moque Calek. Mais bizarrement, l'idée de son accouplement avec qui que ce soit lui donne la nausée.

Je dévisage le Premier avec étonnement. Il fronce les sourcils, contrarié.

— Comment s'appelle-t-elle ?

— Liora. Et ce sujet est clos.

Je jurerais que le loup de Leith vient d'éclater de rire. Calek ne se gêne pas pour ricaner ostensiblement, mais Asher ne partage pas leur hilarité. OK, petite sœur, sujet sensible.

— Et ta mère ? demande Asher.

— Ma mère est morte à ma naissance. Il paraît qu'elle était sorcière.

Je hausse une épaule, essayant de faire passer avec une gorgée d'eau ma bouchée sanglante, avant d'achever :

— J'ai toujours pensé que les ombres venaient d'elle…

— Tu crois que c'est ça que la fille d'Hécate a décelé, dans ton sang ? interroge le Premier.

Je fais la moue.

— Peut-être. Mon père a toujours refusé de me parler d'elle, et personne dans la meute n'a jamais accepté d'aborder le sujet. Je ne sais rien, à part son prénom, Marva.

— Tu n'as pas cherché à interroger d'autres sorcières ? demande Calek. Tu as peut-être de la famille, quelque part ?

C'est possible, mais vu comme ma louve réagit violemment à cette idée, je ne vais pas m'y risquer pour le moment. Elle a hérissé son pelage, et son grognement remplit ma tête. Quand j'étais petite, je rêvais souvent qu'une tante venait me sauver, une belle dame au teint aussi pâle que moi et au sourire gentil. Elle m'emmenait et on disparaissait toutes les deux, dans une nuée d'étincelles, sous le regard meurtrier de mon père. Avec le temps, j'ai réalisé que personne ne viendrait, et qu'il fallait que je me sauve moi-même. De toute façon, la réaction hostile de l'Écarlate des bains me conforte dans ma décision. Je secoue la tête à destination de Calek.

— Ce n'est pas à l'ordre du jour.

Il m'examine en penchant la tête sur le côté et demande d'un ton étonné :

— Que pourrait-il y avoir de plus important qu'une famille ?

— La liberté, affirmé-je.

Asher secoue la tête avec dédain. J'imagine que seuls ceux qui ont été privés de leur libre arbitre peuvent comprendre. Pour les autres, ce n'est qu'un mot creux qui désigne ce qu'ils possèdent déjà. Il me tend un nouveau morceau de viande, que je décline.

— C'est une utopie pour enfants gâtés, jette-t-il du bout des lèvres. Tous nos choix sont contraints, que ce soit conscient ou non.

— Et ça, ce sont des propos de mâle qui a eu le loisir de choisir.

Je lève les yeux au ciel et explique :

— Rien ne m'a appartenu, jusqu'à aujourd'hui, pas même mon propre corps que mon père a essayé de soumettre par la violence, et qui devait être offert en pâture à un loup brutal. Pas même ma louve qui n'est jamais sortie. Aucun de mes actes, qui tous étaient réfléchis afin de ne jamais provoquer notre Premier. Et certainement pas mon cœur, que Joran a emporté avec lui dans la mort. Je n'ai rien choisi pour moi, jamais ! Tu ne peux pas comprendre, Asher. Tu es un Premier, tu as vécu dans la sécurité d'un foyer. Moi... Je ne suis rien. Alors cette possibilité d'enfin vivre selon mes propres règles, je la chéris !

Il grimace, comme si je l'avais giflé.

— Tu as raison, j'ai grandi dans la confiance, au sein d'une famille unie. Mais je ne suis pas plus libre que toi : je suis Premier, et mon existence entière est vouée au bien de mon clan. Tous mes actes sont consacrés à leur protection.

— Mais tu as choisi d'embrasser cette fonction. Tu pouvais y renoncer. Et je suis certaine qu'aujourd'hui encore, si tu pouvais revenir en arrière, tu prendrais la même décision.

Il acquiesce gravement. Je soupire et poursuis :

— Si on m'offrait la possibilité de recommencer mon existence, je n'opterais pas pour celle-ci. Je ne choisirais pas les os brisés, les humiliations, les coups, les insultes. Je ne choisirais pas une vie marquée au fer rouge par la terreur, les tripes broyées par l'angoisse à l'idée qu'un mot de travers de ma part pousse mon père à se venger sur ma petite sœur. Tu comprends ?

Un silence accueille mes propos. Assis en face de moi, Leith joue avec son couteau, le lançant en l'air avant de le rattraper. Puis il lâche d'un ton désabusé :

— Ça m'emmerde de l'admettre, mais la Sans louve a raison. Certains ont eu des existences plus merdiques que d'autres. Asher et Calek, vous avez connu l'amour inconditionnel d'une mère, ça vous a construit. D'autres ont appris dans la douleur à se méfier de tous ceux qui les entourent.

D'un mouvement souple, il envoie son couteau se planter dans le tronc de l'arbre plus loin. Je ne le vois pas, mais j'ai entendu le claquement sec et précis quand il s'est enfoncé dans le bois. C'est la seule marque de sa tension, mais c'est suffisant pour que je devine l'amertume dans son silence. Et bien qu'il se comporte en connard la plupart du temps, en cet instant, je me sens proche de lui, liée par la connaissance instinctive de ce qu'il ressent : j'ai grandi avec le même genre de trou dans le cœur. Nos parts sombres se comprennent.

Il se lève avec une nonchalance feinte et va le récupérer, avant d'aller se coucher plus loin. Je l'imite, en m'allongeant sur le sol lisse de l'ancienne église. Un frisson me traverse, j'ai encore un peu froid d'avoir utilisé les ombres, malgré ma veste en guise de couverture. Après quelques instants, un ours vient s'installer contre moi. Je glisse mes mains dans sa fourrure rêche et réconfortante, un souffle brûlant caresse mon cou. Une merveilleuse sensation de chaleur et de sécurité s'empare de moi, et je glisse dans le sommeil.

33.
Asher

On franchit les limites du fief de la meute des Steppes en milieu de matinée. On était aux confins de leur royaume, une zone inhospitalière et défendue naturellement par les falaises par lesquelles nous sommes descendus il y a plusieurs jours. C'est une bande de terres abandonnées, ou presque, car elle jouxte le territoire des Corrompus.

Je n'ai pas connu la guerre, j'étais trop jeune pour combattre, mais par la suite, notre meute a dû repousser une de leurs attaques sous le commandement de ma mère. J'ai participé à cette offensive. Jamais je n'ai combattu d'ennemis plus violents ni plus dangereux que ceux-là. Nous sommes des animaux, eux sont des démons, des créatures contre nature, mortes et pourtant vivantes. Des abominations qui ne reculent devant rien, ne semblent pas ressentir la douleur ni craindre quoi que ce soit. Nous avons gagné, ce jour-là, uniquement parce que nous étions dix fois plus nombreux, et nos pertes ont été considérables.

Pénétrer sur leur territoire me rend donc particulièrement méfiant. Je crains pour Neven. Contre eux, elle ne pourrait pas grand-chose. Je serre les poings.

Tu t'en fous, Asher, tu as déjà oublié ?

Elle est notre boussole. Si elle meurt, on perd tout. C'est l'unique raison de mon inquiétude.

Mon loup renifle avec ironie. Je l'ignore.

— Pas d'entraînement sur tes ombres, jusqu'à ce qu'on soit sortis de leur territoire, ordonné-je en ralentissant pour me porter à son niveau.

Elle hausse une épaule, fataliste.

— De toute façon, je n'ai fait aucun progrès.

La pente s'accentue, la végétation devient plus sèche encore. Les cailloux roulent sous nos pieds, soulevant une poussière grise. On marche plus qu'on ne court, désormais, le souffle court de Neven nous indiquant à quel moment je dois ordonner des pauses. On parvient sur un premier plateau alors que le ciel se teinte d'orange vif, et que les derniers rayons du soleil caressent les sommets enneigés, beaucoup plus loin. Devant nous, une plaine brune et rocheuse, parsemée de plaques d'herbes et de temps en temps, de cèdres odorants, immenses et solitaires.

— Trop à découvert, lâche Calek. Il faut continuer.

— On fait une pause, ordonné-je en jetant un œil sur Neven qui vient de se laisser tomber sur le sol.

— Je vais repérer plus loin, déclare Leith.

Il ôte ses vêtements et cède la place à son loup, qui sera plus discret et plus rapide, maintenant que la nuit tombe.

— C'est vrai ce qu'on dit, qu'ils tuent seulement la nuit ? interroge Neven.

Elle a du mal à retrouver son souffle. Calek grimace.

— C'est ce qu'ils préfèrent, oui. Mais le soleil ne leur cause aucun problème.

— Merveilleux...

Je m'accroupis vers elle et tends la main. Elle la saisit et je l'aide à se relever. Avec l'élan, elle se retrouve plaquée contre mon torse. Son parfum envahit mes narines, s'enroule autour de moi comme une couverture délicate dans laquelle mon loup voudrait se lover. Saisissant ses bras, je la repousse doucement. Son regard blessé me fore le cœur.

Petite louve, ne t'attache pas à moi...

— Il faut qu'on dégage, gronde soudain la voix de Leith. Il y a du mouvement, vers l'Est.

— Merde. Calek, tu restes humain, ordonné-je. Tu la protèges. On passe devant.

Je vérifie une nouvelle fois la rune. Puis j'ôte mes vêtements, les range dans le sac, et je prends ma forme de loup, imité par Leith. On reprend la route, foulant le sol le plus silencieusement possible, presque soulagé de pouvoir me jeter dans un combat plutôt que d'avoir à affronter l'expression triste de Neven.

L'esprit de mon loup tire sur le mien, froid et lucide.

Laisse-moi la place, tu penses trop.

Ma confusion altère mes réflexes. Je me retire tout au fond de la conscience de mon loup, et lui cède les commandes.

Et bientôt, il n'y a plus que mon souffle ample, mes pattes souples qui foulent le sol et la joie sauvage de protéger les miens.

34.
Neven

Je trotte comme je peux, sous la lueur pâle des étoiles. Je ne discerne pas grand-chose du chemin sous mes pas, mais Calek me guide, m'écartant d'une main avant un obstacle, me poussant sur le côté pour en contourner un autre. On n'échange pas une parole. Une angoisse immense martèle mes côtes et me crispe le cœur. Il y a des Corrompus, quelque part dans ces montagnes. Mes paumes sont moites, et une sueur glacée coule le long de mon dos.

Leith et Asher ont disparu, ils avancent beaucoup plus vite. Je respire, j'essaie de bloquer toutes mes pensées et de me concentrer sur le sol sous mes bottes. On franchit la plaine herbeuse, jusqu'à un nouveau flanc escarpé de montagne. Plus haut, sur la pente rocheuse, un éclair blanc s'immobilise. La lune qui s'extirpe de sous les nuages vient caresser son pelage, le rendant presque scintillant sous ses rayons. Je lui adresse un signe bref, pour lui indiquer que je l'ai vu, et je m'engage vers les hauteurs, tandis que le loup polaire reprend sa course, toujours plus haut.

Mes cuisses tirent, et ça fait longtemps que je ne peux plus courir. Je marche courbée en deux, essayant de stabiliser mon équilibre. La sente escarpée que nous suivons n'est pas un chemin, à peine le trajet que doivent emprunter les animaux d'altitude. Pour les humains, c'est l'enfer. Calek en bave autant que moi, avec la masse lourde de son corps. Régulièrement, le loup blanc fait une apparition pour nous indiquer le chemin.

— Je ne suis pas une putain de chèvre ! marmonne Calek, qui se rattrape à la dernière seconde, après que son pied a dérapé sur les roches.

On poursuit notre montée. On finit par déboucher sur un nouveau plateau, qui lui-même vient buter contre d'autres sommets noirs et déchiquetés. Les montagnes où réside la meute de mon père sont plus basses et plus verdoyantes. Ici, il semble que tout soit déjà mort, la végétation comme les animaux dont nous n'avons croisé aucun spécimen depuis des heures. Je pose mes mains sur mes cuisses pour retrouver mon souffle, le temps d'une respiration. Ou deux, ou cent. L'air sent le froid mêlé à une odeur tranchante que je ne parviens pas à identifier. J'ai le goût du métal sur la langue, cette saveur m'oppresse. À côté de moi, Calek scrute la nuit.

— Ça fait longtemps qu'on n'a pas vu Leith et Ash, dit-il.

Je fouille le paysage à mon tour, espérant repérer un éclair immaculé. Soudain, un hurlement résonne dans la nuit froide, suivi d'un autre.

Alerte ! disent-ils. *Fuir !*

Calek contracte sa main sur mon épaule. Son corps se précipite déjà en avant, pour se porter au secours de ses frères, mais il s'arrête. Je devine qu'entre sa promesse de me protéger et son impulsion d'aller les sauver, sa conscience le torture.

— On dégage, finit-il par gronder en me faisant pivoter vers la pente que nous venons de gravir. Cours !

— Bien sûr que non ! m'exclamé-je en me libérant. Ils ont besoin de nous !

— Neven, je n'ai pas le temps d'argumenter. Asher m'a demandé de veiller sur toi, c'est mon rôle.

— Ils sont ta famille !

L'idée de perdre qui que ce soit, après Joran, c'est trop. Je ne peux pas, et ça l'emporte sur ma panique. Il laisse retomber son bras, se pince le nez.

— Je dois poursuivre, répète-t-il. Nous irons voir les Mères. On n'échange pas la vie de deux personnes contre une meute entière, Neven.

Il me pousse légèrement pour que je me mette en route. Je résiste, talons plantés dans le sol.

— Les Mères négocieront-elles avec un ours et une Sans louve ? C'est pour un Premier que l'accord a été passé, pas pour nous. Il nous faut Asher.

Il grimace.

— C'est possible qu'elles ne nous reçoivent pas. Mais c'est un risque que nous devons prendre.

— Calek, je t'en prie ! C'est vraiment ce que tu veux ? Abandonner tes frères ?

Je ne veux pas qu'ils meurent ! Je me sens en sécurité avec eux, même avec Leith l'irascible, et je ne suis pas prête à abandonner ce sentiment que j'ai cherché toute mon existence. J'ai peur, mais j'ai encore plus peur de les perdre.

Calek se passe une main sur le visage.

— Non, Neven. On ne peut pas.

— Bien sûr que si !

Il secoue tristement la tête.

— Il y a d'autres vies en jeu.

— Je pourrais appeler mes ombres. C'est possible, Calek, regarde !

Sans perdre un instant, je nous enveloppe de ténèbres. Le baiser glacé des lambeaux de nuit se dépose sur ma peau, et un vide infini s'étend à l'intérieur de moi, comme une nuit d'hiver sans étoiles. Calek soupire lourdement.

— Je mourrais pour mes frères, mais ils m'égorgeraient eux-mêmes si je sacrifiais les nôtres pour les sauver.

Ma gorge se serre. Il lève la main et repousse ma tresse derrière mon dos.

— Ils vont s'en sortir, dit-il d'une voix sourde.

Il n'y croit pas un instant, je l'entends à la tonalité rocailleuse qui émaille ses mots. Joran souffle à mon oreille.

« *Ça ne concerne pas que toi, Neven... Suis-le.* »

Je déteste être obligée de concéder qu'il a raison. M'entêter est égoïste. Je relâche les ombres, à contrecœur. Calek hoche la tête, une lueur de gratitude au fond des yeux. Il prend ma main et m'entraîne, dans la direction opposée à celle où Asher et Leith ont disparu.

J'ai du mal à respirer, chaque pas qui m'éloigne d'eux me tord un peu plus le cœur, mais Calek me tient fermement, comme s'il avait peur que je lui échappe. Il n'a rien à craindre, j'ai saisi la logique de sa décision, même si je l'ai en horreur.

On avance d'un pas vif, traversant des étendues froides à la végétation sèche. Des plantes épineuses griffent mes mollets, mes pas font rouler des cailloux. Je tends le bras devant moi et observe mon poignet. La lueur décline, on s'éloigne de la direction des sorcières, mais l'urgence est surtout de fuir le territoire des Corrompus.

Une sorte de pression se répand dans ma poitrine, un appel que j'ai de plus en plus de mal à ignorer à mesure que nous nous éloignons. Je m'arrête, frottant mon torse du plat de la main, le visage crispé.

— Calek, haleté-je. Les ombres…

Il me prend par les épaules, le visage inquiet.

— Tu es très pâle. Qu'est-ce qui se passe ?

— Elles veulent que je les utilise…

Il fronce les sourcils, tourne la tête pour observer autour de nous.

— Alors fais-le, dit-il calmement.

Je tends à peine mes paumes devant moi qu'elles surgissent. Elles me tirent vers l'avant, dans une autre direction que celle que nous empruntions pour fuir. Leurs filaments me précèdent de quelques mètres comme des serpents immatériels flottants dans l'air. Les brins s'emmêlent, se tissent et se détissent.

— Où nous guident-elles ?

Je secoue la tête, déroutée.

— Je n'en sais rien…

Depuis que j'ai quitté la meute, elles se sont enhardies. Elles font preuve d'une forme de conscience que je n'avais pas perçue avant. Elles se renforcent et deviennent plus vivantes à chaque fois que je fais appel à elles. C'est à la fois fascinant et inquiétant. Sont-elles réellement des amies ?

Ma louve me donne un coup de tête, pour me pousser à les suivre. Elle n'a aucun doute.

On finit par parvenir dans une zone semée de formations rocheuses gigantesques, comme émergeant du désert gris du plateau. Des dômes rocailleux s'élèvent jusqu'au ciel, d'autres se rejoignent en hauteur pour créer des passerelles sombres, et d'autres encore, ressemblant à des champignons géants et lugubres troués de passages. Elles sont de plus en plus nombreuses, si bien qu'on finit par avoir l'impression de déambuler dans un labyrinthe dont les murs montent jusqu'aux nuages.

Le soleil levant ne fait qu'accentuer l'impression inquiétante qui se dégage du paysage : le scintillement de la lumière est comme absorbé par la roche. Sur les parois des dessins anciens ont été gravés puis encrés d'un rouge profond. Des spirales, des moitiés de soleil, des arabesques étranges, des flèches barrées et d'autres formes que je n'identifie pas. Les livres de géographie ne parlaient pas de cet endroit. Il fait partie des zones grises, ces espaces que les loups n'ont jamais pris la peine de cartographier.

— Des humains habitaient ici, avant ? demandé-je à voix basse en posant ma paume sur un des symboles.

— Je ne sais pas... Ne ralentis pas, Neven.

Je repars, guidée par les ombres qui serpentent au ras du sol, soulevant le sable gris sur leur passage. La beauté mystérieuse de ce désert froid me fascine. On longe les rochers, demeurant dans leur ombre, pour que mes propres ténèbres demeurent invisibles. On se dirige vers l'extrémité du plateau, qui vient s'adosser sur une nouvelle élévation. Je lève les yeux pour appréhender le relief. Des pics acérés et droits se dressent jusqu'au ciel, noirs et monstrueux. Je déglutis. Il ne s'agit plus de grimper, mais carrément d'escalader.

— Neven, murmure Calek. Ne bouge plus. On n'est pas seuls.

Mon cœur me remonte dans la gorge, et la terreur m'étreint à nouveau avec violence. Je me fige sous les ombres, inspecte les alentours. Je ne respire plus. Après de longues minutes d'immobilité, Calek souffle, sourcils froncés :

— C'est parti. Il ne faut pas rester ici.

Je grelotte et la paix glacée qui s'est déployée en moi commence à me dévorer l'âme. On se remet en marche. J'espérais que les ombres se détournent des falaises à pic, mais elles foncent droit dessus. Un poids vient alourdir mon estomac.

— Tes ombres se trompent, lâche Calek avec un calme anormal. C'est un piège.

35.
Calek

Un sale pressentiment m'oppresse, tandis que mon ours se met à gronder. J'étais censé veiller sur Neven, j'ai vraiment déconné. Asher me tuera, si les Corrompus ne le font pas.

Fuyez, gronde mon ours. *Tout de suite !*

Je pose une main sur l'épaule de Neven, décidé à faire demi-tour. Les lambeaux obscurs ne cherchent pas à nous sauver la vie, ils nous ont précipités encore plus loin à l'intérieur du territoire corrompu.

— Libère tes ombres, ordonné-je. Et cours.

Elle se tourne vers moi, et soudain, ses yeux s'écarquillent et son visage se fige. Je pivote, mais je sais déjà ce que je vais voir.

— La nourriture se livre elle-même, ricane un des monstres devant nous.

Ils sont une dizaine, massifs, monstrueux, et souriant avec cruauté. Dans notre dos, la montagne bloque tout espoir de fuite. Neven laisse échapper un soupir étranglé.

Certains des Corrompus ont une apparence humaine, mais d'autres ont adopté leur forme de combat : ils se tiennent prêts à bondir, courbés en avant, leurs mains terminées par des griffes aussi redoutables que les miennes et le regard d'un rouge sanglant. Dans leurs gueules, beaucoup trop de dents pointues.

Neven vient se poster à côté de moi, son épaule collée à mon bras. Elle brandit ses couteaux avec fermeté. Une bouffée de fierté m'envahit quand je croise son regard déterminé. Ma petite sorcière a le cœur d'une guerrière. Je lui souris. Elle a l'air calme. Je devine que les ombres lui ont dérobé sa peur. J'embrasse ses cheveux et je me transforme, laissant l'ours totalement aux commandes. Quand il rugit, les Corrompus sous forme sauvage reculent d'un pas. Mais celui qui a parlé et est resté sous forme humaine se contente de hausser les sourcils.

Je me jette sur lui, mais je n'ai pas le temps de l'atteindre : un cri retentit, une douleur atroce enserre mon cerveau et je m'écroule. Je suis paralysé. Ma petite sorcière s'affaisse contre moi. Mon cœur se brise. Un nouveau cri s'élève et je sombre dans les ténèbres.

***

— Calek ! Putain, réveille-toi !

La voix furieuse de Leith me tire de mon inconscience. Je m'assois, la tête douloureuse. Je veux me relever, mais je suis pris de vertiges. Putain, qu'est-ce qui m'arrive ? Je roule à quatre pattes pour me remettre debout en m'agrippant à des barreaux. Je me tiens dans une cage minuscule, à peine assez grande pour moi. Elle bouge et se balance et lorsque je scrute tout autour de moi...

— Merde...

— Comme tu dis, grommelle Leith, furieux.

Ma cage est suspendue dans le vide et surplombe une cour, une centaine de mètres plus bas. Dans des cages espacées d'une dizaine de mètres et accrochées à la paroi noire de la montagne, au-dessus de la mienne, se tiennent Asher et Leith, et à côté de moi, Neven. Ma petite sorcière a enroulé ses mains autour des barreaux et me sourit tristement. J'ai vraiment merdé... C'est ce que me confirme le regard sévère d'Asher posé sur moi. Je me tourne vers Neven.

— Ça va ? Tu es blessée ?

— Pas vraiment, dit-elle en se frottant le cou.

Mes yeux sont immédiatement attirés par les marques sanglantes sur sa peau. Ils l'ont goûtée. Peut-être est-ce mon cas aussi, mais les plaies ont déjà guéri. Mon ours gronde, furieux. Je saisis les barreaux et je tente de les écarter. Il ne se passe rien. Je force à nouveau, laissant l'ours affleurer à la surface. Je concentre mes efforts sur la porte verrouillée, puis sur tout le pourtour de la cage. Mais j'ai beau tirer et pousser, serrant les dents à m'en exploser les mâchoires, rien ne bouge. Je m'attaque aux barreaux du sol, avec le même résultat.

— Il y a forcément un endroit plus fragile.

— On a cherché, rétorque Asher. C'est renforcé par de la magie.

Nos cages sont adossées à la montagne et la paroi est striée de profondes entailles rougeâtres. Des créatures ont tenté de s'enfuir en griffant la roche. D'autres cages, vides celles-ci, sont scellées dans la pierre en dessous des nôtres. Le sommet est très loin au-dessus de nous et tout en bas, la cour pavée est entourée d'un parapet qui donne sur des falaises. Plusieurs porches arrondis ouvrent sur un bâtiment imposant, une sorte de palais monstrueux, tout en pierre noire luisante, et surmonté d'un dôme transparent de taille imposante. Des tours s'accrochent à la montagne, des ponts étroits permettent de rejoindre une partie qui semble creusée dans la montagne elle-même, sur la paroi opposée à celle où nous sommes suspendus. Une coursive agrémentée de colonnes longe la cour sur deux côtés. Des silhouettes s'y sont arrêté et nous scrutent.

Je ne suis pas très optimiste sur nos chances de survie : même si je parvenais à briser les barreaux, on ne peut ni grimper la falaise lisse ni sauter dans le vide sans mourir.

— Utilise le lien de Premier et puise dans nos forces, à Leith et moi.

Asher secoue la tête, avec un air sombre.

— J'ai essayé. La cage bloque la magie de la meute. On ne peut pas non plus se transformer.

Putain.

— Une idée de ce qu'ils veulent ? reprends-je.

— Ils ne comptent pas nous bouffer, répond Leith en haussant les épaules. Apparemment le sang des métamorphes ne leur convient pas. Ils nous réservent autre chose, peut-être seulement nous laisser crever ici, même si j'en doute. S'ils voulaient juste nous éliminer, ce serait déjà fait.

— Ils vont nous torturer, afin d'obtenir des informations sur nos meutes, ajoute calmement Asher.

Son regard se porte sur Neven, et je blêmis. Tous les trois, on encaissera, mais ce n'est pas à nous qu'ils vont s'en prendre. Et j'ignore jusqu'où nous serons prêts à la regarder souffrir. La sécurité de notre meute contre la vie de la petite sorcière. J'ai soudain la sensation d'avaler des lames de couteau.

Quel con ! J'ai offert sur un plateau la vie de tous ceux que j'aime ! Je me taperais la tête contre les murs, si la cage en était dotée. Neven m'adresse un sourire désolé, elle a compris elle aussi.

— Ça va aller, me souffle-t-elle. Ils ne savent pas que je ne peux pas me transformer, mon corps lâchera bien plus vite que ce qu'ils croient.

— Neven…, gronde Asher, les traits déformés par la colère.

— Ne vous en faites pas. Ça ira.

Un rugissement de frustration m'échappe et je fracasse mon poing contre la roche, faisant ricocher des éclats qui tombent jusque dans la cour pavée, tout en bas. Deux silhouettes s'écartent promptement pour éviter les cailloux qui s'écrasent autour d'eux. La douleur irradie dans mon bras, alors que je frappe, encore et encore.

— Arrête, ordonne Asher. Concentre-toi au lieu de gâcher tes forces. Ils vont forcément devoir ouvrir nos cages. C'est à ce moment que tu pourras perdre les pédales et les massacrer.

— On n'est pas encore morts, l'ours, cingle Leith. T'acharner sur cette falaise est ridicule.

J'expire à fond, fermant les paupières quelques instants pour reprendre mes esprits. Une détermination froide m'envahit.

Oh oui, s'ils font du mal à Neven, je les massacrerai. Ce sera un carnage. Mon ours ajoute sa rage à la mienne, parce qu'il s'est attaché à la petite sorcière bien plus qu'il n'est raisonnable.

36.
Neven

Depuis ma cage, à l'extrémité de la rangée, j'observe mes compagnons. Calek s'est calmé. Il affiche désormais une expression résolue, les yeux braqués sur les Corrompus qui circulent dans la cour. Plus loin, Asher semble toujours aussi impassible, comme si la peur n'avait aucune prise sur lui. Plus loin encore, Leith a l'air de s'ennuyer.

Quant à moi... J'ai peur, je n'ai aucune envie de mourir. Je tâche de faire bonne figure. Les ombres m'y aident. Je tâte ma ceinture, mais les Corrompus ont été méticuleux. Ils ont pris mes couteaux, et tout mon argent, par la même occasion. Sur mon poignet désormais nu, il n'y a plus que la rune qui palpite faiblement.

— J'espère juste que tu m'attends quelque part, murmuré-je à Joran.

Seul le silence me répond. Dans la cage au-dessus de la mienne, Asher me fixe. Il m'a entendue. Ses iris bleus s'assombrissent et se teintent d'une expression douloureuse. Je détourne le regard, trop perturbée.

Alors que le soleil monte toujours plus haut dans le ciel, on nous laisse croupir dans nos cellules accrochées aux pics noirs. Les rayons cognent fort, mais le froid transperce quand même mes os. En dessous de nous, on ne cesse d'aller et venir. Des braseros sont allumés, des fleurs sont étalées en une sorte de chemin qui serpente des ouvertures en forme d'arche jusqu'au pied du pic noir où nous sommes suspendus. Des musiciens s'installent et une curieuse mélodie envoûtante monte jusqu'à nous, résonnant contre les parois de la montagne.

— Les Corrompus sont des êtres délicats qui préfèrent tuer en musique, ironise Leith.

— Ça ressemble plutôt à une cérémonie, déclare Asher. Un rite religieux, peut-être...

Je secoue la tête. Les loups adorent leur Déesse, les sorcières révèrent Hécate, les Völvas étaient un peuple très étrange qui pratiquait des rites compliqués et se vouait aux ténèbres, mais les Corrompus ne croient en rien, d'après ce que j'ai lu.

— Je ne pense pas que ce soit une question de religion, corrigé-je. Plutôt une façon d'accueillir quelqu'un d'important.

Asher acquiesce lentement avant de reporter son attention sur la cour.

— Tu as sans doute raison. C'est sans doute la raison pour laquelle nous ne sommes pas encore morts. Nous allons servir de sacrifice de bienvenue, je pense.

Sa voix s'est faite plus légère, presque... joyeuse ? Je fronce les sourcils, et me tourne vers Calek, dans la cage à ma hauteur. Il affiche le même genre d'expression ravie.

— Vous m'expliquez ce qui vous rend si heureux ? m'étonné-je.

— Pour sacrifier quelqu'un, quelle que soit l'offrande qu'ils prévoient, il faut que le spectacle en vaille la peine, me répond l'ours avec un sourire féroce. C'est tout l'intérêt de la chose.

— Et ?

— Ils vont nous sortir de nos cages et nous faire descendre dans la cour, puisque c'est là qu'ils ont choisi d'installer la fête, complète Leith avec un rictus satisfait. Ça nous offre nettement plus de chance que de nous laisser crever là-haut, ou qu'une séance de torture.

Je ne peux pas dire que je partage leur enthousiasme, mais leur assurance me rassure un peu.

Je m'assois dans ma cage et je me concentre sur ce qui se déroule, en bas. Les Corrompus sont joyeux. Ils sont beaucoup plus nombreux que ce que je pensais, occupant par dizaines les passerelles et les arches de pierre, se pressant sur les cours intermédiaires qui surplombent la place principale.

— Je croyais qu'ils avaient presque tous été exterminés ?

— Moi aussi, gronde Calek. Si nous en réchappons, il va falloir mettre à jour nos informations...

La musique se fait plus forte, des chants se mêlent à la mélodie, des danseurs s'élancent sur les pavés. Le soleil disparaît lentement derrière les pics noirs. Le ciel se teinte d'un rouge sanglant.

— Regardez, à droite, lance Leith.

Un petit groupe vêtu de blanc s'avance sur une des passerelles qui relient les pics entre eux. Ils descendent le long de la rotonde, lentement, disparaissent à l'intérieur du bâtiment surmonté par le dôme avant de réapparaître sur un large balcon de pierre qui surplombe la cour. Je retiens mon souffle.

La musique cesse. Les nouveaux venus en blanc se mettent à parler. Du moins, c'est l'impression que ça donne, depuis là-haut. La foule s'est rassemblée devant eux.

— Vous entendez ce qu'ils disent ?

— Non, râle Calek.

L'assemblée pivote pour faire face à la falaise, leurs visages pâles accrochant les derniers rayons du soleil tournés vers nous. Mon cœur cogne comme un fou dans ma poitrine. Ils entament une nouvelle mélopée, soutenue par les instruments de musique, une mélodie lancinante qui me vrille les nerfs. La tension est si forte que j'enfonce mes ongles dans mes paumes.

Des petites pierres chutent depuis le haut de notre falaise, des éclats fins ricochent sur nos cages. Leith lâche un juron étouffé.

— Putain... Qu'est-ce que c'est que ce truc ?

Ma louve hurle à la mort, se démenant pour sortir et affronter le danger. Mais elle a beau me griffer et gratter pour s'extirper de sa prison, elle est tout autant prisonnière que moi.

Je me penche, me dévissant le cou pour observer le sommet. Et soudain, je le vois. Un immense serpent noir aux écailles luisantes et au regard doré. Son corps massif est deux fois plus haut que moi, et sa longueur… Le monstre descend en longeant la falaise, et je ne distingue toujours pas l'extrémité de sa queue ! Sa gueule béante s'ouvre sur des crocs recourbés qui suintent de venin, ses pupilles fendues trahissent une vive intelligence et une faim avide. Il se déplace avec une grâce mortelle, son échine se courbe et ondule, épousant le relief.

Je ne respire plus. La terreur me submerge, et sous le regard glacial de la créature, je suis paralysée. Mes poumons me font mal et il me faut un véritable effort pour y faire entrer l'air. Les Corrompus continuent de chanter. On va mourir ici, dévorés par cette créature monstrueuse.

Le serpent arrive à notre hauteur, le souffle brûlant de sa gueule me donne des hauts le cœur. Il semble hésiter pour savoir auquel d'entre nous il s'attaquera en premier. Puis ses pupilles jaunes se fixent sur moi tandis qu'il se coule paresseusement vers ma cage. Un gémissement m'échappe.

— Non ! hurle Asher en frappant contre les barreaux. Regarde par ici, connard !

— Prends-moi, rugit Calek en même temps.

Leith braille aussi, mais je ne distingue pas ses mots, noyés par le grondement de la peur contre mes tympans. Une langue bifide sort de la gueule de la bête, s'insinue entre les barreaux pour goûter ma peau. Je crie quand elle s'enroule autour de mon cou. Ma louve hurle et de ma gorge, c'est un cri sauvage qui émerge, rocailleux et puissant. Le reptile géant me scrute, ses yeux se couvrent d'une sorte de taie blanche qui le rend encore plus effrayant. Puis ils reprennent leur couleur normale, d'un jaune flamboyant.

Je me tasse à l'opposé de ma prison. Un claquement métallique résonne alors, et la grille qui ferme ma cellule s'ouvre, béant dans le vide.

Sans même savoir ce que je fais, j'appelle les ténèbres et je les façonne en une gueule aussi monstrueuse que celle du monstre.

Les ombres vibrent et se jettent sur le serpent. Elles referment leurs crocs de fumée sur lui.

Mes ténèbres s'enroulent autour de la tête de la bête, qui se fige. L'espace d'un instant, je crois que j'ai réussi, qu'elles ont pénétré en lui pour le déchiqueter. Mais elles se dissipent et à travers les lambeaux de nuit, c'est une pupille fendue qui m'observe.

Je repousse le frisson qui me traverse, rassemble mon courage et forme une nuée de dagues acérées que je balance de toutes mes forces dans l'œil de la créature, priant pour que les lames s'enfoncent jusqu'à son cerveau et le lacèrent de l'intérieur.

Elles s'évanouissent avant même de le toucher.

Le monstre approche sa gueule de l'ouverture de la cage. Des cris de rage pure s'élèvent des prisons autour de la mienne, mes compagnons frappent contre les barreaux avec une fureur décuplée. Il ne fixe que moi. Sa langue vient à nouveau s'aventurer contre ma joue.

Je voudrais hurler, mais plus aucun son ne franchit mes lèvres. Ma louve se calme d'un coup. Je la sens se lover contre mon cœur, étrangement sereine.

Qu'est-ce qui te prend ?

Une sensation de paix me répond. Est-ce que ce sont les ombres qui me donnent leur baiser glacé pour rendre ma mort moins douloureuse ? Je sursaute quand la langue glisse à nouveau contre mon visage. C'est presque une caresse. Je réalise soudain qu'il n'essaie pas de me tuer, il attend.

Je rassemble à nouveau mes ombres, mais cette fois, je les laisse tournoyer lentement autour de moi, en une danse hypnotique. Je fais un pas vers l'ouverture de la cage.

— Qu'est-ce que tu veux de moi ? chuchoté-je.

Il ne me répond pas, se contentant de reculer d'un mètre pour libérer l'ouverture.

— Recule ! rugit Calek. Qu'est-ce que tu fous ?!

— Je crois qu'il n'y a que moi qui l'intéresse, dis-je d'une voix qui tremble un peu, avant de fixer l'énorme reptile couleur de nuit dans les yeux : si je me livre à toi, épargneras-tu mes compagnons ?

Ses pupilles s'élargissent. Je suis sûre qu'il me comprend.

— S'il te plaît, accepte, le supplié-je. Tu veux que je saute, c'est ça ?

Les serpents préfèrent jouer avec la nourriture. M'attraper au vol sera sans doute plus amusant pour lui, puis il me fera sauter en l'air, comme un chat qui joue avec une souris avant de la dépecer. Du moins, c'est ainsi que je vois les choses. Mon cœur se contracte et la peur forme un nœud dans ma gorge. Je m'oblige à la repousser tout au fond de moi. Je tiens trop à mes trois alphas pour effectuer un autre choix. J'agrippe les barreaux de chaque côté de l'ouverture.

— Si je plonge, tu jures de ne pas les tuer ? Aucun des trois ?

— Neven, je te l'interdis ! gronde Asher, furieux.

Le serpent penche la tête sur le côté. Puis il incline gravement la tête, scellant ma destinée. J'adresse un sourire à Asher, juste au-dessus de moi.

Puis je plonge dans le vide.

37.
Neven

Je tombe. Le ciel s'étend au-dessus de moi, piqué de millions d'étoiles scintillantes. C'est magnifique et étrangement apaisant. Le vent siffle à mes oreilles tandis qu'un chuintement doux et soyeux vibre juste sous moi.

« *Je suis là*, me murmure Joran. *Ne t'inquiète pas.* »

Je souris, essayant de me tortiller pour l'apercevoir. Je parviens, je ne sais comment, à me retourner. Mon sourire s'efface. Il n'y a nulle trace de lui. En revanche, le sol se rapproche à toute vitesse, tandis que l'échine de l'immense serpent aux écailles noires se coule sous mes yeux. Mon cœur cesse de battre. Je vais mourir. Putain de merde, je vais réellement mourir ! Un hurlement m'échappe avant de se coincer dans ma gorge.

Allez, Neven, respire une dernière fois. Ce sera rapide, au moins.

Je ferme les yeux, attendant l'impact qui fera exploser mon crâne et tous mes os.

Le choc brutal chasse tout l'air de mes poumons et une douleur violente remonte le long de mon dos.

Mais si j'ai mal... Le soulagement me fait tourner la tête. Je suis vivante. C'est impossible, pourtant. Je me redresse, étourdie. Sous mes mains, les écailles souples et tièdes du serpent ondulent comme un immense félin qui cherche des caresses. Je m'attendais à un contact peut-être poisseux et écœurant, mais la peau de la bête est lisse et ferme. Je m'appuie contre son dos pour me mettre debout, mes pieds glissent et j'ai du mal à trouver mon équilibre. Autour de moi, un mur d'écailles noires forme un puits vertigineux jusqu'aux étoiles. Le serpent a formé un nid de son corps pour m'empêcher de m'écraser contre les pavés de la cour.

C'est... attentionné ?

Ou peut-être pas, vu qu'on me tracte violemment en avant. Des Corrompus agrippent mes poignets et me tirent. Je me débats, mais ils sont trop forts. Je pivote la tête vers l'arrière, alors qu'ils me portent à moitié, mes pieds trainant contre le sol. Le serpent me fixe avec une attention effrayante, ses pupilles jaunes rétrécies à un fil. Un long frisson me traverse. Entre le reptile et les Corrompus, j'ignore qui je redoute le plus.

Les gardes qui me maintiennent sont deux mâles vêtus de noir, aux traits sévères et à la stature élancée. Leurs mains pourvues de griffes s'enfoncent dans mes bras.

— Vous me faites mal ! glapis-je.

Celui qui me tient à droite tourne brusquement la tête vers moi. Ses yeux sont des puits sans fond de noirceur, ses lèvres se retroussent sur des crocs acérés.

— Upyrian t'a choisie, louve. C'est un honneur.

La peur glace le sang dans mes veines. Je sens l'attention du reptile géant me brûler la nuque, mais je n'ose pas me retourner, cette fois. Un cri aigu vrille soudain mes tympans, me donnant l'impression que ma tête explose. Je sombre dans l'inconscience.

Quand je me réveille, une douleur sourde pulse sous mon crâne. Je gémis doucement et essaie de me redresser. Des liens froids retiennent mes bras et mes chevilles plaqués contre une surface dure. Au-dessus de ma tête, contre le ciel encadré par les falaises noires, je distingue les cages et leurs occupants.

Oh non non non !

Je suis allongée sur l'autel au milieu de la cour. L'aube est sur le point de paraître et baigne la forteresse corrompue d'une lueur grisâtre. Je suis restée inconsciente toute la nuit. La voix des Corrompus est une putain d'arme... Mon cœur se met à cogner comme un fou et une bile acide remonte le long de mon œsophage.

Je tire à nouveau sur mes membres, de toutes mes forces, mais rien ne bouge et je ne fais que m'arracher un peu plus la peau.

On a enduit mes bras d'une huile au parfum lourd qui m'évoque les fleurs coupées qui pourrissent. Un chant grave et lent me parvient, plus sauvage et primal que celui d'hier. Je perçois du coin de l'œil du mouvement tout autour de moi. Les Corrompus se rapprochent, certains déposent sur mon ventre des objets que je ne distingue pas.

C'est moi la putain d'offrande. Encore. Et je veux bien me montrer courageuse, mais là, c'est trop. La panique me submerge, je hurle, me cambre et me tords, secoue ma tête dans tous les sens. Mon dos s'arque tandis que j'enfonce mes talons dans la pierre froide de l'autel. En vain. Mon cœur bat comme celui d'un lapin affolé. Une main passe au-dessus de ma tête, pose une fleur rouge sur mon cou. Les doigts froids du Corrompu sur ma gorge me terrifient, j'ai l'impression que ce sont des pattes chitineuses d'araignée. Une peur acide me grignote les entrailles.

J'arrime mon attention sur mes compagnons, loin en haut de la falaise, essayant de trouver du courage dans leur présence. Ça ne marche pas du tout. Mes ombres m'enveloppent paresseusement, telles des couvertures légères. Je leur insuffle ma terreur et ma volonté de fuir. Je leur ordonne de façonner des armes, de massacrer tous ceux qui m'entourent ! Elles s'en foutent.

La mélopée devient plus forte. Un Corrompu s'avance et commence à réciter une incantation. Sa voix se calque sur le rythme de la musique lugubre. Je ne comprends pas un mot, mais je n'en ai pas besoin pour deviner le sens général : je vais mourir. Autour de moi, la foule tourne en un lent mouvement hypnotisant. Mon hurlement s'est tari, même mes gémissements se sont éteints. Les yeux écarquillés par la terreur, le souffle court, je redoute ce qui va suivre.

Le soleil se lève derrière les pics noirs et effleure la cour de ses rayons.

Puis une ombre me recouvre. La tête du reptile se balance tout en haut, me dissimulant le ciel. Quand un Corrompu s'avance, un couteau brandi devant lui, j'arrête de respirer et ferme les yeux.

Toutefois, la morsure froide de la lame sur mon cou est trop fine, à peine un picotement. Je soulève brusquement les paupières, haletante. Un mince filet chaud coule sur ma peau. La tête du serpent se balance vers moi, sa langue frissonnant entre ses crocs. Il se penche avec une forme de délicatesse qui me surprend. Mais cette attente me vrille les nerfs. Ma respiration est courte et je suis si tendue que je vais me briser.

Sa langue se colle à ma plaie. Je me mords les lèvres pour retenir mon cri. Le reptile géant prend son temps pour me goûter. La langue s'attarde, appuyant sur la plaie pour en faire goutter mon sang. Mon cœur va sortir de ma poitrine. Je fixe mon attention sur la falaise noire, accrochant mon regard à Calek, Asher et Leith. Je suis morte de peur. Les relents de l'huile de fleurs pourries dont mon corps est enduit me donnent la nausée.

Le serpent se redresse lentement, sa tête me surplombant à nouveau.

« *Dévoreuse...* »

Le mot résonne dans ma tête, alors que le monstre se déplace autour de l'autel, son long corps frottant contre les pavés du sol en un chuintement doux. La musique s'éteint, les grondements de tambour laissant la place à un silence étrange.

Des mains s'activent sur mes chevilles et mes poignets. On me libère. Je me redresse en position assise, plaquant une main contre mon cou pour cacher ma plaie. C'est sans doute ridicule, tous sont des prédateurs, ils peuvent sentir mon sang.

Une foule de Corrompus se tient tout autour de l'autel, sur les cours supérieures et les passerelles. Ils forment une masse anormalement immobile. Même leurs vêtements, des chemises sur des pantalons ou des robes amples de couleur sombre, semblent figés malgré le vent. Et tous me fixent. J'ai l'impression que tout le monde entend les battements frénétiques de mon cœur. Qu'attendent-ils ? Est-ce le moment où je dois courir partout pour amuser le serpent, avant qu'il ne me dévore ?

Je me laisse glisser sur le sol, scrutant tout autour de moi. Impossible de fuir. Ils sont des centaines, sans compter le monstre géant qui m'observe de ses pupilles fendues. J'effectue un pas, puis un autre, en direction du parapet. La foule s'écarte. Si j'arrivais jusqu'au bord de la cour, je me jetterais dans le vide. Ce serait sans doute une fin moins douloureuse que d'être le jouet du monstre. Je me visualise déjà lancée en l'air et rattrapée, les crocs s'enfonçant en moi et me transperçant de part en part, avant d'être à nouveau renvoyée vers le ciel telle une poupée de chiffon désarticulée.

Je pince les lèvres. Mon envie de vivre est puissante. Comment pourrais-je renoncer à la vie sans me battre jusqu'au bout ? Ce besoin est ancré en moi depuis trop longtemps pour être brisé. Ma louve gronde son accord.

La voix de Joran s'élève dans ma tête, me mettant en garde :

« *Quoi que tu fasses, ne le provoque pas !* »

Rassemblant mon courage, je me tourne vers le serpent et lance en me dévissant le cou en arrière pour l'observer :

— Qu'attendez-vous de moi ?

Je jurerais qu'un sourire moqueur étire sa gueule.

— Suis-je la souris que vous allez poursuivre ? Allez-vous me dévorer ?

Joran soupire lourdement. Je le vois presque se passer une main dépitée sur le visage. Le serpent m'étudie avec attention.

« *Dévorer la Dévoreuse ?* se moque une voix si grave qu'elle fait vibrer mes os. *Ce serait assez drôle, si c'était possible.* »

La voix a retenti dans ma tête, chassant Joran. Un long frisson glacé me traverse. Je ne connais pas d'exclamation assez puissante pour exprimer ma stupeur. Je ravale ma peur et me force à demander :

— Vous entendez mes pensées ?

Il dodeline de la tête, ce qui doit être l'équivalent-monstre de lever les yeux au ciel.

— Vous ne comptez pas me tuer ?

« *À l'évidence, non...* »

Je ne comprends rien, mais je ne vais certainement pas lui demander d'explication, de crainte qu'il ne change d'avis. Les Corrompus nous scrutent avec perplexité. Entendent-ils les paroles du reptile ?

Des pas légers résonnent sur le sol de la cour. Deux Corrompus s'approchent. Ils ressemblent à des humains à la beauté spectaculaire : leurs traits sont parfaits, leurs cheveux longs parsemés de tresses fines brillent, leurs yeux luisent d'une douce lumière, et leurs vêtements sont taillés dans une somptueuse étoffe blanche brodée de fils argentés. Ils avancent souplement, comme s'ils glissaient sur la pierre.

— Notre offrande ne te convient pas, Upyrian ?

Même leur voix chante délicatement à mes oreilles. Ma louve gronde.

« *Goûtez-la* », ordonne le serpent.

Quoi ? Non ! Je recule d'un pas, mon dos heurtant ses écailles dures.

— Vous avez dit...

Les deux Corrompus sont déjà sur moi.

38.
Neven

Ils se déplacent plus vite que mes sens ne réussissent à les percevoir. Ils saisissent ma tête, me font ployer le cou. Je n'ai même pas le loisir de crier, leurs crocs s'enfoncent déjà dans ma chair. La brûlure est atroce, leur venin acide se rue dans mes veines, me paralysant. Les deux êtres se redressent, échangeant un regard étonné.

— Sous la puanteur du loup, tu as senti…, commence le mâle.

— … la fumée froide, riche et satinée, complète la femelle.

Les anneaux du reptile se resserrent autour de moi. Je ne peux que déglutir tandis que les deux monstres me goûtent à nouveau. Dans ma tête, le serpent se moque :

« *Monstres ? Tu es bien plus dangereuse qu'eux.* »

Si je n'étais pas aussi terrifiée, je ricanerais. Upyrian a le sens de l'humour. Ma langue est collée à mon palais, mon corps est plus raide que les immenses falaises de pierre noire qui nous entourent. Les Corrompus me scrutent, choqués.

— Comment est-ce possible ? reprend la femelle.

« *Appelle les ombres* » ordonne la bête.

Cette fois, les lambeaux de nuit m'obéissent. Ils s'assemblent en une cape de nuit mouvante qui m'enveloppe, tourbillonnent autour de moi pour me dessiner une silhouette plus haute, plus forte, menaçante.

La foule bruisse et perd enfin son immobilité macabre. Certains ont un mouvement de recul. La femelle corrompue avance la main, mes ombres s'enroulent autour de son poignet. Sa respiration se coupe. Elle se tourne vers son compagnon, échangeant un message en silence.

— Elles ne sont pas toutes mortes, souffle-t-il. C'est... inattendu.

Autour de moi, les anneaux glissent dans un souffle soyeux. Déséquilibrée par son mouvement et encore figée par le venin des Corrompus, je trébuche. Ma paume se pose sur les écailles d'obsidienne. Le reptile frémit et me redresse en sifflant, coupant notre contact.

— Ne me tuez pas !

« *Ceux qui appartiennent aux ombres ne se combattent pas* », répond le serpent.

Il se courbe jusqu'à ce que sa tête soit à mon niveau, son menton rasant le sol. Je tiendrais tout entière dans sa gueule, debout, s'il changeait d'avis. Dans la surface dorée de son œil, juste à côté de sa pupille, se reflète ma silhouette. Elle possède des contours flottants et vaporeux. Je déglutis, mal à l'aise. Dans le miroir de son regard, je suis constituée entièrement d'ombres.

— Qu'est-ce que ça signifie ? demandé-je d'une voix tremblante.

« *Seuls les Völvas ont toutes les réponses à tes questions. Il en reste si peu, hélas...* »

Le serpent se redresse déjà. Il me surplombe, son corps enroulé sur lui-même forme un arc de cercle, juste derrière moi. Je lève les yeux pour apercevoir mes trois compagnons accrochés à la falaise, désormais en plein soleil. Mon cœur se contracte. Quel sort leur est réservé ?

Les Corrompus se consultent du regard, puis la femelle rejette ses cheveux d'un blond pâle derrière ses épaules et elle entaille son pouce de son croc. Une goutte de sang perle, qu'elle étale délicatement sur mon cou.

— Tes plaies se refermeront plus vite et l'effet du venin va se dissiper d'ici quelques minutes, m'explique-t-elle.

Une brûlure se déploie, sinuant dans tout mon corps. Ma bouche se réveille en premier, dans des picotements désagréables. Puis mon tronc se réchauffe. Soulagée, je fais jouer mes doigts, mes pieds, tandis que l'effet se diffuse lentement. Je force les mots à franchir mes lèvres.

— Ne leur faites pas de mal, dis-je d'une voix éraillée en désignant la montagne du menton.

— Les loups mourront, me répond tranquillement le Corrompu.

— Je vous en prie ! Puisque vous avez épargné ma vie, libérez-les à leur tour. Nous quitterons votre forteresse immédiatement.

La Corrompue secoue la tête, son visage aux traits altiers totalement fermé.

— Ils ont pénétré notre territoire. Si Upyrian ne veut pas d'eux, nous les laisserons pourrir là-haut. Bien d'autres créatures seront ravies de cette offrande. Nous ne sommes pas alliés avec les loups.

Je la dévisage, étonnée.

— Mais vous l'êtes avec moi ? En quelque sorte ?

Elle hoche sèchement la tête.

— Tu es une louve, mais tu es aussi une Völva. C'est cette part de toi que nous respectons.

Des centaines de questions se bousculent dans ma tête. Ma mère n'était donc pas une sorcière ? Les ombres viendraient de cette hérédité ? On connait mal les Völvas, qui ont été massacrés pendant la guerre, mais les histoires qui se racontent à leur sujet ne mentionnent pas cette capacité, ni aucun des livres que j'ai lus. Mon père savait-il ce qu'était ma mère ? Et...

Je repousse fermement toutes mes interrogations. Ce n'est pas le moment. La vie d'Asher, Calek et Leith repose entre mes mains. Calek et son assurance tranquille, tout en séduction mais d'une puissance mortelle. Asher, sûr de lui, observateur et droit, et dont l'autorité naturelle imprègne chaque acte. Et Leith, plus sombre et sauvage que les deux autres, exaspérant et qui pourtant me touche bizarrement. Tous les trois me sont précieux, et je ne supporterais pas de les perdre.

Je me jette à genoux sur le sol, et incline la tête face aux Corrompus.

— Je vous en supplie. Nous ne sommes pas une menace. Je ferai tout ce que vous demanderez, mais ayez pitié !

Upyrian semble enfin se réveiller, sa voix résonne dans nos têtes :

« *Ils appartiennent à la Dévoreuse.* »

Le mâle arbore un rictus dubitatif.

— Nous les avons goûtés, ils ne portent pas le sceau.

« *Pas encore.* »

Je ne saisis pas grand-chose de l'échange qui se déroule au-dessus de ma tête, si ce n'est que le sort des trois alphas est encore incertain. J'avale ma salive avec difficulté, fixant les pavés noirs de la cour qui reflètent les rayons du soleil. *Pitié, pitié, pitié,* martèle mon cœur à chaque battement.

Les deux Corrompus finissent par s'incliner brièvement.

— Leur vie sera épargnée, accepte sèchement le mâle.

Sa grimace désabusée dit assez à quel point il le regrette. Mon soulagement est tel que je me mets à trembler. Si je n'étais pas agenouillée sur les pavés, je m'affaisserais sur le sol. Je lève la tête vers les alphas. Je voudrais les rassurer, mais je doute que hurler au milieu de la cour silencieuse soit apprécié par les Corrompus.

La femme fait un signe à quelqu'un, sur la rotonde de pierre derrière elle. Un homme vêtu de noir s'approche de moi.

— Suivez-moi.

Je me remets debout en tremblant. La Corrompue lève les yeux au ciel et agite la main. Un autre s'approche de moi et tous deux me soutiennent par les bras.

— Où m'emmenez-vous ?

— Te préparer pour le festin, répond la femelle d'un ton aigre.

Je me raidis.

— Me préparer, dans le sens d'assaisonner ?

Upyrian a un éclat de rire sarcastique.

— Non, tu n'es pas le repas, finalement, grince le Corrompu derrière moi. Il semble que la fête que nous avions prévue pour ce soir compte une nouvelle invitée... et plus du tout de divertissement.

Les gardes qui m'encadrent ont un claquement de langue agacé. Divertissement ? Je déglutis quand je réalise ce que ça signifie. La cérémonie, l'huile à l'odeur tenace sur mes bras et mes jambes, mon sang qu'Upyrian a goûté. Les loups aussi organisent des parties de chasses dont les proies ne sont pas des animaux...

— Nous devions vous servir de gibier...

— Vous étiez consacrés à Upyrian, rectifie le Corrompu. Et il a eu la grande générosité de renoncer à vous.

Il prend la tête de notre groupe. On m'emmène à travers la cour, puis à l'intérieur de la montagne. Je m'attendais à un endroit sombre et lugubre, je suis stupéfaite de ce que je vois : des milliers d'ouvertures invisibles depuis l'extérieur laissent passer la lumière, qui dessine des broderies délicates sur le sol noir. Des colonnes sculptées de torsades argentées s'élèvent dans toute la salle au haut plafond qu'on me fait traverser.

On s'engouffre dans un passage, puis un couloir étroit, des escaliers qui montent toujours plus haut, on traverse un pont qui surplombe le vide. La vue est spectaculaire : les sommets des montagnes se dressent, à perte de vue, semblant crever le ciel. En dessous de nous, une cascade dévale la roche, rebondit, avant de disparaitre avalée par une faille. Je n'ai pas le temps d'en voir plus, on pénètre dans un autre bâtiment, et on me guide jusqu'à une chambre, une petite pièce qui comprend seulement un lit et une large fenêtre ouverte sur la cour.

— De l'eau et de nouveaux vêtements vont t'être apportés, déclare le Corrompu d'une voix sèche.

— Je vous remercie. Mais... quand mes compagnons seront-ils libérés ? interrogé-je, inquiète.

— Plus tard. Les loups ne peuvent participer au festin.

Je hoche la tête, sans oser insister davantage. Ils ne m'accueillent que parce qu'Upyrian l'a ordonné.

39.
Neven

Un homme arrive avec un verre rempli d'un liquide rose pâle à la main. Il semble fragile. Il est en bonne santé, mais face à la beauté stupéfiante des autres, il est... terne. Ses traits ne sont pas parfaitement équilibrés, et quelque chose en lui me heurte. Il s'incline brièvement devant le Corrompu vêtu de blanc, quêtant son approbation. Quand ce dernier la lui accorde d'un mouvement léger du menton, il me tend la boisson, avec un sourire gentil. Je reste stupéfaite. Pas de crocs dans sa bouche.

— Vous êtes humain.

Je n'en avais jamais vu, mais j'en suis certaine. Il ne dégage pas cette impression de puissance que portent toutes les créatures surnaturelles. Mais un humain, avec des Corrompus ? C'est contre toute logique.

« *Ne sois pas ridicule, et apprends.* »

— Comptez-vous écouter toutes mes pensées, seigneur Upyrian ? protesté-je à mi-voix.

Je pince les lèvres. Mon nouvel ami est bien envahissant. Le grondement dans ma tête ressemble à un rire moqueur.

« *Ton ami ? Je viens de te dire de ne pas être ridicule, Dévoreuse.* »

— Alors expliquez-moi, vénérable Upyrian, persiflé-je.

« *Je suis une divinité, pas un manuel de survie à destination des jeunes louves ignorantes.* »

Levant les yeux au ciel, je prends le verre que l'humain n'a cessé de tendre dans ma direction.
— Qu'est-ce que c'est ?
La couleur rose ne m'inspire pas confiance. Quelque part dans la cour ou ailleurs, le serpent renifle avec mépris.
— Du lait de chèvre mélangé avec des baies de trills écrasées, répond l'homme. C'est riche en vitamines, quand on vient d'être prélevé.
Prélevé. Donc les Corrompus essaient de maintenir leur nourriture en vie. L'humain ne paraît pas effrayé devant la créature en blanc. Respectueux, mais pas terrorisé.
— Vous traitez correctement vos humains, réalisé-je en me tournant vers le Corrompu.
— Évidemment, répond-il avec froideur. Il s'agit d'un partenariat : nous leur offrons la sécurité contre les brutes de votre espèce, et en échange ils nous cèdent leur sang, une fois par cycle lunaire, pour leur laisser le temps de récupérer. C'est vous, les monstres, tuant pour le plaisir de la violence et de la domination sauvage. Nous sommes civilisés. Vous êtes des animaux.
Ses yeux brillent d'une lueur courroucée. Je déglutis et avale une gorgée du liquide épais. Pas mauvais, pour être honnête. L'humain est reparti, mais le Corrompu reste face à moi, bras croisés et sourcils froncés. Je termine la boisson et repose le verre par terre, avant de gagner la fenêtre. Elle donne sur le vide, à pic, vertigineux, et les nuages dans le ciel qui s'assombrit. La falaise où sont retenus mes compagnons n'est pas visible. J'espère que les Corrompus tiendront parole et qu'il ne leur sera fait aucun mal.
Quand on frappe à la porte et que deux humains déposent dans la pièce un bac d'eau fumante et des serviettes, je le dévisage avec une attention soutenue. Comme le précédent, ils semblent en bonne santé, bien que la femme ait les traits tirés. Combien sont-ils, ici ? J'ai tant de questions à leur poser, mais le regard froid du Corrompu me fait renoncer. Ma curiosité attendra. Les humains quittent la pièce, déposant une pile de vêtements sur le lit avant de sortir.

Voyant que le Corrompu ne fait pas mine de relâcher sa surveillance, je hausse les épaules. Ma foi, qu'il se rince l'œil si ça lui fait plaisir, je ne résisterai pas au plaisir de me laver avec de l'eau chaude. Mais dès que j'ôte ma tunique sale et tâchée de sang, il se retourne. J'en suis presque étonnée. Je me hâte de me nettoyer, frottant ma peau avec vigueur. J'ignore si c'est la boisson ou le sang que la Corrompue a appliqué sur ma plaie, mais je me sens en forme. Je termine de me laver et me sèche avec la serviette rêche qui m'a été apportée. Puis j'enfile les habits, une tunique sans manche un peu trop large munie d'une ceinture et un pantalon en cuir parfaitement ajusté. J'aurais aimé retrouver mes couteaux, mais j'imagine qu'ils ne prendront pas le risque de me les rendre. Je lace rapidement mes bottes, avant de lancer :

— Vous avez dit que j'étais à moitié Völva. Et Upyrian...

— Que les choses soient claires, louve, me coupe-t-il, les Nychtans et les Völvas étaient alliés, mais toi, tu n'as pas gagné notre confiance. Nous ignorons à qui va ta loyauté. Nous t'accueillons à notre table, car Upyrian l'a exigé, mais à part de la nourriture, ce soir, tu n'obtiendras rien de nous. Cette fête n'est pas pour toi, et tu n'es pas autorisée à échanger avec qui que ce soit. Est-ce clair ?

— Très.

Je m'accommoderai parfaitement de leurs règles : quand on a la chance insolente d'échapper à la mort, on ne vient pas chatouiller ses moustaches. Je retiens toutefois le nom qu'il me donne, Nychtans, et non Corrompus, et le plus respectueusement possible, je demande :

— Puis-je au moins connaître votre nom ? Moi, je suis Neven.

Il affiche une expression exaspérée.

— Difficile de l'ignorer, vu que tes compagnons ne cessent de hurler ton prénom depuis des heures. Je suis Silas Vaelora, et ma sœur s'appelle Natalia. Nous sommes les maîtres de cette forteresse.

Je le remercie d'une inclinaison de la tête.

— Nous viendrons te chercher plus tard, déclare-t-il avant de refermer la porte derrière lui.

Je me précipite dessus dès qu'il disparait, mais elle est verrouillée. J'inspecte la chambre, essayant de trouver une arme, n'importe quoi, qui me permette de me sentir davantage en sécurité, mais rien n'a été laissé au hasard. Il n'y a pas le moindre meuble ni rien d'utilisable. Même la fenêtre est beaucoup trop haute pour me permettre d'escalader. De toute façon, je doute de pouvoir m'enfuir : il y a trop de Corrompus et d'humains dans la forteresse. Je me penche par l'ouverture, tentant de distinguer Asher, Calek et Leith, mais la tour où je suis retenue doit se situer à l'opposé de la falaise.

Je ne peux rien faire. Je retourne m'asseoir sur le lit, et je finis par sombrer dans un sommeil lourd.

La nuit tombe à nouveau quand je me réveille, parce qu'on frappe sèchement à la porte. Je me redresse, tous les sens en alerte. Silas Vaelora se tient sur le seuil de la porte.

— Suis-moi, ordonne-t-il.

Il me fait signe de me lever. Je m'exécute, pas franchement détendue. Dans quelle mesure puis-je leur faire confiance ?

As-tu un autre choix ?

Je grimace, plissant le nez. Par réflexe, je tâte ma hanche où devraient se trouver mes couteaux. Ma main ne palpe que le vide. J'inspire lentement pour calmer les battements de mon cœur.

Les gardes qui m'ont accompagnée ce matin m'attendent derrière la porte, et c'est encadrée par leur présence intimidante que j'accède à la salle où le repas doit être servi. Je reste bouche bée devant la somptuosité des lieux. Un dôme transparent surmonte la pièce immense, aussi vaste que notre arène. Le sol et les murs sont en pierre noire brillante, incrustée d'éclats d'argent scintillant à la lumière des centaines de globes qui flottent en hauteur.

Sur une estrade qui occupe tout le fond de la salle, un arbre de cristal étend ses branches glacées et renvoie les éclats de lumière en minuscules arcs-en-ciel. En dessous deux fauteuils sont installés, vides pour le moment. Les trônes de Silas et Natalia, j'imagine. Des tables sont installées en forme de U et couvertes de nappes rouges. J'appréhendais de me trouver face à des humains démembrés en guise de nourriture, mais là encore, je me trompe. Si les carafes semblent bien remplies d'un liquide carmin qui laisse peu de place au doute, en revanche les plats présentent du fromage et des fruits, des galettes au miel et des pains ronds, et toute sorte de mets cuisinés. J'en comprends la raison quand je réalise que de nombreux humains prennent place au milieu des Nychtans.

On me fait asseoir tout au bout d'une table, encadrée par mes deux gardes et on pousse une grappe de raisin devant moi. Je suis trop inquiète pour avoir faim, mais je grappille quelques grains, histoire de ne provoquer la colère de personne. Au début, les regards ne cessent de revenir se poser sur moi, et je sens que je suis le centre des conversations.

— Pourquoi le seigneur Upyrian vous a-t-il rejetée ? s'enquiert un Corrompu qui vient s'asseoir sur une chaise vide, en face de moi.

J'ouvre la bouche, mais je suis devancée par mes gardes qui émettent un grondement menaçant. Le Nychtan se relève à toute vitesse et s'éloigne, renversant le liquide rouge de son verre dans la précipitation.

— Pas de discussion, crache le garde à ma droite en enfonçant ses ongles dans ma nuque.

— Hé, je n'y suis pour rien, protesté-je.

Ses yeux luisent d'une lueur rougeoyante absolument terrifiante. Je déglutis, agrippant le rebord de la table pour éviter de trembler. Message bien reçu. Après cette première tentative, plus personne ne tente de venir m'adresser la parole. Puis comme il ne se passe rien, que je me tiens droite et silencieuse, conformément à ce qui a été ordonné, la curiosité des uns et des autres faiblit et finalement, je deviens presque transparente.

Je passe le reste de la soirée à observer ces créatures que je croyais être des monstres et qui se comportent exactement comme les loups : ils mangent, discutent, sourient parfois, quoique beaucoup plus discrètement que les métamorphes. Certains disparaissent parfois dans des alcôves avec un humain. Je m'inquiète, avant de réaliser que ces derniers ressortent sur leurs deux jambes de ces moments isolés avec un Corrompu. Plus pâles, mais vivants.

Il me faut un grand moment pour repérer ce qui fait la grande différence entre nos peuples : le peuple des Nychtans ne compte pas d'enfants.

40.
Asher

Neven a disparu dans le ventre de la montagne. Que lui ont-ils fait ? Est-elle toujours en vie ? Cette pensée me fait grimacer et une douleur vive s'enfonce dans mon torse. Je leur ferai payer, je le jure devant la Déesse. Quand elle a sauté de sa cage, mon cœur s'est figé. J'ai cru que le monstre allait la happer et la déchiqueter, mais il s'est contenté de glisser sous elle et d'amortir sa chute.

Puis ils l'ont attachée sur l'autel pour leur cérémonie barbare. L'ours est devenu fou. Calek forçait sur les barreaux en rugissant, les yeux envahis par la couleur dorée de l'animal, sans pouvoir se métamorphoser. Sa douleur résonnait le long de notre lien de meute, sans que je puisse rien faire pour apaiser sa rage. J'étais aussi furieux que lui, mon loup grattant ma peau de l'intérieur, enragé.

On a assisté à son réveil, elle a hurlé à s'en arracher les cordes vocales. Et mon cœur a commencé à se fissurer. Quand le Corrompu a plongé son couteau dans son cou, un cri primal m'a échappé.

Le soleil s'est levé, puis il s'est couché à nouveau, et j'ignore ce qui lui est arrivé. La cour est déserte, tout comme les ponts et les petites esplanades qui constituent la forteresse. Mais la lumière vive qui illumine le dôme de verre qui coiffe un des bâtiments creusés dans la montagne me fait craindre le pire. Ont-ils poursuivi leur sacrifice à l'intérieur ? Le serpent monstrueux a disparu ce matin, ses anneaux puissants se coulant par-dessus le parapet qui ceint la cour, avant de glisser dans le précipice.

Imaginer qu'ils sont en train de la faire souffrir me retourne les nerfs. Des bouffées de violence me submergent, j'ai envie de frapper, d'écraser, de massacrer pour le leur faire payer. Ce n'est pas seulement parce que je crains de perdre ma boussole. Quelque chose d'autre nous lie, au-delà de cette attirance magnétique qui m'embrase, et ça rend tout plus compliqué.

— Qu'est-ce qu'ils font ? demande Calek, dont la voix rauque trahit la présence de l'ours.

Je n'ai pas de réponse. Les étoiles montent dans le ciel noir, les heures s'écoulent, et l'angoisse se fait un nid dans ma poitrine. Calek a recommencé à frapper la paroi, méthodiquement. Il est parvenu à desceller quatre tiges métalliques. Il en reste des dizaines, mais il est patient, il détruit sa cage avec un calme froid, encore et encore. Il est le seul à en être capable, sa force surpasse largement la nôtre. Leith ne bouge pas. Il fixe le dôme, sans ciller.

— Ash, gronde soudain Calek qui s'est interrompu, les phalanges sanglantes.

Je me penche vers sa cage.

— Neven... Tu la veux aussi, je me trompe ? jette-t-il avec gravité.

— Quelle importance ? lâché-je, à contre-cœur.

— Ce n'est pas une réponse, Premier.

Mon loup grogne. Je n'ai jamais menti à aucun d'eux, même quand c'est inconfortable.

— Je la désire à en crever, l'ours. Mais ce que je veux ne compte pas.

Il pince les lèvres, encaissant ma réponse.

— Vous êtes vraiment stupides, lâche Leith avec lassitude. D'abord, c'est à elle de décider si elle a envie de l'un de vous, des deux ou d'aucun. Et ensuite... Faudrait revoir votre sens des priorités ! Concentrez-vous plutôt sur la façon dont on va égorger ces connards, putain !

Je lève les yeux vers le ciel étoilé. Calek reprend son travail de destruction.

J'attends. Il faudra bien qu'ils nous fassent descendre, ou que quelqu'un monte jusqu'à nous. Alors je saisirai ma chance.

Il faut des heures pour qu'il se passe enfin quelque chose. Un flot de Corrompus envahit la cour, des flambeaux à la main. Le bruissement caractéristique du corps du serpent frottant contre la pierre retentit et la tête énorme de la bête apparait au-dessus d'une arche. Il descend lentement en sinuant, ses anneaux noirs luisant sous la lumière vacillante des torches. Il enroule son corps dans un coin de la cour, laissant une partie de sa queue pendre dans le vide. Une petite silhouette s'avance, encadrée par les deux Corrompus en blanc.

Je me penche vers elle, avide de la voir, de l'entendre, de respirer son odeur. C'est alors qu'une douleur légère me fait sursauter. Je balaie mon épaule de la main, arrachant la fléchette qui vient de s'y enfoncer et lève la tête. Un Corrompu se tient plus haut, sur la falaise. Un engourdissement se répand dans mes membres, comme la morsure de centaines de fourmis. Je m'écroule, incapable de bouger.

Dans un claquement, la porte de ma cage s'ouvre et un Corrompu juché sur le dos d'un oiseau gigantesque me tire vers lui. Alors que je suis figé, tétanisé par le venin des Corrompus, je réalise que ce n'est pas un volatile qui me porte, mais un célestoile, un engin volant, que je croyais n'exister que dans les contes pour enfants.

L'atterrissage se fait sans douceur. Je suis projeté au sol, alors que le célestoile repart dans les airs. Mon crâne cogne sur les pavés.

— Asher ! glapit ma petite louve.

Elle se précipite vers moi, mais on la retient par le bras. Je gronde, furieux. Mes yeux glissent sur son corps, sa poitrine se soulève rapidement, mais excepté la plaie rouge sur son cou, elle a l'air indemne. Le soulagement me coupe le souffle. Nos regards se happent et ne se quittent plus.

— Ça va ? demande-t-elle, anxieuse, en secouant son bras pour que ses gardes la lâchent.

Étrangement, ils s'exécutent. Je hoche la tête, mon corps engourdi. Des grognements rageurs retentissent soudain à côté de moi. Calek et Leith m'ont rejoint. Neven ne bouge pas, mais elle nous fixe, l'un après l'autre, avec un sourire crispé, comme si elle s'assurait que nous n'étions pas blessés. Je lutte contre la pesanteur qui raidit mon corps et me mets à genoux, puis debout. Je vacille. Elle effectue un nouveau pas vers nous.

— Non.

L'ordre a claqué. C'est la femelle corrompue qui l'a lancé, et elle ne plaisante pas. Neven s'immobilise à nouveau. Un coup de pied à l'arrière des genoux m'envoie rouler au sol. Calek et Leith subissent le même traitement. Je pose une main sur les pavés, prêt à laisser mon loup émerger. À côté de moi, un mâle tire violemment la tête de Calek en arrière, exposant son cou.

— Vous aviez promis qu'ils vivraient ! hurle Neven, furieuse.

En un instant, elle façonne ses ombres en une armée de poignards dirigée vers les Corrompus en blanc. Ils font un pas en arrière, leur visage soudain blême. Mais les ténèbres s'évanouissent dans un frémissement tandis que résonne une voix sous mon crâne.

« *Et c'est le cas. Ils vivent.* »

L'immense tête du serpent se balance devant elle et sa langue vient gifler son bras avec sécheresse. Neven affiche une expression frustrée. Le reptile s'approche de nous, jusqu'à ce que ses narines frôlent mon visage, soufflant un air froid à l'odeur métallique.

— Ne les touche pas ! gronde-t-elle.

Jamais je ne l'ai vue si louve, si sauvage. Si putain de sexy que mon cœur succombe un peu plus, et que je crains de ne plus pouvoir revenir en arrière.

« *Ne pousse pas ta chance, louve* », cingle le reptile d'une voix glaciale.

Il s'est retourné vers elle avec vivacité pour la toiser. La femelle corrompue s'approche de nous et lance avec mépris :

— Le seigneur Upyrian s'est montré généreux. Ne vous aventurez plus jamais sur nos terres, ou votre meute paierait le prix de votre témérité. Quant à toi, louve, tu as une dette à notre encontre. Un jour, il te faudra la rembourser.

Neven incline la tête. Puis les deux Corrompus en blanc ouvrent la bouche en même temps. Un cri atroce me perfore le cerveau et je sombre dans l'inconscience.

41.
Neven

— Réveille-toi !

Je grogne, et me retourne sur le côté en repoussant la main qui me secoue. Des tambours résonnent sous mon crâne et des dizaines de loups doivent être en train de cogner sur mes tempes à coups de gourdin, pour que j'aie aussi mal.

— Allez, petite louve, debout ! reprend la voix pénible.

— Fiche-moi la paix, marmonné-je.

Un ricanement s'élève juste à côté de mon oreille.

— Elle va parfaitement bien, elle est aussi désagréable que d'habitude.

— Ta gueule, Leith, articulé-je avec difficulté.

J'ouvre les yeux, les referme devant la vive luminosité qui agresse mes rétines. Il me faut quelques secondes pour réajuster mes pensées : Joran, boussole, Corrompus. Et trois mâles alphas aussi sexy qu'insupportables. Ils ne me laissent pas tranquille, me forcent à bouger en me faisant rouler sur le sol. Finalement, j'abandonne.

— C'est bon, arrêtez, ronchonné-je en me redressant.

— La sensation de gueule de bois passera dès que tu te seras mise en mouvement, assure Asher.

— Ne crie pas, par pitié.

Calek me saisit sous les aisselles pour me remettre plus vite debout, avant de m'étreindre contre son torse de géant, me soulevant de terre. Je ne lui dis pas qu'il me serre trop fort, parce que j'ai autant besoin que lui de ce câlin d'ours. Je me blottis contre lui, laissant toute la peur accumulée depuis deux jours s'envoler. Ils sont là, tout va bien. Je m'agrippe à lui, mes jambes autour de ses hanches.

L'ours niche son visage dans mon cou et inspire à fond, avant de mordiller doucement ma peau. Un frisson me parcourt.

— Ne refais plus jamais ça, grogne-t-il. J'ai cru que tu étais morte...

— Moi aussi, réponds-je.

Leith nous fixe avec une étrange lueur au fond des yeux, avant de se détourner. Calek finit par me reposer, après m'avoir volé un baiser féroce qui a réveillé une nuée de papillons au fond de mon estomac.

— On ne doit pas traîner, déclare Asher. Les Corrompus nous ont épargnés, mais je doute que leur patience soit infinie. Il faudra qu'on parle de ce qui s'est passé, mais pour le moment, dégageons. Neven ?

Je note qu'ils sont habillés, et chaussés : les Corrompus leur ont laissé des vêtements. Je m'approche d'Asher, lui tendant mon poignet vers sa paume ouverte. Il referme ses doigts sur moi, et une vague de chaleur fait crépiter ma peau sous son toucher léger. Maudite attirance ! Il prend son temps, effleurant la rune avec respect et comme à son habitude, il s'installe derrière moi, mon dos collé à son torse dur, pour me faire pivoter dans toutes les directions. Au moins, il ne voit pas mes joues brûlantes parce que son souffle caresse mes cheveux et que sa seconde main s'est posée au creux de ma taille.

— Merci de nous avoir sauvés, murmure-t-il en se penchant. La meute entière te doit la vie.

— Ce n'est rien, réponds-je, un vertige dans la poitrine.

— Non, ça ne l'est pas, dit-il gravement. C'était incroyablement courageux. Parfaitement irréfléchi, aussi.

Je me disais bien que ça ne pouvait pas être seulement un compliment...

Asher caresse le creux de mon poignet. Mon cœur bat plus vite, si fort que je crains qu'il ne l'entende cogner. Je tourne la tête vers lui.

— Ce n'était pas irréfléchi, protesté-je doucement. Tu aurais fait exactement la même chose.

Nos yeux s'accrochent. Ça me fiche un coup au creux du ventre, cette façon dévorante qu'il a de m'observer, comme si j'étais importante. Comme si j'étais autre chose que seulement l'outil qui lui permettra de sauver les siens. Il lâche mon poignet et sa main vient s'enrouler autour de ma nuque. Il se penche, appuie son front contre le mien, nos souffles suspendus si proches l'un de l'autre.

— Neven… Quand tu as sauté, quasiment dans la gueule de ce monstre…

Il ferme les yeux, un court instant, avant de reprendre d'une voix rauque :

— J'ai cru que mon cœur allait exploser.

Je me fige.

— Ton cœur ?

Il crispe les mâchoires, détourne le regard et ses mains quittent mon corps. Il effectue un pas en arrière et je comprends qu'il regrette ce qu'il vient de dire. C'était juste une façon de parler.

Ce n'est pas grave s'il ne ressent pas la même chose que moi, si ses émotions ne se mettent pas en pagaille quand nos peaux se frôlent, quand nos regards se heurtent. Ce n'est pas important, si son odeur me chavire et que sa voix grave résonne au creux de mon ventre. Si je ne cesse de le désirer, et lui, non.

Sauf que ça fait mal quand même.

Asher me fixe avec une expression indéchiffrable, puis comme à regret, il nous remet en mouvement. Il se tient derrière moi, son bras tendu contre le mien. Nous sommes dos à la montagne, les pics noirs se dressent loin vers le ciel, probablement à plusieurs jours de marche. Les Corrompus nous ont déplacés le plus loin possible. Ma rune se met à briller plus fort alors que mon bras pointe vers des forêts sombres à perte de vue, à l'opposé des sommets.

— On est de l'autre côté de la montagne ?
— Oui, sur l'autre versant des Monts désolés.

L'ouest du continent. Jamais je n'aurais pensé voir ces contrées lointaines, un jour.

On repart, pressés de mettre le plus de distance possible entre le territoire des Corrompus et nous. On court toute la journée, sans parler ni faire de pause, mais je n'ai aucun mal à suivre le rythme, cette fois. Peut-être que les trois mâles sont encore affaiblis, ou peut-être qu'ils ralentissent volontairement leur foulée. Je me sens pleine de vie et d'énergie. Je pourrais même caracoler en tête sans difficulté, si Leith, qui s'est métamorphosé en loup dès que nous sommes repartis, ne montrait les dents à chaque fois que je me porte à sa hauteur.

L'ouest... Ça n'a jamais fait partie de nos projets, à Joran et moi, et j'ai moins lu sur ces régions. Je me gorge de chaque paysage, chaque odeur nouvelle, chaque trille d'oiseau inconnu. Je suis fascinée par la moindre petite fleur, les couleurs me paraissent plus vives, plus nettes, les parfums de la terre plus riches et chauds.

« *C'est comme si ta louve émergeait* » lance Joran.

Je suis si heureuse de l'entendre à nouveau ! La présence d'Upyrian dans ma tête l'avait chassé. Mon cœur se gonfle d'amour et de tristesse en même temps : ma peine n'a pas disparu, elle se tient dans l'ombre, flottant en arrière-plan de mes autres émotions, comme une saveur amère sur ma langue qui ne s'efface jamais tout à fait. Je crois que Joran me manquera toujours, quels que soient mes sentiments pour mes trois compagnons de route...

Je réfléchis à sa remarque, mais ma louve grogne sa frustration. Elle est toujours prisonnière, rien n'a changé.

« *Vous allez y arriver, j'en suis certain* » dit Joran de sa voix chaude.

Ma louve approuve et je me laisse gagner par leur espoir, courant avec encore plus de facilité.

Quand la nuit tombe, on laisse derrière nous les derniers contreforts de la montagne. La lune est déjà haute dans le ciel lorsqu'Asher donne le signal de la pause. Calek se laisse tomber sur le sol. Il a l'air d'être le plus affecté des trois. Je m'accroupis vers lui, posant une main sur son front.

— Tout va bien ? demandé-je.

— Ne t'inquiète pas, souffle-t-il laborieusement. C'est juste leur ignoble cri qui résonne encore dans ma tête. Je vais dormir un peu, et ça ira mieux. Tu ne veux pas me servir d'oreiller, par hasard ?

J'éclate de rire devant ses grands yeux gris chargés de chaleur.

— Un oreiller ? Un truc informe et mou, c'est ce que je suis, pour toi ?

Il roule souplement sur le côté et d'un geste, me fait tomber sur l'herbe et me plaque allongée contre lui. Son regard se voile de désir tandis qu'il fixe ma bouche, sa grande main appuyée au creux de mes reins.

— Tu es nettement plus que ça, murmure-t-il tout contre ma bouche. Et pour ta gouverne, dormir n'est jamais ce que j'ai en tête quand je te regarde, et encore moins quand tu portes ce pantalon en cuir qui allume des pensées vraiment scandaleuses dans mon imagination. J'essayais juste de ne pas me montrer trop insistant...

— Ah oui ? Pourrais-tu préciser la nature de ces pensées ?

Je joue avec le feu, mais un incendie s'est allumé au creux de mon ventre. Un grondement sourd lui échappe. Il me fait rouler sous lui, et immobilisant mes poignets dans sa large main au-dessus de ma tête, il fait peser ses hanches sur les miennes. Il est dur et imposant, et il appuie pile au creux de mes cuisses. Je soupire lourdement, haletant presque sous la délicieuse sensation. Ses yeux se troublent, deviennent plus sauvages. Il embrasse la ligne de ma mâchoire, mordille mon cou, sa langue dessinant un chemin humide au creux de ma gorge. Je suis à deux doigts de la combustion spontanée.

— Calek, ordonne sèchement le Premier. Je n'ai aucun goût pour le voyeurisme, ce soir.

Ma fièvre sensuelle retombe aussitôt et je reprends mes esprits. Est-ce que j'ai vraiment failli faire ça, sous les yeux d'Asher et de Leith ? Oh putain... Je me passe une main sur le visage, mal à l'aise. La contrariété qui sourd de la voix d'Asher achève de me refroidir. Calek s'est figé, lui aussi. Il ferme les yeux, avant de relâcher mes poignets. Je m'assois en tailleur sur une pierre plate à proximité.

— Tu as besoin de récupérer, reprend le loup blanc.

— Bien sûr, Premier, lance Calek avec une pointe de sarcasme. Mon bien-être est certainement ton unique préoccupation...

— Non. On doit aussi parler de ce qui s'est passé chez les Corrompus.

Il s'assoit en face de nous. Calek s'installe, allongé sur le côté, son grand corps enroulé autour de moi.

— Qu'est-ce que tu fous ? persifle Asher.

— Je me repose, pendant que tu vas débriefer avec Neven, provoque-t-il. Ce n'est pas ce que tu voulais ?

Les lignes de la mâchoire d'Asher deviennent dures. L'ours pose sa tête sur ma cuisse. Je passe la main dans ses cheveux courts.

— Tu vois, lâche-t-il dans un murmure séducteur, je savais que tu ferais un excellent oreiller.

Je masque mon éclat de rire sous un toussotement pas vraiment discret. Asher secoue la tête. Leith nous rejoint, sous sa forme de loup, et pose sa grosse tête noire sur ses pattes.

— Raconte-moi ce qui s'est passé, chez les Corrompus. Tout, depuis le début.

Je m'exécute, lui relatant tout ce dont je me souviens. Calek se détend contre moi. Sa respiration ralentit et avant la fin de mon récit, il s'est endormi. Les étoiles brillent au-dessus de la clairière paisible et la lune illumine les traits sévères du visage d'Asher.

— Il a dit que tu appartenais aux ombres, et que nous, nous t'appartenions ? insiste-t-il en fronçant les sourcils.

C'est ridicule, bien sûr, mais... quand Upyrian a déclaré qu'ils étaient *à moi*, ça a résonné de façon si juste... Ma louve approuve avec force. Je grimace, parce que cette émotion ne repose sur rien, à part une intense attirance physique, de mon côté au moins.

— Il a refusé de s'expliquer davantage, reprends-je. Rassure-toi, je suis bien consciente de n'avoir aucun pouvoir sur vous trois...

— Rien n'est plus éloigné de la vérité, dit-il d'une voix basse.

Il me fixe avec quelque chose qui ressemble à du regret, avant de se reprendre. Je frissonne. Le froid de la nuit, évidemment. Ma louve hurle de rire.

— Qu'a-t-il dit d'autre ?

— Que les Völvas avaient des réponses.

Il plisse les yeux et se penche en avant.

— Les Völvas ? Ils ne sont pas tous morts ?

— Apparemment pas. Et... il se trouve que ma mère n'était pas une sorcière, comme je le croyais. D'après eux, elle était une Völva. J'ignore tout à leur sujet, mes livres ne comportaient que quelques mentions vagues.

Asher réfléchit un moment.

— On dit qu'ils pratiquent une forme de magie plus noire que celles des sorcières, mais c'est tout ce que je sais.

Je hausse les épaules avec fatalisme. J'aurais aimé en apprendre davantage au sujet des ombres et de ce peuple, mais j'ai l'impression que je ne suis pas prête d'obtenir des réponses.

Une autre remarque me vient à l'esprit :

— Les Corrompus, qui s'appellent des Nychtans entre eux d'ailleurs, prennent soin des humains, tu le savais ?

Leith lève le museau, soudain très attentif. Asher secoue la tête, pensif. Il cueille un brin d'herbe et le fait tourner entre ses doigts en réfléchissant.

— Ça m'étonne. Je les ai combattus, il y a des années, et ils n'ont rien d'altruiste. Ils massacrent leurs ennemis sans état d'âme, femelles, petits, ou guerriers, peu leur importe.

— Ce sont des prédateurs, comme les loups, précisé-je. Ils réfléchissent en termes d'intérêt : il serait ridicule de se condamner à la famine, alors qu'ils peuvent pratiquer une forme d'élevage. Ça n'a rien de bienveillant, c'est un accord qui satisfait les deux parties. Du moins est-ce l'impression que j'en ai eu.

Pendant le repas, les humains restaient un peu en retrait, comme s'ils n'avaient pas l'habitude de se retrouver à table avec les Nychtans, mais je les ai vus manger, boire et rire entre eux, sans afficher de peur.

— Tu crois que c'est pour ça que la plupart des humains a disparu ? demandé-je, prise d'une subite inspiration. Parce qu'ils ont été recueillis par les Corrompus qui les protègent et les dissimulent dans d'autres forteresses secrètes ?

— C'est possible... Ça remet pas mal de choses en question, si les Nychtans ne sont pas aussi affaiblis qu'on le croit.

Il échange un regard avec Leith.

— Il faudra qu'on réfléchisse à tout ça, dit-il sans lâcher son ami des yeux.

Le loup noir repose son museau sur ses pattes, et renifle avec dédain. Mais sur son échine, ses poils se sont dressés. On discute encore un moment de ce que j'ai vu, mais alors que je bâille pour la troisième fois, Asher me tend la veste du loup noir.

— Dors, me dit-il. Tu dois être épuisée.

Je m'allonge dans l'herbe, Calek collé contre mon dos en chaude couverture. Asher s'installe face à moi. Il dépose un baiser sur mon front, ses lèvres s'attardant sur ma peau. Son souffle dans mes cheveux me fait frissonner. Il caresse ma joue de son pouce. On n'échange pas un mot, nos yeux aimantés l'un à l'autre. Fichue attirance, fichu cœur qui trébuche dans ma poitrine. Finalement, il pince les lèvres et se retourne.

42.
Asher

Les crêtes acérées où vivent les Corrompus sont loin derrière nous. Nous avons quitté leurs terres il y a plusieurs jours, et traversons ce que Neven pense être la zone franche d'Yretz, une large bande de terres libres dont la cité marchande est un carrefour commercial bien plus modeste que Sol Tiren, en raison de son accès difficile. Neven a corrigé à plusieurs reprises mes déductions, me prouvant son point de vue par différents repères dans le paysage. Désormais, c'est elle que j'écoute. La bibliothèque de son père recelait manifestement de nettement plus d'ouvrages que la nôtre, et elle a pris le temps de les étudier.

Le souci, c'est qu'il n'y a pas que sa mémoire qui est incroyable. J'ai du mal à demeurer loin d'elle, et je saisis chaque prétexte pour toucher sa peau ou respirer son parfum sucré. C'est une attirance qui me torture et contre laquelle je ne peux lutter.

Elle est en train de rire à ce que lui raconte Calek, et ça me ravit de l'entendre autant que ça me donne envie de hurler de ne pas être celui qui déclenche sa joie. Et ses soupirs lorsqu'il l'embrasse me poussent dans mes retranchements. Je perds le contrôle.

Sans cesser de courir, Calek lui raconte par le menu nos plus mémorables bêtises d'enfance. La fois où j'ai chassé un jeune cerf terrifié à travers toute la forêt avant de réaliser que c'était le fils d'un guérisseur nouvellement arrivé dans notre meute. Il s'est transformé alors que je le rapportais fièrement au village. J'ai pris une raclée monumentale, ce jour-là, pour m'apprendre à utiliser mon cerveau et mon flair quand je poursuivais des proies.

Ou la fois où en voulant échapper à une corvée de ramassage de bois, on s'est enfuis tous les trois et on s'est perdus dans la forêt, obligeant les guerriers à partir à notre recherche en pleine nuit.

— Ce jour-là, explique Calek, la mère d'Asher leur a demandé de nous laisser errer toute la nuit, sans intervenir. Au matin, au lieu de simplement nous ramener, congelés et affamés, les sentinelles nous ont obligés à suivre nos traces, à observer la mousse sur les arbres et flairer les odeurs sous la neige pour nous repérer. On ne s'est plus jamais perdus... et on est devenus encore plus doués pour échapper à leur surveillance !

Le rire clair de Neven roule sur ma peau, déclenchant mon désir de façon brutale. Mon corps ne m'obéit plus, il ne répond qu'à elle. Elle interroge l'ours sur nous trois, pose des questions sur notre complicité d'enfants et nos premières bagarres. Il lui parle des petits à qui il enseigne le combat, quand nous sommes sur nos terres. Il rayonne. Ça fait longtemps que je ne l'ai pas vu si heureux.

Je n'ai pas le cœur de l'avertir que cette intimité qu'il crée avec elle n'est qu'un leurre et qu'elle se brisera vite. La vibration de la meute dans mon esprit ne cesse de me rappeler que la situation est urgente.

Je vais devoir laisser la petite louve derrière nous. Je me déteste pour ça, mais je suis celui qui doit prendre les décisions merdiques. Celles qui condamnent et qui ôtent des vies. C'est mon rôle. Ça ne me plaît pas, mais dans la balance il y a tellement de vies innocentes !

Bien sûr, essaie donc de t'en convaincre, persifle mon animal.

Je cours un moment aux côtés de Leith, qui ne quitte plus sa forme de loup depuis notre séjour chez les Corrompus. J'ignore si c'est parce que cela réveille des souvenirs douloureux pour lui, ou si c'est pour une autre raison. Leith est le plus sombre de nous trois, ses secrets lui appartiennent.

— Asher ! m'appelle Neven alors que nous abordons une forêt de feuillus fragiles.

Je m'arrête pour lui laisser le temps de se porter à ma hauteur, hypnotisé par sa bouche gourmande et ses yeux bleu foncé, ses joues rosies par l'effort, ses cheveux qui dansent dans son dos et ses foulées franches.

Comment ferai-je pour me passer d'elle ?

Je pince les lèvres et chasse cette question inutile. Je ferai, c'est tout.

— Si on poursuit vers le sud, on va arriver dans la cité franche d'Yretz, annonce-t-elle. On pourrait acheter de nouveaux couteaux... Ce serait un détour d'une journée, je pense.

Son sourire lumineux envoie des décharges tout en bas de mon corps. Je ne peux m'empêcher de m'approcher d'elle. Je saisis une de ses mèches aussi noires que ses ombres, la repousse derrière son oreille. Mes doigts s'attardent sur sa joue. Elle frissonne et dans ses yeux, nait le même trouble que celui qui m'habite. Mon bras retombe et je recule, comme si je m'étais brûlé.

— Je préfèrerais éviter, dis-je un peu brusquement. On te trouvera des armes plus tard.

Elle me fixe avec tristesse. Je mens, et elle le sait. Et la déception que je lis sur son visage me bouscule salement. Elle hoche la tête.

On se remet en route.

Nous avançons dans d'immenses champs fleuris, sous un soleil écrasant. L'air est trop chaud, et saturé de particules végétales sèches que mon loup déteste. C'est comme si en passant de l'autre côté de la chaîne de montagnes, nous avions basculé au plus chaud de l'été. Ça fait un moment qu'il n'y a plus aucune route commerciale. Nous progressons en ligne droite, guidés par la rune.

La pression dans mon torse ne cesse de s'accentuer depuis quelques jours. Je vérifie si le maillage souple qui me relie aux membres de la meute est indemne, je teste sa solidité en envoyant des petits à coups mentaux le long des fils de lumière. Ça semble tenir, et pourtant, quelque chose se dégrade. Le murmure des consciences se dissipe, de plus en plus faible. Est-ce la distance ou les murs qui sont devenus totalement vulnérables ? Je redoute le moment où il n'y aura plus que le silence, où les brins de la toile pendront dans le vide, leur extrémité partant de moi et ne menant plus à rien.

Je presse notre petit groupe pour avancer encore plus vite, courir plus longtemps. Ne pas savoir ce qui se passe est une sorte de gangrène qui me bouffe l'esprit jour après jour. Je dois rentrer. Je regrette de ne pas avoir envoyé Calek et Leith seuls pour cette mission. J'aurais dû rester sur nos terres pour défendre les miens, au cas où les barrières tombent. Mais rester inactif m'était insupportable.

Tiens-toi à ta décision, gronde mon loup, *et fais confiance à la meute. Ils ne sont pas sans défense.*

Quoi qu'il arrive, ils feront face. La douleur dans ma poitrine diminue un peu, sans cesser totalement. Je ne serai rassuré que lorsque nous serons de retour.

43.
Neven

Une autre journée. Puis une autre, et une autre encore. Les jours se succèdent, entrecoupés de pauses pendant lesquelles je tente de m'entraîner avec mes ombres, sans parvenir à les maîtriser davantage. Les journées sont émaillées de discussions imaginaires avec Joran, de disputes joyeuses avec Calek au sujet de la meilleure façon d'accommoder le gibier ou avec Asher au sujet des mystérieux Völvas, dont nous ignorons à peu près tout, d'instants où mon cœur s'emballe et mon désir se met à crépiter dans mon ventre, embrasant mes veines, quand Calek me vole un baiser rapide ou qu'Asher prend un peu trop son temps pour observer la rune sur mon poignet.

La nuit, si Leith conserve toujours ses distances, ses amis se transforment et nous dormons tous les trois, collés les uns aux autres. Les températures de la journée sont souvent étouffantes, mais elles redescendent jusqu'à devenir glaciales dès que le soleil se couche.

L'ambiance s'est sensiblement modifiée, depuis notre rencontre avec les Corrompus. À moins que ce ne soit moi qui aie changé. Je me surprends à fredonner des airs anciens, au rythme de mes foulées, à esquisser un pas de danse en entraînant Calek avec moi. Je me sens plus apaisée, plus forte et confiante. Le manque de Joran est toujours aussi douloureux, mais il ne m'empêche plus de respirer.

« *C'est parce que je ne t'abandonnerai jamais* », me souffle-t-il avec un baiser léger sur les lèvres.

Je ne peux l'oublier, et je n'en ai pas envie. Mon cœur bat toujours pour lui. Et en même temps, il est en train de succomber à Asher et Calek. Et savoir que nos chemins vont se séparer bientôt, et que même pour Calek je ne suis sûrement qu'un passe-temps agréable n'y change rien. Mes émotions refusent de se laisser étouffer. Alors je me contente de les accepter. Mon cœur bat pour trois hommes. Trois fois plus fort. J'aurai mal plus tard. Cela ne fera que s'ajouter au trou béant dans ma poitrine, là où veille Joran.

Nous sommes certainement tout proches des Mères. Mon poignet est si lumineux que le bleu se voit, même à travers mes vêtements, et la douleur ne cesse plus un instant de me marteler.

Cette nuit, je me réveille, alertée par ma louve. Au-dessus de moi, les étoiles sont si brillantes qu'elles dessinent un chemin d'un bout à l'autre de l'horizon. Je grelotte. Dans mon dos, la respiration régulière de Calek frôle mon cou, mais Asher n'est pas là. Je m'assois, scrutant l'obscurité. Leith dort lui aussi, allongé sur une pierre plate.

Ma louve gémit et se presse contre ma peau, inquiète.

Je me mets debout et parcours quelques mètres. Tout le paysage est nimbé de la lumière qui tombe du ciel. C'est magique. Je descends jusqu'au petit lac en contrebas, le chant des insectes nocturnes s'éteignant lorsque je passe près d'eux, avant de reprendre. Et soudain, je le repère. Il est assis sur les galets de la rive, les yeux clos. Son souffle est court et il presse son poing sur son torse. Je le rejoins, m'assois à côté de lui.

— Asher, murmuré-je. Qu'est-ce qui ne va pas ?

— Je ne les sens plus. Je ne les sens plus du tout.

Quelque chose sombre dans ma poitrine, au désespoir contenu dans sa voix. Son corps est tendu à se briser, ses épaules sont crispées et il a l'air si désemparé... Ses yeux me cherchent, s'arriment aux miens. Il est inquiet, mais je le sens surtout furieux d'être à des jours et des jours de pouvoir leur porter secours. Son impuissance le ravage. Voir cet homme si fort, au calme

exaspérant, perdre ainsi le contrôle, ça me bouleverse. Je pose ma main sur la sienne et décrispe ses doigts pour y entrelacer les miens. Il me laisse faire. Je caresse doucement sa peau de mon pouce, pour essayer de l'apaiser.
— C'est peut-être une question de distance ?
Il secoue la tête, le visage grave.
— Une explosion m'a labouré l'esprit, ça m'a réveillé en sursaut. Depuis, mon lien avec eux a disparu.
Merde.
— Tu penses que c'est votre barrière qui s'est effondrée ?
— Je ne vois que ça. Et ça me tue d'être assis là, alors que je devrais être auprès d'eux, gronde-t-il.
— Même si la barrière est tombée, il n'y a aucune raison qu'ils soient tous morts à la même seconde. Quel ennemi pourrait planifier une extermination aussi efficace ?
Il demeure silencieux un moment, avant d'opiner du chef.
— Aucun. Même les sorcières ne possèdent pas de sorts pareils, sinon la guerre se serait achevée nettement plus rapidement.
J'appuie ma tête contre son épaule. J'ignore comment fonctionne son lien de meute. Mon père ne m'a jamais expliqué.
— Comment tu les ressens, d'habitude ? demandé-je, autant par véritable curiosité que pour l'aider à réfléchir.
— C'est une immense respiration qui vient animer une sorte de broderie, des centaines de fils lumineux reliés les uns aux autres que je peux visualiser dans mon esprit. Regarde le ciel.
J'obtempère. Il passe un bras autour de ma taille et colle sa tempe à la mienne.
— Tu vois les constellations ? Ça ressemble à ça, sauf que ça palpite et que ça bat, comme au rythme d'un cœur géant.
La chaleur de sa peau collée à la mienne, son souffle sur ma joue, et la beauté du ciel au-dessus de nos têtes me rendent beaucoup trop réceptive à sa présence. Je suis blottie contre lui, et j'ai envie de rester là pour toujours.
— Tu reconnais chacun des êtres qui composent ta toile ?

— Pas exactement. Mais certaines attaches sont plus fortes que d'autres. S'il arrivait quelque chose à Calek ou Leith, par exemple, je le saurais immédiatement.
— Est-ce que tu les ressens encore, là ?
Je pose ma main sur son cœur. Son visage s'adoucit, baigné par la lumière de la lune.
— Non, aucune trace d'eux non plus...
Il sourit, et achève :
— Donc les autres aussi sont peut-être en vie. L'explosion a dû balayer les liens et me rendre aveugle à leur présence.
— Et avec un peu de chance, c'est seulement temporaire.
Il prend mon menton au creux de sa main et fait pivoter mon visage vers lui. Nos respirations se heurtent et se mêlent. Il appuie son front contre le mien et sa main s'enroule autour de ma nuque. L'incendie se déploie jusque dans mes poumons, mon cœur, ma tête, m'étourdissant de sa violence.
— Merci, petite louve, murmure-t-il.
— Tu as le droit de perdre pied, tu sais.
— Non, justement. Ils comptent sur moi.
— Et toi, Asher, sur qui comptes-tu ?
Il secoue la tête.
— Ce serait injuste de faire peser ma responsabilité sur les autres.
Ses doigts jouent avec les mèches de mes cheveux, dans mon cou, puis prennent ma joue en coupe. Nos lèvres se frôlent. Les battements de mon cœur accélèrent.
— Tu contrôles toujours tout ? murmuré-je contre sa bouche. Tes pensées, tes actes, tes émotions ?
Parce que là, moi, je ne maîtrise plus rien depuis longtemps. Mes émotions forment une boule brûlante qui crépite et fait fondre mes os, ma raison, ma prudence.
— Je devrais..., répond-il d'une voix rauque.
Ses yeux plongent dans les miens, ne me lâchent plus. Je dois avoir l'air d'un poisson hors de l'eau, j'ai la bouche ouverte, je cherche mon souffle. C'est moi qui franchis le fragile espace qui nous sépare encore. J'ai besoin de lui, besoin de le respirer, besoin

de la chaleur de sa peau. Il se fige, une seconde, avant d'écraser sa bouche sur mes lèvres, prenant les commandes. Sa langue s'enroule autour de la mienne, autoritaire, possessive, et ma louve en ronronne de satisfaction.

Il saisit ma taille, me soulève et me fait basculer, assise sur ses cuisses puissantes. Je m'agrippe à ses épaules, entoure ses hanches de mes jambes et me colle contre lui.

— Neven, grogne-t-il douloureusement, tout contre ma bouche.

Le grondement à peine maîtrisé de sa voix résonne dans ma poitrine, avivant la lave qui coule dans mes veines. Mon dos s'arque sous ses mains qui viennent à la rencontre de ma peau. Sa respiration se brise quand mes seins se plaquent contre son torse. Le tissu qui nous sépare ne fait qu'attiser mon désir. Ses yeux sont devenus aussi sombres que les miens. Je sens qu'il lutte encore, mais son corps dur et tendu sous mes fesses me révèle à quel point il en a envie. Je me balance doucement contre lui, sans cesser de l'embrasser, mes mains dans ses cheveux pâles. Le frottement de son bassin contre moi me rend folle. Un gémissement franchit mes lèvres. Son regard s'enflamme et soudain, ses mains s'immobilisent sur mes hanches, bloquant mon mouvement.

— Stop, souffle-t-il. On ne peut pas.

— Bien sûr que si.

Je n'en ai pas seulement envie : j'ai besoin de lui, en moi. Tout mon corps me fait mal, je suis une corde d'arc tendue à se briser, et chaque effleurement de sa part déclenche des milliers de minuscules douleurs délicieuses qui courent le long de mes nerfs. J'essaie de bouger, mais il me tient fermement. Sa respiration est chaotique, autant que la mienne et son visage affiche une expression de souffrance pure.

— Je t'en prie, Asher. Ne t'arrête pas !

— J'en crève d'envie. Mais ce serait abuser de toi.

— Mais qu'est-ce que tu racontes ? m'écrié-je. Je te veux, toi. À moins que je ne sois pas à ton goût ?

Il gronde et prend ma main pour la plaquer contre son sexe. Dur, épais, chaud. Un soupir lourd lui échappe quand je referme mes doigts autour de lui, à travers le tissu.

— Tu as vraiment l'impression que je ne te trouve pas désirable ? halète-t-il.

— Alors prends-moi !

Il s'empare de mes bras et noue mes poignets dans mon dos, d'une seule de ses mains. Je ne peux plus bouger. Le visage d'Asher révèle sa tension et le combat qui fait rage en lui.

— Non. Tu mérites mieux que ça. Dans quelques jours, on ne se reverra plus. Il te faut de l'amour, pour une première fois, Neven, pas juste être déflorée par un guerrier de passage.

Je hoquète.

— Comment sais-tu que je n'ai jamais…

— On ne se cache rien, avec Calek et Leith. Tu trouveras quelqu'un qui t'aime, petite louve. Tu es fascinante, courageuse, intelligente, belle à m'en faire cramer les rétines. N'importe quel loup intelligent tomberait fou amoureux de toi.

— Mais ce ne sera pas toi…

La déception me brûle la gorge.

— Est-ce parce que je tiens à Calek aussi ?

Il grimace.

— Je suis jaloux, oh ça oui, putain, même si je l'aime comme un frère… Mais ça n'a rien à voir. Je suis loin d'être digne de ta confiance, Neven…

Il baisse la tête, ses mâchoires formant une ligne dure au creux de ses joues. Ma voix se brise, mon cœur se casse en mille minuscules morceaux.

— Pourquoi ? Parce que tu conserves des zones d'ombre ? Je ne te demande pas de dénuder ton âme pour moi, Asher.

— Tu ne comprends pas, gronde-t-il.

— Je me fous de tes secrets !

— Tu ne devrais pas, souffle-t-il.

Il relâche mes poignets et recule. Profondément blessée, je lui tourne le dos et je me déshabille. Puis je m'avance jusqu'au lac. Je m'y enfonce lentement. La température glacée de l'eau me saisit, enserrant ma poitrine, me coupant la respiration. Je me concentre sur la sensation déplaisante, me mords les lèvres et continue à avancer, jusqu'à nager. Au bout d'un long moment, je m'autorise à scruter la berge. Il est parti. Mon excitation et ma fureur disparaissent, englouties par l'eau noire.

Tout en me laissant flotter à la surface du lac, les yeux dans les étoiles, je laisse un unique sanglot écorcher ma gorge. Je ne pleure pas. C'est juste l'eau du lac qui me coule un peu des yeux.

44.
Asher

Je reste sur la berge, adossé derrière un arbre, essayant de trouver le courage de rejoindre mes frères. Je veille sur elle, de loin. Je la protège. Du moins, c'est ce que je me répète. En réalité je suis juste incapable de m'éloigner d'elle.

J'ai envie de cogner quelque chose. Moi-même, en priorité. J'aurais pu la basculer dans l'herbe et la prendre sur la berge, lui faire découvrir le plaisir, me noyer en elle, me perdre dans la douceur de sa peau, la caresser, boire ses soupirs et ses gémissements, j'aurais pu m'accorder ce que je crève d'envie de lui faire depuis des jours.

Mais il n'y aura plus de retour en arrière possible, quand j'aurai franchi ce pas.

Quand je l'aurai eue tout à moi, je ne pourrai plus jamais la laisser repartir. Je ne contrôle plus rien, depuis la seconde où elle est entrée dans ma vie. Mon corps réagit à sa présence comme s'il était assoiffé, et elle l'unique source où je veux boire. Je suis conscient de tous ses gestes, du moindre de ses rires. Je dois faire appel à toute ma volonté pour arracher mes yeux d'elle, à chaque instant. Je la veux, plus que tout ce que j'ai jamais voulu. Ça me terrifie. Je refuse que quoi que ce soit me détourne de mon rôle de Premier.

Stupide humain ! gronde mon loup. *Ce n'est pas parce que tu fermes les yeux que le cerf n'est plus là. L'ignorer ne te guérira pas.*

Je crispe les poings. Nous ne sommes pas souvent en désaccord, mon animal et moi, mais Neven nous sépare.

Elle nage, au milieu du lac, petite silhouette fragile sous le ciel étoilé. Elle est si minuscule, si vulnérable et si forte à la fois, que mon ventre se tord.

Je ne parviendrai pas à la laisser. Son cœur palpite sous ma peau. Je ne peux pas la condamner, chaque fibre de mon âme se révolte. Le besoin de la protéger est aussi fort que celui de veiller sur la meute du Grand Nord. Aussi puissant, aussi absolu.

Comment pourrais-je choisir ? L'idée même me déchire et m'écartèle. Je vais la perdre.

À la seconde où cette prise de conscience me percute, quelque chose creuse une brèche en moi. Je balance mes vêtements et je m'enfonce dans l'eau à mon tour.

Neven est en train de regagner la berge. Elle a de l'eau à la taille quand elle me voit. Je m'immobilise, captivé par les reflets de la lune sur sa peau pâle, ses courbes parfaites qui émergent du lac, ses seins ronds qui dansent au rythme de ses pas et qu'elle cache sous ses mains en m'apercevant. Elle penche la tête sur le côté. Ses yeux me défient, elle ne sourit pas. Elle est furieuse, et putain, je crois qu'elle est encore plus belle comme ça.

Puis sans me lâcher des yeux, elle laisse retomber ses bras et avance vers moi. Seul le bruit de nos respirations et des éclaboussures d'eau vient troubler le silence. Je la dévore des yeux, le corps en ébullition, alors qu'elle s'arrête à un mètre de moi. Son visage décidé et l'arrondi de ses épaules, sa peau marbrée de cicatrices blanches qui me donnent envie de rugir et de les embrasser toutes, une par une, pour les chérir. Ses seins magnifiques et dressés, son ventre plat et ses cuisses fuselées.

— Tu es tellement belle, murmuré-je.

— Je ne ferai pas le reste du chemin, murmure-t-elle d'une voix assourdie par la colère. Si c'est vraiment ce que tu désires, Asher, prouve-le.

Un lent sourire de loup éclot sur mes lèvres. Je franchis le dernier mètre. Nous sommes debout l'un en face de l'autre, sans nous toucher. Je lève lentement la main, la pose sur sa joue.

— Tu n'imagines pas à quel point je te veux, dis-je en plongeant mes yeux dans les siens. Depuis l'instant où je t'ai vue, dans ce couloir. C'est à peine si j'arrive à aligner deux pensées, quand tu es proche de moi, et pourtant, j'ai besoin de te toucher, sans arrêt.

— Alors, touche-moi, Asher. Je n'ai pas besoin que tu sois tendre ou attentionné, j'ai juste besoin de ta peau contre la mienne. De toi, en moi.

Elle n'a pas cillé, mais sa voix a tremblé, à peine. Un truc remue, au fond de mon cœur, et mon sexe déjà dur se tend à m'en faire mal. Je prends doucement ses lèvres, glisse ma langue dans sa bouche. Elle s'ouvre avec un petit soupir qui me fait chavirer. Quand sa langue vient à la rencontre de la mienne, je glisse mes mains dans son dos, jusqu'à ses fesses, pour la soulever et la plaquer contre moi. Elle noue ses jambes autour de mes hanches.

Je la ramène jusqu'à la rive, nos lèvres liées en un baiser passionné.

Là, je la pose doucement sur l'herbe fraîche. Je repousse ses cheveux mouillés de son front avec tendresse. La lueur des étoiles nous enveloppe tandis que je commence à explorer sa peau, parsemant son corps de baisers. C'est une première fois, et même si je crève de désir pour elle, je veux prendre soin d'elle, je veux qu'elle se sente choyée et respectée.

En appui sur un coude, j'essuie du pouce les gouttes d'eau qui dévalent sa gorge, je les lèche. Puis j'embrasse son cou et le mordille. Elle glisse ses mains sur mon torse, exactement sur mon cœur, avant d'explorer mon corps. Elle caresse mes épaules, descend dans mon dos, hésite un instant. Une chaleur inconnue se répand dans ma poitrine, sous ses effleurements tendres. Puis elle s'enhardit et ses paumes viennent enrober mes fesses et les griffer légèrement. Je gronde contre sa gorge, déjà au supplice.

— Un problème, Premier ? me taquine-t-elle.

Pour toute réponse, je me penche sur ses seins, ronds et parfaits. Je referme mes lèvres sur la pointe de l'un, et je l'aspire, tout en pressant tendrement le second. Sa respiration devient plus saccadée.

— Un problème, petite louve ?

Elle gémit quand je plonge sur son autre sein pour lui faire subir le même traitement. Je fais rouler sa chair sur ma langue, me délectant du goût de miel de sa peau. Je sais déjà que je ne pourrai jamais m'en rassasier. Nous n'avons encore rien fait, et je suis déjà perdu. La lune la nimbe d'un halo argenté qui la rend encore plus belle, presque irréelle. Une reine des ombres et de la nuit, magnifique, sensuelle, puissante. Je déglutis, admirant sa beauté. Mon cœur se met à cogner comme un fou.

Elle glisse une main entre nous, ses doigts s'enroulent autour de mon sexe.

— Putain, Neven, soufflé-je alors qu'elle me serre avec fermeté, exactement comme j'aime.

Je veux m'occuper d'elle uniquement, cette nuit. Mais quand je repousse sa main, elle murmure, ses grands yeux bleus posés sur moi :

— S'il te plaît... J'ai besoin de te toucher, moi aussi.

Alors j'entoure sa main de la mienne et lui imprime un rythme plus soutenu, nos yeux accrochés l'un à l'autre, nos souffles courts mêlés. La bouche entrouverte, elle scrute mes réactions, les joues rosies. C'est une sensation si incroyablement intense que je suis à deux doigts de perdre pied. Je lui laisse pourtant les commandes, ôtant ma main de la sienne, parce que ça me plaît étrangement d'être à sa merci, d'être vulnérable en même temps qu'elle.

Je descends ma main entre ses cuisses. Elle gémit lorsque je commence à la caresser, en traçant des cercles du pouce sur sa chair frémissante. Son souffle dans mon cou me rend fou. Un besoin sauvage et pressant me domine : prendre soin d'elle, la fondre en moi ou me noyer en elle, et ne plus jamais la laisser repartir, parce qu'elle est mienne.

À nous, gronde mon loup en écho.

Elle se tord contre moi, ses seins aux pointes dures se pressent contre mon torse, ma respiration se coupe. J'introduis lentement un doigt en elle, elle se cambre avec un soupir lourd. Ses mains me relâchent et viennent se refermer sur mes cheveux avec un petit cri qui m'incendie les veines. Déesse, cette fille va me tuer ! Je pourrais succomber rien qu'en la regardant.

Son souffle devient heurté au fur et à mesure que je dépose un cercle de baisers autour de son nombril, puis plus bas, ma langue remplaçant mes doigts. Je la goûte avec avidité, répondant aux mouvements de ses hanches contre ma bouche. Ses ongles de chaton me griffent la peau. Ses hanches se soulèvent pour venir à la rencontre de mes caresses.

La sentir si proche du plaisir me submerge d'une émotion trouble. Je me redresse un instant pour l'admirer. Elle est si incroyablement belle, son excitation teintant ses joues de roses et sa bouche ouverte sur un cri de plaisir muet. Ses yeux brillants me fixent. Mon cœur bat si fort qu'il va exploser entre mes côtes. Pour éviter de définir ce sentiment qui m'envahit, trop nouveau, trop grand, trop effrayant, je plonge, collant à nouveau ma bouche contre elle. Ses mouvements deviennent erratiques, sa respiration haletante, et soudain, elle explose en un long frémissement. La jouissance l'emporte, mais c'est moi qui m'envole de la sentir si confiante et abandonnée entre mes bras.

Je remonte vers sa bouche pour l'embrasser avec fièvre. Nos souffles se mêlent, mes mains errent sur son corps pâle, explorant chaque courbe nacrée de sa peau.

— S'il te plaît, Asher, murmure-t-elle. Maintenant !

Je me positionne au-dessus d'elle, sans faire reposer mon poids sur son corps, et d'une lente poussée, j'entre en elle. Elle grimace lorsque la douleur la traverse, mais ses mains s'agrippent à mes fesses, m'empêchant de reculer. Je l'embrasse, éperdu, tandis que son corps se contracte autour de moi. J'attends, le temps que le pincement qui vrille son ventre s'estompe.

— Ça va ?

— Oh oui, répond-elle avec un sourire haletant.

Doucement, je me retire puis m'enfonce à nouveau avec précaution. Lentement, à plusieurs reprises. Elle encadre mon visage de ses mains.

— Je ne suis pas fragile, gronde-t-elle. Prends-moi vraiment !
— À tes ordres, petite louve.

Alors je me perds en elle avec force. Elle répond à mes coups de reins en étouffant ses cris sur mes lèvres et en se cambrant contre moi. Mon désir pour elle est si fort qu'il rue dans mes veines, tous mes sens exacerbés. Son parfum et le goût de son plaisir sur ma langue, la soie de sa peau qui ondule sous mes mains calleuses et sa chaleur qui entoure mon sexe dur, ses gémissements mouillés à mon oreille, tout en elle me rend fou. J'étreins sa nuque et pose mon front contre le sien pour mieux voir son visage illuminé par le plaisir. La tension monte doucement, au rythme de ses halètements de plus en plus sourds, nous portant vers un plaisir incroyable. Sa bouche trouve la mienne et nos gémissements se mêlent en un baiser sauvage.

Elle noue ses jambes autour de mes hanches, m'enserrant plus fort. Je ferme à demi les yeux, ravagé par la torture délicieuse qui part de mon sexe et vrille mes entrailles, fait crépiter ma peau, et battre mon cœur plus vite.

— Plus fort, murmure-t-elle. C'est trop bon !

Je suis bien d'accord. C'est incroyablement bon. Nous sommes devenus une seule entité, fusionnée par le désir puissant qui vibre entre nous. L'espace d'un instant, je ressens son propre corps, comme si j'étais réellement à l'intérieur d'elle. À l'intérieur de son âme. Je la sens se fracturer, dévorée par un plaisir si fort que moi aussi, je succombe, bouleversé.

Je lui donne ce qu'elle veut, intensifiant mes coups de reins. Son gémissement se fait grave, presque grondant. Je glisse une main entre nos deux corps, à l'apex de ses cuisses, pour la caresser.

— Asher !

Je cueille son cri de jouissance sur ses lèvres, l'embrassant avec férocité alors que son corps s'arque sous moi. Mon orgasme explose à son tour, dévastateur, roulant dans mes veines comme une vague incessante.

Je ne sais pas si c'est Neven ou moi qui tremble, tant ce que nous venons de vivre était puissant. Je la fais rouler sur moi et referme mes bras autour d'elle, dans une étreinte qui me procure un sentiment de plénitude et de justesse infini.

C'est ici qu'est sa place, ronronne mon loup.

Je caresse son dos, la serre contre moi. J'embrasse son épaule avec tendresse, repousse ses cheveux mouillés de son visage.

— C'est toujours comme ça ? demande-t-elle, alanguie.

C'est la première fois que c'est si intense. Elle appuie sa tête contre ma poitrine, une oreille contre mon cœur. J'ai été le premier, pour elle.

Je veux être le premier, le dernier et tous les autres au milieu. Je veux son sourire juste pour moi au réveil et ses jambes nouées autour de mes reins chaque nuit.

Je ne veux qu'elle, et c'est impossible.

Ma gorge se contracte, alors je pose une main au creux de ses reins et je l'embrasse doucement, en guise de réponse.

45.
Neven

Quand je me réveille, à l'aube, je suis solidement encadrée par Calek et Asher, tous les deux sous forme humaine. La main de l'un repose sur mon ventre et son bras entoure ma taille, tandis que le biceps de l'autre me sert d'oreiller. Mon nez est collé contre le torse d'Asher, son parfum viril de cuir et de bois m'apaise, et le souffle de Calek caresse les cheveux sur ma nuque. C'est une sensation merveilleuse, cette impression de sécurité absolue et d'affection aussi chaude qu'une couverture. Un vol de morelles cendrées traverse le ciel, au-dessus de nous, comme un signe d'espoir.

Je me tortille pour dégager ma jambe, coincée sous celle de Calek, quand celui-ci murmure à mon oreille :

— Ne gigote pas trop.

Mes fesses sont coincées contre… Oh. Je ris doucement.

— Je vous ai entendus, cette nuit, dit-il.

Je n'arrive pas à déterminer à sa voix s'il est contrarié. Face à moi, Asher me dévisage avec une expression indéchiffrable, entre le désir, le regret et quelque chose de beaucoup plus sombre. Ils attendent, tous les deux.

Je prends une grande inspiration et je murmure :

— Je vous veux tous les deux, je vous veux si fort que ça me consume. Mais je refuse d'être une complication entre vous. S'il y a le moindre risque que ça sème la discorde entre vous deux, alors ça n'en vaut pas la peine.

Asher reste silencieux, les lèvres pincées. Je n'ai jamais caché mon attirance pour les deux, et cette nuit ne change rien à ce que je ressens pour chacun. Mais le Premier envisageait peut-être les choses autrement. Je tourne la tête vers Calek.

— Ça t'ennuie ? demandé-je.

— Tes gémissements m'ont torturé toute la nuit, dit-il d'une voix rauque. Je voulais être à sa putain de place ! Je croyais que tu avais choisi.

Je secoue la tête.

— Je ne veux pas choisir, c'est tout le problème.

Calek fait glisser sa main sur ma gorge, avant de déposer un baiser féroce sur mes lèvres.

— On a déjà partagé, dit-il contre ma bouche. Il en faudra nettement plus que ça pour que je renonce à toi, Neven. Si ça ne t'empêche pas d'être *aussi* avec moi, alors j'accepte.

Mon cœur bat plus fort. Je me tourne à nouveau pour croiser les yeux bleus d'Asher. Il serre les dents, la mine sombre. Derrière moi, Calek s'est crispé lui aussi. Le Premier finit par déclarer d'une voix tendue :

— Je n'ai aucune envie de te partager, Neven, et vous voir vous embrasser me colle des envies de meurtre... Alors imaginer qu'il te prenne et te fasse crier de plaisir... Putain, non.

Ce n'est pas ce que j'avais envie d'entendre. Ça me fait mal, mais je respecte sa décision. Je ravale ma déception et pose une main sur sa joue.

— Je comprends, dis-je.

Il secoue la tête.

— Non, tu ne comprends pas... Je préfère être jaloux à en crever et t'avoir quand même.

Il prend ma main et embrasse ma paume.

— Je n'arrive pas à rester loin de toi, petite louve, déclare-t-il d'une voix rauque. Alors si c'est ce que tu souhaites, alors je suis d'accord.

Calek et lui échangent un regard, par-dessus moi. J'ignore ce qui s'échange entre eux, mais je devine qu'une forme d'accord vient d'être passée. Le bras de Calek s'enroule autour de mon ventre pour me plaquer plus fort contre lui, tout en me mordillant le cou. Asher se penche pour m'embrasser avec tendresse et autorité, une main autour de ma nuque.

Alors que je me laisse aller à ces sensations qui embrasent mon corps et font chanter mon âme, un bruissement me fait relever la tête. À travers les hautes herbes, un loup noir me fixe avec une expression déchirante, avant de détourner la tête, le regard empli de douleur.

Mon cœur se crispe et je me redresse, mal à l'aise. M'en veut-il parce que je lui ai volé ses frères ? Ou est-ce... autre chose ?

Je n'ai pas le temps d'y réfléchir. Asher s'écarte et nous dévisage avec une expression grave. Il s'assoit, appuie son front contre le mien un bref instant, avant de déclarer :

— Je dois vous parler d'autre chose. Cette nuit, la barrière est tombée. La meute est désormais vulnérable, sans protection magique.

La main de Calek s'immobilise, dans mon dos. Un grondement s'échappe de la gorge de Leith.

— Ils sont vivants ? interroge Calek en se redressant vivement.

— Je l'espère. Je ne les sens plus du tout.

Tous les trois se ferment, leur crainte prenant le pas sur tout le reste. Nous nous préparons et reprenons notre route, le silence seulement ponctué par le bruit de nos pas. L'atmosphère est chargée d'une nouvelle dose d'appréhension et d'amertume.

J'essaie de courir le plus vite possible. Ma respiration commence à siffler un peu et mes cuisses chauffent, mais leur inquiétude m'oblige à avancer. Ils sont désormais dans une situation d'urgence. Mon père ne s'est jamais préoccupé de notre clan. Seules sa sécurité et l'assise de son pouvoir lui importent. Leith, Calek et Asher sont prêts à se sacrifier pour leur clan. C'est exactement à ça que devrait ressembler une meute : une famille unie, soudée, aimante, où l'on se soucie l'un de l'autre. C'est avec eux que j'aurais aimé grandir.

Les jours suivants, on avance sans vraiment parler. La tension s'accentue. Chacun se perd dans ses pensées, de nature sombre si j'en crois leurs traits fermés.

La rune me fait mal. Mon bras m'élance comme s'il était plongé en continu dans des charbons ardents, des braises roulent sous ma peau. C'est atroce. De minuscules sillons se creusent, partant du symbole, et remontent tout le long de mon avant-bras en craquelures d'un bleu presque noir. Je me masse le poignet, la nuit, quand les autres ne me voient pas, je le plonge dans l'eau dès que nous croisons un ruisseau, sous prétexte de boire.

Alors que je serre les dents sans cesser de courir, chaque pas envoyant un élancement insupportable jusqu'à mon épaule, le loup de Leith s'approche et sa langue fraîche frotte contre la rune. Son regard me fixe avec désapprobation. Il fait un mouvement du museau pour me désigner.

— Je ne comprends pas, murmuré-je.

Le loup découvre les crocs avec agressivité. Je me retourne, il n'y a aucun ennemi, aucun danger en vue. Asher et Calek courent devant et ne se sont même pas retournés.

« *Tes ombres, utilise-les, me souffle Joran. C'est ce qu'il essaie de te dire. Elles vont éteindre la douleur.* »

J'appelle les lambeaux de nuit. Elles entourent mon bras, en un fin pansement d'obscurité. Immédiatement, leur baiser glacé me soulage.

— Merci, dis-je à Joran et Leith.

Son loup émet un petit reniflement méprisant, et il me pousse du museau pour que je me remette en route. Mes pensées s'emmêlent. Peut-être qu'il ne m'apprécie pas, mais à sa façon, Leith prend soin de moi. Ça fait trembler quelque chose, dans ma poitrine.

Le terrain s'est fait plus humide, presque marécageux. À un moment, le sol cède sous les pieds de Calek, qui chute au fond d'un ravin, heureusement peu profond, mais ce qui nous engage à mieux vérifier où on marche. Les troncs des arbres s'enfoncent dans l'eau, leurs racines formant des tentacules qui s'agrippent au sol et me font trébucher à plusieurs reprises. Le soleil disparaît sous l'épaisse frondaison, plongeant le paysage dans une pénombre inquiétante. Aucun bruit animal, à part le bourdonnement d'insectes grouillants. Pas d'oiseaux sautillant de branche en branche, de rongeurs nous surveillant de loin.

Je progresse avec précaution, le cœur pris dans un étau. Cet endroit est malsain. Le paysage tout entier semble respirer avec difficulté, son haleine putride me frappant à chaque pas. Ce ne sont pas les exhalaisons naturelles de la végétation qui finit par pourrir et nourrir la terre, le bon humus des forêts de mon enfance. Non, ça sent... la mort. Les corps en décomposition.

On se sent observés, et impossible de déterminer s'il s'agit de monstres tapis dans les eaux glauques ou de magie qui avertit les Mères de notre arrivée. Même les nuits sont devenues si brèves que je ne parviens plus à récupérer.

La rune brille d'un éclat frénétique, sous la couche d'ombres.

— Qui s'étonnera que des filles d'Hécate aient choisi de s'installer ici ? grommelle Calek.

Cette nuit-là, Asher se raidit contre moi. Je me réveille immédiatement. Il se lève, la mine grave. Calek se redresse, imité par Leith qui déplie son immense silhouette de loup. Asher nous dévisage avec soulagement.

— Ils sont revenus, dit-il simplement. La connexion est vacillante, mais ils ne sont pas morts.

Calek expire longuement, la joie illuminant ses traits. Même Leith arbore un air presque heureux.

— Tout le monde est en vie ? insiste l'ours.

— Impossible à dire. Le maillage est plus fragile, et j'ai la sensation qu'il manque quelques brins, mais je ne peux pas les identifier.

Son expression se fait songeuse tandis que nos yeux s'accrochent. Calek se lève et vient donner une accolade d'ours à son Premier. Leith se joint à eux. Je m'éloigne de quelques pas, le nez dans les étoiles. Je suis heureuse pour eux, mais leur bonheur me rappelle aussi que je ne fais pas partie de leur famille et que je les perdrai bientôt.

Alors que j'essaie de mettre de l'ordre dans mes émotions, Asher me rejoint. Il m'attire contre lui, je m'abandonne à son étreinte, entre peine et douceur. Calek et lui me manquent, depuis la nuit au bord du lac. À part quelques effleurements, aucun de nous n'a initié le moindre contact, le moment n'y est pas propice.

Il referme enfin ses bras autour de moi. Il pose son menton sur mes cheveux.

— Je suis heureuse pour vous, dis-je.

Il soupire. Je relève la tête pour contempler son beau visage aux traits sévères. Il semble sombre, alors qu'il devrait rayonner.

— Asher, que se passe-t-il ?

— Il faut que je te parle, commence-t-il d'un ton voilé.

Je n'aime pas du tout l'expression désolée de son visage.

— Quoi qu'il se passe, quand nous serons face aux Mères, ne perds pas confiance en moi, d'accord ?

Je penche la tête sur le côté, fronçant les sourcils.

— J'ai confiance en toi, affirmé-je.

Il se recule, et j'ai immédiatement froid. Un sale truc vient me comprimer le cœur. Je l'observe ôter sa chemise, mes yeux incapables de s'empêcher de suivre le dessin des muscles puissants de son torse et ceux de son ventre dur.

Il pivote pour me montrer son flanc sur lequel s'étale un dessin presque invisible, une rune compliquée et élégante, à peine plus pâle que sa peau. Je ne l'avais pas remarquée. Asher m'observe. J'effleure le symbole du bout des doigts. Il frissonne.

— En tant que Premier, j'ai des résolutions difficiles à prendre, dit-il. Cette marque en est une.

— Tu agis au mieux pour ta meute, c'est ce qui te définit. Ta loyauté et ton sens de l'honneur.

— Il n'y a aucun honneur dans certaines décisions.

Il repousse ma longue natte derrière mon épaule. J'attends qu'il poursuive, suspendue à ses lèvres. Il a l'air vraiment mal à l'aise, et ses yeux se chargent de douleur. J'enfonce mes ongles dans mes paumes, remplie d'appréhension. Ma louve se met à gronder, menaçante.

— Tu te souviens de Sol Tiren... Tu t'es évanouie, et je l'ai tuée. Mais avant de mourir, elle a... apposé ce tatouage magique sur moi. C'est un accord que nous avons passé, la fille d'Hécate et moi.

Juste au moment où Asher évoque la sorcière, un vent soudain se lève, faisant vrombir les feuilles et ployer les branches des arbres autour de nous. Des bourrasques tièdes nous frappent avec force. Je me raidis. Calek et Leith nous rejoignent en grondant, sous leur forme animale. Dans un craquement épouvantable, les troncs devant nous s'écartent, ménageant une sorte d'obscur tunnel de végétation. Une gueule prête à nous avaler. Mes ombres se dressent autour de moi tels des serpents agressifs, sifflant en direction du passage.

Sur mon poignet, la rune devient si brûlante qu'elle m'arrache un cri. Je frotte mon bras, paniquée, en voyant les volutes bleues se détacher de ma peau et se jeter sur le sol. Elles tracent un chemin noir qui s'engouffre sous les arbres.

— Au cas où on n'aurait pas compris..., grommelé-je.

Derrière nous, la terre se fissure et une crevasse profonde se dessine, menaçant de nous avaler. Asher me saisit par l'épaule, et on fonce en avant vers la gueule de l'enfer, suivis de près par l'ours et le loup noir.

46.
Neven

La crevasse s'est arrêtée juste devant l'entrée du tunnel, mais elle s'est élargie, formant un immense gouffre qui empêche toute sortie. Nous sommes condamnés à avancer dans ce piège magique. Leith est passé en tête du groupe, suivi par Asher. Je marche derrière eux, et Calek ferme la marche. Il règne une obscurité opaque dans le tunnel. Un souffle tiède comme une haleine monstrueuse fait voler mes mèches et pousse des relents putrides dans notre direction. Je plaque une main sur mon nez.

Quand mes pieds s'enfoncent dans quelque chose de spongieux, je repousse la nausée acide qui s'empare de moi. Ce n'est pas une gueule, mais plutôt un estomac, dans lequel des restes à moitié digérés sont entassés. Quant à discerner si ce sont des cadavres d'animaux ou de créatures sous forme humaine, j'aime autant ne pas le savoir. Mes couteaux me manquent. Plus que tout, j'aimerais en avoir un dans chaque main, je me sentirais moins vulnérable.

Les ombres resserrent leur emprise sur moi, mouchant chaque petite étincelle de frayeur. Elles avancent au même rythme que nous, telles des sentinelles graves, longeant les parois du boyau monstrueux.

Le tunnel s'achève devant une immense arche de pierre gravée de runes. Leur puissance écrasante me frappe de plein fouet. Je ne suis pas la bienvenue. Les poils de ma louve se hérissent et elle se met à hurler, annihilant toute pensée rationnelle. Je dois fuir. Immédiatement. Je tourne les talons et m'élance, soumise au besoin viscéral de quitter cet endroit où vivent les ennemies des Völvas. Ici, seule la mort m'attend. La terreur déverse ses milliers de piqûres le long de mes nerfs, et je cours.

— Neven !

Je fuis, plus vite que jamais, aiguillonnée par mes ombres. On me saisit par le bras et l'élan m'envoie me cogner contre le torse dur de Calek.

— On est là, répète-t-il en me serrant contre lui. On ne les laissera pas te faire du mal.

Je me débats, poussée par ma louve, submergée par une peur issue du fond des âges. Mais Calek est bien plus fort que moi. Asher le rejoint, et son regard ancré au mien, il déverse sur moi son pouvoir d'alpha. C'est une vague qui me traverse, telle une gigantesque main qui flatterait mon échine. Mon animal continue de gronder, refusant de se soumettre. Pourtant, au bout d'un moment, je me sens mieux. J'ai l'impression de me réapproprier mon esprit.

— Merci, marmonné-je, éprouvée.

Calek prend ma main et ne me lâche plus, on refait le chemin jusqu'à l'arche. Je me prépare à subir un nouvel assaut des runes, mais l'effet semble s'être estompé. Asher veut traverser en premier, mais Leith lui montre les dents et c'est lui qui franchit le portail de pierre. On s'engouffre à sa suite.

Devant nous s'ouvre une vaste caverne hérissée de stalactites de pierre bleue couverts d'un lierre aux feuilles pourpres. Les parois rocheuses sont gravées de symboles qui palpitent au rythme des battements d'un cœur. De grandes colonnes soutiennent un plafond très haut, voûté, qui scintille d'une multitude d'étoiles filantes et de galaxies tourbillonnantes. Le sol est fait d'une succession de pierres plates qui flottent sur une étendue d'eau noire.

Au fond de la salle trônent trois femmes sur un simple banc de bois, recouvert d'une peau de bête. Vu la taille, il s'agissait d'un métamorphe.

Les Mères nous observent, leur visage et leurs bras nus couverts des mêmes runes que celles qui décorent les murs, le même genre que celle qui était gravée sur mon poignet et qui a disparu, réalisé-je en fixant mon bras.

La première est une très vieille femme aux cheveux d'un gris filasse, rassemblés en chignon. Elle paraît aveugle, avec ses yeux intégralement blancs. La seconde est une femme dans la force de l'âge, aux longs cheveux blonds nattés en une couronne autour de son crâne. Sa bouche forme un sourire chaleureux, démenti par la froideur de glace de ses yeux.

La dernière paraît avoir mon âge. Ses cheveux d'un roux flamboyant forment une crinière indisciplinée qui cascade sur ses épaules d'une blancheur laiteuse, jusqu'à ses seins dénudés et fièrement dressés. Elle est particulièrement jolie, et sa moue boudeuse ne parvient pas à enlaidir son visage aux traits ciselés. Je la déteste à la seconde où elle se concentre sur mes compagnons, sa minuscule langue rose léchant sa lèvre avec gourmandise.

— Nous vous attendions, déclare la femme du milieu.

En un geste de possession, je pose la main sur le dos de Leith qui s'est placé devant moi. *Ils sont à moi, tous les trois.* La virulence de ma pensée m'étonne, mais ma louve approuve en grondant.

Leith découvre les crocs avec une franche hostilité. Quelque chose lèche ma peau, une entité ancienne, infinie, mauvaise. Je réprime le frisson qui remonte le long de ma colonne vertébrale. Le pouvoir plonge ses doigts osseux en moi. Soumise à une douleur atroce, je tombe à genou, en essayant de me retenir à la fourrure de Leith. En vain.

Ma louve se jette sur l'intrus et le déchiquète, elle rugit et lacère, dévore les doigts qui me fouillent, donne des coups de pattes et de griffes, elle se défend si fort que l'assaillant recule, blessé, et s'évapore. Leith m'observe avec inquiétude, son museau collé contre mes joues.

Des bras me soulèvent, m'entourent.

— Ça va ? s'inquiète Asher.

Je déglutis pour chasser le goût acide dans ma bouche, et hoche la tête. Il me scrute une seconde supplémentaire, avant de se tourner avec détermination vers les Mères, affichant une colère glaciale. Alors que nous avançons tous les quatre sur les plaques rocheuses qui flottent sur les eaux noires, un grondement assourdissant résonne dans notre dos. Je me retourne vivement : l'entrée de la grotte a disparu. Il n'y a plus que des murs de roches, tout autour de nous. Nous sommes pris au piège.

Asher prend place sur la première des dalles, tandis que nous restons en retrait, juste derrière lui, sur la plaque suivante.

— Je suis le Premier de la meute du Grand Nord, commence mon compagnon d'un ton tranchant.

— Votre visite était attendue, le coupe la plus jeune des sorcières. Nous savons qui vous êtes.

— Votre demande a été présentée par une de nos sœurs... Celle que vous avez choisi d'assassiner, après qu'elle vous a offert son aide.

Je me fige. Le visage de la plus vieille des femmes reste indifférent.

— Elle a attaqué notre compagne, répond tranquillement le Premier. Les filles d'Hécate connaissent nos lois.

— En effet.

D'un même mouvement, les trois femmes se lèvent du banc, et celle du milieu effectue un pas vers nous.

— Nous écoutons votre requête.

— Il y a longtemps, une de vos sœurs a enchanté les pierres qui délimitent le territoire de notre meute. Mais son pouvoir s'est affaibli avec le temps, et la barrière qui protégeait les nôtres est tombée. Je souhaite que vous réactiviez ce sort.

Les sorcières se regardent, un sourire froid étirant les lèvres de la plus jeune. Elle rejoint Asher sur la plaque, et lui tourne autour, comme un prédateur qui a envie de jouer avec sa proie. Elle est petite et frêle, tout en courbes féminines appétissantes et offertes. Elle fait glisser ses doigts fins sur le bras d'Asher, minaudant avec une insupportable assurance. Il dégage sa main avec calme.

Sorcière ou pas, j'ai envie de lui arracher la tête. Il faut que Calek me retienne par l'épaule pour que je réalise que j'ai fait un pas dans leur direction.

— Le coût sera élevé, murmure-t-elle. Mais vous le savez déjà, n'est-ce pas ?

— Fabriquerez-vous l'enchantement ? demande sèchement Asher.

La jeune sorcière rejette ses cheveux derrière son épaule avec une grâce que je n'aurai jamais et elle lui sourit. Un sourire sans chaleur, artificiel.

— Il est déjà prêt. Vous acquitterez-vous de votre dette ?

Les tendons de son cou se crispent, mais il finit par hocher la tête.

— Bien. Alors que la fille s'avance, s'exclame la femme aux cheveux blonds.

Sa voix roule contre les parois de la grotte, faisant scintiller plus fort les étoiles.

— Neven ne bougera pas, jette Calek. C'est avec nous que vous devez traiter.

— Tu te trompes, animal, ricane la jeune fille. Elle est le sacrifice consenti en échange de votre sort. Le pacte a été scellé.

Elle effectue un mouvement des doigts, les stalactites brillent plus fort, comme si elle absorbait leur énergie, et la chemise d'Asher tombe en cendres, dévoilant la marque pâle sur son flanc. Il m'a dit qu'elle symbolisait une décision difficile à prendre. Leith le scrute avec une expression de pur mépris.

— Votre Premier a accepté le paiement.

Ça ne peut pas être vrai. Asher n'a pas pu me vendre aux Mères. Il n'aurait pas fait ça... Je pousse Calek pour me précipiter vers le loup blanc, mais le regard que ce dernier me lance est si triste que je fais un pas en arrière, aussi choquée que s'il m'avait frappée.

— Non... Asher, non !

— Je suis désolé, Neven. Ma loyauté appartient à mon clan... et tu n'en fais pas partie.

Mon cœur se brise, alors que la douleur de sa trahison me frappe en pleine poitrine. C'est plus douloureux que tout ce que je connais. Ça m'empêche de respirer, me suffoque et me broie l'âme.

Comment ai-je pu me montrer si stupide !

47.
Asher

Ils me détestent. Qu'ils attendent leur tour, je me hais avec encore plus de force qu'eux. Le regard blessé de Neven me déchire. Je reste silencieux, tandis que ses grands yeux bleus se remplissent de larmes.

Un coup de poing me cueille en pleine figure, la douleur explosant dans ma mâchoire. Je vacille, secoue la tête et me redresse.

— Comment as-tu osé ? rugit Calek, enragé.

— C'est ma responsabilité et mon choix, déclaré-je sèchement. Préférerais-tu qu'on condamne toute la meute ?

Mon pouvoir d'alpha s'élève autour de moi. Il me dévisage, poings fermés, supportant le déluge sans ciller. Ses mains se transformant en griffes tandis que ses yeux deviennent intégralement dorés. L'ours veut sortir et me déchiqueter. Je le mérite. Calek réussit pourtant à se contenir. Il finit par baisser le menton de façon imperceptible. Je m'essuie la bouche du revers de la main.

— Tu aurais dû nous en parler ! On aurait trouvé une autre solution.

— Je n'aurais rien dû du tout. Je suis ton Premier, Calek. Le remets-tu en question ?

Il recule, choqué que j'utilise cet argument contre lui et affiche une expression trahie. Même Leith me considère avec mépris.

Mon pouvoir roule dans la grotte, je le sens se heurter à celui des sorcières. Elles l'éprouvent avec gourmandise, tâtent sa résistance, mais elles ne peuvent pas le briser pour atteindre mon esprit. Je les affronte du regard. La Mère aveugle dresse une main devant ses sœurs et le flux retombe.

Les traits de Neven sont fermés, ses lèvres pincées en une ligne dure. Elle me jette un regard suintant de haine, qui me fait nettement plus mal que les poings de Calek. Elle se précipite vers la sortie qui n'existe plus. Je demeure immobile, poings serrés le long du corps, figé par la rage. La sorcière d'âge moyen lève une paume et murmure quelques mots. Les runes sur les parois brillent plus fort et bientôt, la magie se déploie autour de Neven, tissant une toile de fils argentés qui se referment sur elle. Elle se met à hurler. Mon cœur cesse de battre.

Calek rugit et se précipite auprès d'elle, mais les filaments s'entortillent autour de lui et l'immobilisent à son tour. Leith se jette sur lui et tente de déchiqueter les entraves magiques de ses crocs et de ses griffes, mais il ne réussit qu'à se blesser.

— Ça suffit, dis-je froidement en m'avançant jusqu'aux trois Mères. La torture ne faisait pas partie de l'accord. D'ailleurs, vous n'avez pas rempli votre part du marché. Neven n'est pas encore à vous. Relâchez-la.

Elles me considèrent sans ciller.

— *Immédiatement*, grondé-je, employant toute ma puissance d'alpha.

Leur pouvoir plie et cède contre le mien. Le cocon monstrueux qui retient les miens s'assouplit. Calek s'extirpe du sien en rugissant, tandis que Leith aide Neven en offrant son épaule pour qu'elle s'y accroche. Mon loup voudrait déchiqueter les trois garces, faire couler leur sang et les regarder agoniser en silence. Je m'efforce de contenir sa rage et la mienne.

J'essaie de croiser le regard de Neven, mais elle détourne ostensiblement la tête. Les runes continuent de luire d'une lueur malsaine, tout autour de nous, et au plafond, les étoiles tourbillonnent à toute vitesse. Les stalactites vibrent comme la queue des serpents à sonnette, émettant un grincement strident.

— Que l'un d'entre eux bouge, et nous les considèrerons comme une menace à éliminer, cingle une des sorcières.
— Ils ont saisi. Le sortilège pour les pierres, maintenant.
La vieille sorcière disparaît dans l'ombre derrière le banc. Quand elle revient, elle porte un carré de tissu écru. Elle l'ouvre devant moi. Il contient une dague dont la lame est gravée de motifs noirs entrelacés et une fiole ornée de symboles et dont le liquide bleuté semble vivant. Il... murmure. Des dizaines de petites voix chuchotent à l'intérieur, enjôleuses et sombres. Les poils se dressent sur ma nuque. Je ressens leur puissance, leur désir de quitter leur prison de verre. Putain, ce truc est terrifiant. Les trois Mères échangent un sourire entendu.
— Comment puis-je être certain que votre sort sera efficace ?
— Les Mères ne trichent pas, rétorque sèchement la jeune sorcière. À partir du moment où nous avons accepté le marché, pourquoi reviendrions-nous sur notre parole ? Ce serait mauvais pour les affaires. L'enchantement contenu dans la fiole est identique à celui d'origine. Il faudra verser un peu de votre sang sur chacune des pierres qui délimitent le territoire à protéger, en même temps que vous verserez le liquide. Utilisez uniquement la lame de cette dague afin de mêler le sort à votre magie de Premier.
Je tends la main vers la vieille femme, dont les yeux aveugles se posent sur moi. Je la fixe sans ciller, tandis qu'elle essaie encore de fouiller mon esprit.
Il va te falloir davantage que ça pour me faire plier, sorcière.
Elle referme les pans du carré de tissu sur les deux objets et dépose le paquet dans ma paume. Je le glisse dans une de mes poches.
— La Dévoreuse, maintenant. Approche ! s'exclame la blonde, un air extatique sur le visage.
Leith se met à gronder et Calek se dresse devant Neven.
— Pourquoi l'appelez-vous ainsi ? demandé-je.
— Vous ignorez tout d'elle, n'est-ce pas ? se moque la jeune sorcière en entortillant une de ses mèches rousses autour de ses doigts. Elle est votre plus grande ennemie, et la nôtre, Loup. Vous avez de la chance que ses pouvoirs ne se soient pas encore révélés,

car vous n'y auriez pas survécu. Aucun de vous. Une Dévoreuse est un monstre redoutable. Soyez heureux que nous vous en débarrassions.

Je me tourne vers Neven et ses grands yeux en amande, son visage aux traits fins et ses lèvres pleines, cherchant à deviner le monstre. Je ne vois qu'une jeune femme courageuse, belle, forte, et qui darde sur moi un regard haineux.

— Approche, Neven, ordonné-je.

Les runes se mettent à tourner autour des piliers de pierre, en une ronde folle. Ma petite louve est poussée vers moi, malgré ses talons fermement plantés dans le sol. Calek et Leith sont à nouveau immobilisés par les filins d'argent qui grésillent depuis les stalactites, tels des arcs voraces.

— Ne fais pas ça ! me hurle Calek. Je te l'interdis.

Ils espèrent encore que je vais changer d'avis. Ça me tue un peu plus encore.

Neven est tirée à ma hauteur. Les trois sorcières attendent avec une impatience manifeste. Je me penche et embrasse doucement les cheveux de ma petite louve. Son regard plein de mépris me crucifie. Je repousse quelques mèches égarées de son front, caresse sa joue et me courbe pour déposer un dernier baiser sur ses lèvres. Je musèle le cri de rage désespérée qui monte du fond de mon torse.

— Elle est à vous, déclaré-je sèchement.

Neven hurle et le cocon se referme sur elle.

Je suis le Premier de la meute du Grand Nord.

Et alors que mon cœur se brise, pour la première fois, je donnerais absolument tout pour ne pas l'être.

Note de l'autrice

J'espère que vous avez aimé cette histoire aussi fort que j'ai aimé l'écrire !

Pour le moment, vous me détestez certainement un peu, vu la fin cruelle de ce tome. Mais je vous promets que Neven, Asher, Calek et Leith reviennent bientôt, en pleine forme !

Enfin, *presque* en pleine forme.
À peine cabossés...
Mais rien du tout, j'vous jure, ça va le faire.

Et en plus, il y aura plein de surprises et de secrets révélés, dans le tome 2. ;)

En attendant, vous pouvez déjà retrouver Asher, Calek et Leith dans une nouvelle prequel, **Alphas**, pour découvrir leur vie d'avant Neven. C'est à télécharger gratuitement sur mon site : *anna-briac.fr/cadeau*.

Un dernier mot avant de vous quitter : si vous avez aimé cette histoire, n'hésitez pas à mettre un mot sur les réseaux sociaux ou les plateformes de vente : votre soutien est précieux.

Merci !

♥

Remerciements

Parce qu'un livre ne s'écrit jamais tout seul, j'ai toute une liste de gens à remercier pour leur présence, leur aide, leur œil avisé, leur soutien ou leurs conseils.

D'abord, gratitude éternelle à mon équipe d'alphas et betas lectrices de choc : Alice, Coralie, Déborah, Cindy, Géraldine, Myriam et Perrine. Merci pour vos avis éclairés et si précieux, vos commentaires *(« Nan, mais naaan, tu n'as pas osé écrire ça ?!? » Oups ?)*, vos mots qui me remontent toujours le moral quand parfois il se noie un peu…
Les mots me manquent pour dire à quel point vous m'êtes indispensables, alors juste MERCI !

Merci aussi à Jo Ann, mon éditrice-arbitre de points karma : c'est simple, il n'y aurait pas d'histoire sans elle !
(Et c'est elle qu'il faut engueuler pour cette fin. Moi je voulais terminer par un banquet où tout le monde se fait des bisous de pardon et où on rit en buvant du chocolat chaud arrosé de rhum)
(Bon, d'accord, c'est un vil mensonge. Mea culpa)
(Pardon, Jo Ann…)

Merci à Florent pour la carte trop belle des territoires des meutes, au début de ce roman. Je l'adore !

Merci les copines autrices pour le soutien moral, les réponses à mes questions un chouïa répétitives…

Merci surtout à vous toutes et tous, lectrices et lecteurs : je le répète à chaque fois, mais sans vous pour lire et faire vivre mes personnages dans vos têtes et vos cœurs, mes romans ne sont que des briques de papier inutiles, des cales pour meubles bancals, éventuellement, mais c'est tout !

Alors des milliers de mercis à vous qui me suivez sur les réseaux ou qui lisez ma newsletter chaque lundi sans râler *(et même parfois en me trouvant rigolote... Je vous aime !)*, vous qui passez me voir en salon, qui m'envoyez des petits mots ou vos réactions en cours de lecture *(j'adore !!)*, ou vous, les lectrices et lecteurs silencieux, mais que je sais là, dans l'ombre, fidèles et bienveillants.

Votre présence est le moteur de mon travail *(avec le chocolat)*.

Mes histoires n'existent que parce que vous les lisez, et moi je n'existe que parce que j'écris, alors...

Je vous laisse faire le raccourci :
MERCI !
♥♥♥

Anna Briac, romancière

ROMANCE FANTASY

Série Tenebräe
0.5. **Alphas,** *nouvelle*
1. **L'Appel des Ombres**

Série Chroniques obscures
1. **Nos âmes éternelles**
2. **Nos âmes maudites**
3. **Nos âmes guerrières**

Série Le chant de l'encre
1. **Le Chant de l'Encre**
2. **D'encre et de sang**
L'encre du désir, *nouvelle*

Les derniers vivants

ROMANCE CONTEMPORAINE

Série Au cœur de Skye
Tomes compagnons
1. **Et malgré moi te trouver**
1.5. **Rdv au pied du sapin,** *nouvelle*
2. **Je chanterai sur tes lèvres**
3. **Entre tes bras m'envoler**
4. **Le goût de nos baisers**
4.5. **T'embrasser sous le gui,** *nouvelle*

Série Seconde chance
Tomes compagnons
1. **Envers et (tout) contre toi**
2. **Mon cœur (tout) contre toi**

Série Ormont
Tomes compagnons
1. **The fire inside us**
2. **Beyond our shadows**

https://www.anna-briac.fr
L'Appel des Ombres, texte ©Anna Briac, 2023

Printed in Poland
by Amazon Fulfillment
Poland Sp. z o.o., Wrocław